1985

Rainer W. Grimm wurde 1964 in Gelsenkirchen / Nordrhein -Westfalen, als zweiter Sohn, in eine Bergmannsfamilie geboren und lebt auch heute noch mit seiner Familie und seinen beiden Katzen im längst wieder ergrünten Ruhrgebiet. Mit fünfunddreißig Jahren entdeckte der gelernte Handwerker seine Liebe zur Schriftstellerei. Als unabhängiger Autor veröffentlicht er seitdem seine historischen Geschichten und Romane, die meist von den Wikingern erzählen, sowie auch Science-Fiction Romane und die Krimis von Hauptkommissar Johnny Thom.

Rainer W. Grimm's

Blutige Kohle

III

Johnny Thom Krimis

Bibliografische Information Der Deutschen Bibliothek:
Die Deutsche Bibliothek verzeichnet diese Publikation in der Deutschen Nationalbibliografie; detaillierte bibliografische Daten sind im Internet über http://dnb.ddb.de *abrufbar.*

Herstellung und Verlag:
BoD – Books on Demand, Norderstedt
Covergestaltung: Rainer W. Grimm
Layout: Rainer W. Grimm
ISBN: 9-783-7597-2987-3

INHALTSVERZEICHNIS

DIE TOTE AUF DEM MÄDCHENKLO

WINTERGRILLEN

Eine Leiche auf Zeche Consolidation

Bonus Kurzgeschichte

DIE TOTE AUF DEM MÄDCHENKLO

1. EIN ABSCHEULICHES VERBRECHEN

Johnny und Carmen traten mit anderen Besuchern, aus dem Foyer des Kinos. Dieses lag in der Straße gegenüber dem Präsidium, direkt neben dem Finanzamt, einem riesigen, hässlichen, grünen Bau. Johnny entschied sich meist für dieses Kino, weil dort die Parkplätze des Finanzamtes zu dieser Zeit natürlich immer frei waren. Es war richtig kalt in dieser Nacht, weit unter Null zeigte das Thermometer. Schnee gab es zwar noch keinen, und sie hatten auch mal wieder grüne Weihnachten gehabt, aber die Straßen waren doch ziemlich glatt. Das Paar trat auf den Bürgersteig vor dem Kassenbereich mit den vielen Schaukästen, in denen Bilder der Filme zusehen waren, die momentan liefen. Carmen musste sich erst einmal strecken. Sie war steif vom langen sitzen, und ihr schmerzten alle Knochen, denn sie hatten Sergio Leones neues Meisterwerk "Es war einmal in Amerika" angesehen. Dieser Film zog sich über fast vier Stunden, und Johnny sprach aus, was Carmen dachte. „Boah, mir tut echt der Arsch weh." Der langhaarige Mann sah auf seine Uhr, und es war gleich Zwölf. „Gleich Mitternacht! Allet schon zu! Ich dachte, wir können noch irgendwo watt trinken. Abba datt könnwa wohl vergessen."

7

Carmen schüttelte mit dem Kopf. „Sei mir nich böse, Johnny, abba da hätte ich jetzt auch keine Lust mehr zu, ich will nur noch ins Bett." Da zuckte er mit den Achseln. „Wie du meins!" Sie gingen über die Straße auf den Parkplatz zu seinem Wagen, und Johnny schloss die Türen auf. Carmen öffnete die Beifahrertür und stieg ein. Als sich auch Johnny gesetzt hatte, sagte sie: „Mach schnell an, damit die Heizung warm wird."

„Ja ja, ich mach ja, abba so schnell geht datt auch nich." Die Scheiben waren beschlagen, und von außen hatten sie längst angefangen zuzufrieren. Johnny drehte die Heizung voll auf. „Sach ma, is et nich langsam ma Zeit für ein neuet Auto? So schlecht Verdienste doch ga nich." Diese Bemerkung sollte die gebürtige Spanierin schnell bereuen. Johnny drehte ihr seinen Kopf zu, und sah die hübsche Frau an, als wäre diese verrückt geworden. „Mein Auto verkaufen? Bisse plemplem?" Er lachte gekünstelt auf, und streichelte dann liebevoll über das Lenkrad. „Als wenn ich dich verkaufen würde. Hör nich auf die Frau, die hat nen Knall!" Carmen schüttelte nur noch mit dem Kopf, und zog ein wenig beleidigt einen Mundwinkel hoch. Da beugte sich Johnny herüber und öffnete das Handschuhfach. Er kramte darin, und zog dann eine Art Teigschaber hervor. Johnny Thom startete den Motor seines BMW 2002 tii, und stieg dann aus. Frierend begann er die Frontscheibe freizukratzen.

„Mann, datt is abba auch arschkalt geworden. Naja, da wird morgen wenichstens nich so viel geknallt. Mr. Flocke mag datt ga nich." Johnny hatte wieder hinter dem Lenkrad Platz genommen.

„Los, fahr du Spinner, ich will ins Bett", drängelte Carmen, Johnny, und fuhr vom Parkplatz. Aus dem Blaupunktradio klang der neue Song von Pat Benatar "We belong".

Während der rote BMW die Crangerstraße Richtung Süden hinunter fuhr, heizte sich der Wagen auf. Und zwar so, dass Johnny sein Fenster ein Stück herunterkurbelte. „Ich brauch Luft."

„Fahr nicht so schnell", bat Carmen, denn die Straßen glänzten im gelblichen Licht der Beleuchtung. Und so ging Johnny vom Gas. Und plötzlich schrie Carmen auf, denn direkt vor dem Auto explodierte ein großer Silvesterknaller mit einem ohrenbetäubenden Knall. Jetzt sah Johnny die fünf Jugendlichen, die, wie es schien, stark angetrunken waren, und schon mal Silvester vorfeierten. Auch Johnny hatte sich erschrocken, jedoch nicht so heftig wie seine Freundin.

Die Jugendlichen grölten, und schienen sich gut zu amüsieren. Einer zeigte Johnny sogar den Stinkefinger. Der Hauptkommissar bremste seinen Wagen ab, und lenkte ihn an den Rand der gegenüberliegenden Straßenseite.

„Johnny, lass doch", bat Carmen, doch der Polizist hatte bereits die Tür geöffnet, und wurde von herausfordernden Rufen begrüßt. „Los, Alter, trau dich", rief ein Typ in schwarzer Motorradjacke. Johnny hatte sofort begriffen, dass er der Anführer sein musste. Doch als der Hauptkommissar tatsächlich über die Straße kam, war es mit dem Mut der fünf Halbstarken beendet. Sie liefen lachend und grölend davon, und verschwanden in der nächsten Seitenstraße. Im ersten Stock des Hauses, in dem sich im Parterre ein Lampengeschäft befand, wurde ein Fenster geöffnet, und der Kopf eines Verschlafenen erschien. „Is da bald ma Ruhe. Ich ruf die Polizei!" Johnny sah hinauf. „Nich nötich, die iss schon da. Und jetz gehnse wieder ins Bett!" Fluchend schlossc der Mann das Fenster, und zog die Gardine vor. Johnny setzte sich wieder in seinen BMW. „Nich besonders mutich, die Blagen."

„Johnny, ich will jetzt wirklich ins Bett", jammerte die Schwarzhaarige etwas verärgert, und begann zum Beweis heftig zu gähnen. Der BMW setzte seinen Weg durch die eisige Winternacht fort, damit Carmen endlich ins Bett kam.

*

Es war Montagmorgen! Aber nicht irgendein x-beliebiger Montagmorgen. Denn heute war Silvester!
Kommissar Fred Rudnick erhob sich grinsend von seinem Schreibtischstuhl, und sah dabei sein Gegenüber Johnny an.
„Watt grinst du denn wien Honichkuchenpferd?", fragte dieser, und da zog Fred eine weiße Musikkassette aus seiner Hemdtasche. Er ging zum Fensterbrett, und legte das Band in das Kassettenradio ein. Er drückte auf Start, und es erklang der Anfang von "Born in the USA".
„Bruce Springsteen? Du?" Johnny wunderte sich schon über den Kollegen, denn Fred war eher der ABBA Typ.
„Habe ich gefunden", erklärte Fred. „Ich dachte mir, das ist doch was für dich." Da nickte Johnny erfreut. „Ja kla, ganz sicha is datt watt für mich."
„Kannst du behalten", sagte Fred großzügig, und grinste. Johnny freute sich auf einen frühen Dienstschluss. Um drei Uhr war für ihn Feierabend, und dann würde er es sich mit Carmen gemütlich machen. So war es jedenfalls geplant. Und dann klingelte das Telefon. Fred zog den Teleskoparm auf dem das graue Telefon mit der Wählscheibe stand zu sich, und nahm den Hörer ab. „Kommissar Rudnick", meldete er sich, und sprach kurz mit dem Anrufer, dann legte er auf. „Das war Andi! Eine Leiche in der Realschule in Erle. Er und Frau Wolf sind schon vor Ort." Johnny sah seinen Kollegen verärgert an. „Echt? So ein Scheiß! Ich dachte heut is früh Schluss." Da schüttelte Fred seinen Kopf. „Sieht nicht danach aus." Die beiden Kripobeamten

verließen das Büro, und machten sich auf den Weg zum Fundort der Leiche.

Johnnys BMW raste die Crangerstraße hinunter, vorbei am Hauptfriedhof, in den Stadtteil Erle. Auf dem Dach drehte sich die blaue Lampe, die mit dem Magnetfuß befestigt war. Johnny nannte sie Kojak-Lampe, weil in der gleichnamigen amerikanischen Krimiserie mit dem glatzköpfigen Leutnant, der immer Lollis lutschte, solche Lampen benutzt wurden. Bei der deutschen Polizei waren sie eher selten. Aber Johnny liebte das Ding. Er war nun mal anders, als seine Kollegen.

Sie erreichten die große evangelische Kirche, die Johnny "den Dom" nannte, denn hier war er konfirmiert worden. Sie bogen links ab, und folgten der Wittenberger Straße. Sie überquerten die kreuzende Frankampstraße, und dann konnte man bereits die ersten Parkplätze der Schule sehen. Genau dort stand früher mal ein Affenkäfig, ein Bolzplatz, auf dem auch Johnny gegen den Ball getreten hatte. Diese Anekdote gab er Fred zum Besten, was diesen aber nicht zu interessieren schien. Sie bogen nach links in die Mühlbachstraße, und nach etwa zweihundert Metern stellte Johnny den BMW ab. Direkt vor dem weitgeöffneten Tor zum Schulhof. Es war richtig kalt an diesem Tag, aber es war trocken. Wahrscheinlich war es für Schnee einfach schon zu kalt. Sie gingen auf den Schulhof, der vor zwei Jahren neu eröffneten Realschule.

Dort stand der Einsatzwagen der "Kavallerie" in Person von Andi Grünwald und Silvia Wolf. Die beiden Uniformträger gehörten zu Johnnys Team, doch es war Zufall, dass sie ausgerechnet heute Streifendienst schoben.

Direkt neben dem Tor befand sich der große Bau der Aula. Dieser war, auf der linken Seite, durch einen Gang mit dem Hauptgebäude verbunden und begrenzte hier den Schulhof. Der Flachbau war in der gesamten Länge zweigeteilt. Auf der rechten Seite befand sich der breite Gang zur Aula, und eine Tür, die nach Süden hinausführte. Auf der linken Seite, befanden sich ein Geräteraum, den der Hausmeister auch als kleine Bude benutzte, aus der er Milch und Kakao, sowie andere Getränke, und natürlich Süßkram verkaufte.

Und dann kamen zuerst das Jungen -, und dann das Mädchenklo. Und in diesem hatte der Hausmeister vor nicht einmal einer halben Stunde, eine Leiche entdeckt. Etwas bleich in seinem vernarbten Gesicht, stand der Mann mit der Halbglatze bei Polizeimeisterin Wolf. Johnny und Fred traten heran, und der Hauptkommissar fragte: „Sie haben die Leiche gefunden?" Der Mann, der in seiner Jugend sehr unter Akne gelitten haben musste, denn sein Kinn war völlig mit kleinen Narben und Löchern überzogen, nickte mit dem Kopf, und ehe er etwas sagen konnte, sprach die Polizistin für ihn. „Das ist Herr Liebig! Er ist hier der Hausmeister! Er hat die Leiche in der Mädchentoilette gefunden." Fred, der hinter Johnny stand, verdrehte seine Augen, und schüttelte immer wieder mit dem Kopf. Doch Silvia Wolf verstand nicht, was er ihr damit sagen wollte. Und da Johnny sowieso schon ein wenig angefressen war, hatte er sich doch einen frühen Feierabend herbeigesehnt, bekam die junge Polizistin einen Rüffel. „Hab ich sie gefragt?" Streng sah er die junge Kollegin an, und diese erschrak, denn dies war gar nicht Johnnys Art. „Aber ich wollte doch nur...", verteidigte sich die junge Beamtin, doch Johnny fuhr ihr über den Mund. „Ach was, halten sie sich zurück! Wo ist die Leiche?"

Silvia hob die Hand, und zeigte die Stufen hinauf, zu dem Toilettenraum der Mädchen, aus denen soeben Polizeihauptmeister Andi Grünwald heraustrat. „Ah, die Herren Kommissare", stellte er die Anwesenheit fest. „Ist die Spurensicherung benachrichtigt. Und der Pathologe?" Johnnys Stimme klang wenig freundlich. Verwundert sah Andi den Hauptkommissar an, denn auch er kannte Johnny so nicht. „Welche Laus ist dir denn über die Leber gelaufen, Johnny?" Aber der Hauptkommissar hatte gar nicht hingehört, war die beiden Treppenstufen hinaufgesprungen, und in dem Mädchenklo verschwunden.

Der Beamte in der braunen Lederjacke, die man heutzutage wegen ihres Alters und Aussehen wohl Antiklederjacke nannte, trat in den weiß gekachelten Vorraum. In dem hingen fünf Waschbecken an der Wand. Hier war noch alles sauber, nur ein weißer Slip, der an dem Heizkörper hing, ließ darauf schließen, dass etwas nicht stimmte. Und dann trat er in den Raum mit den Toiletten. Bei vier der fünf Toilettenkabinen waren die Türen geschlossen. Bei der Kabine in der Mitte, war die Tür geöffnet. Aus dieser Toilettenkabine zog sich ein Rinnsal angetrockneten Blutes zum Abfluss in der Mitte des Raumes. Johnny trat heran, und sah hinein. Zwischen der Trennwand und Kloschüssel, lag eine junge Frau. Johnny schätzte sie auf höchstens achtundzwanzig Jahre. Ihr starrer Blick war zur Decke gerichtet. Die Frau war halb entkleidet!

Ihre weiße Seidenbluse war aufgerissen worden, und der BH war vorne mit einem Messer durchtrennt worden. Ihre Brüste waren von Schnitten übersät, aus denen sie kräftig geblutet hatte. Ihr blondes, langes Haar war mit Blut verklebt. Doch dies war nicht das Schlimmste, was man ihr angetan hatte. Ihr Rock war bis zu den Hüften hochgezogen worden, und man hatte sie mit dem Stiel einer Klobürste vergewaltigt. Johnny reichte, was er gesehen hatte. Er verließ den Raum, und als er ins Freie trat, sog er die kalte, klare Luft in seine Lungen. Da trat Fred Rudnick die Treppenstufen hinauf, und wollte den Tatort besichtigen. Johnny hielt ihn am Arm fest. „Freddy, lass es", sagte er. Doch Fred schüttelte seinen Kopf, und verschwand in der Mädchentoilette. In diesem Moment bog der Wagen von der Pathologie Essen und ein schwarzer Kombi von einem

Bestatter auf den Schulhof ein. Und kurz hinter diesen, fuhr auch der Wagen der Spurensicherung auf das Schulgelände. Da kam Fred auch schon wieder aus der Toilette. Er war nun genauso blass um die Nase, wie der Hausmeister. „Ich habe dich gewarnt", sagte Johnny kopfschüttelnd.

„Wer tut so etwas? Und warum tut man einem Menschen so etwas an?" Fred hatte der Anblick der blutüberströmten Frau wirklich mitgenommen. Obwohl er inzwischen schon einiges gesehen hatte, und dies, im Gegensatz zu seinen Anfangszeiten, nun recht gut ertrug. „Hass", antwortete Johnny. „So eine Tat, entsteht aus purem Hass! Da hat es dem Täter nicht gereicht sie zu töten. Nein, er wollte sie auch noch demütigen!" Der Hauptkommissar ging die Stufen hinunter, und trat an den Wagen mit der Aufschrift "Pathologisches Institut Essen". Ein Mann mit dunkelblondem Haar, und blonden Strähnchen darin, stieg aus dem VW Passat Kombi und grüßte Johnny. „Na, Sheriff, wie isset?"

„Wa schon ma besser", antwortete der Kripomann, und zeigte dann auf Doktor Peter Lorenz Haare. „Neue Haarfarbe, wie ich sehe." Der Pathologe nickte, und verdrehte die Augen. „Das war die Idee meiner Ivonne. Is jetz so Mode!" Er zuckte mit den Schultern. „Was is passiert?"

„Tote Frau! Is kein schöner Anblick, Quincy. Abba wir reden später!" Er zeigte zur Tür des Mädchenklos, wandte sich von dem Pathologen ab, und trat zu dem Hausmeister. „Dann erzählen se ma." Obwohl Fred bereits mit seinem gezückten Block dastand, und notierte, wollte Johnny selbst hören, was der Hausmeister zu sagen hatte. Also nickte er diesem zu, er möge noch einmal von vorn beginnen. „Na ja, ich habe meine Runde gemacht. Wie an jedem Morgen", erzählte der Mann mit der Halbglatze. Ob alle Räume verschlossen sind, die verschlossen sein sollen. Und da ist mir aufgefallen, dass die Tür zur Mädchentoilette geöffnet war."

„Aufgebrochen?" Johnny sah den Hausmeister fragend an. Dieser aber schüttelte seinen Kopf. „Nö, aufgeschlossen!" Er zuckte mit den Schultern. „Dann bin ich rein, und da lag die Roswitha."

„Sie kennen die Frau?" Johnny sah den Hausmeister verwundert an. Dieser nickte. „Ja sicha! Datt is Frau Gericke, eine von unseren Lehrerinnen. Is hier als Referendarin."

„Hat sie einen Schlüssel für die Toilettenräume?", fragte nun Fred, und der Hausmeister nickte. „Ja sicha, alle Lehrer haben die. Abba watt wollte die hier? Sind doch Ferien."

„Ok, datt erklärt natürlich, wie se reingekommen is," stellte Johnny fest. „Warum war die Lehrerin hier, wie sie schon erwähnten, ham wa jetzt Ferien!" Der Hausmeister nickte. „Datt versteh ich auch nich."

„Vielleicht war sie ja hier in der Nähe, und musste mal zum Klo. Da fiel ihr der Schlüssel ein, und sie ist hierhin, um zur Toilette zu gehen", versuchte sich Fred in einer Erklärung. Der Hauptkommissar sah den Hausmeister an, weil dieser Fred zu nickte, und dessen Mutmaßung wohl einleuchtend fand. „Na gut, dann danke ersma. Wir kommen sicher nochma auf sie zurück." Johnny wandte sich ab, und ging noch einmal zurück in den Toilettenraum. Dort stand Doktor Lorenz über der toten Lehrerin. „Sowatt hab ich auch nicht oft", bemerkte er. „Da hat einer seiner Wut freien Lauf gelassen."

„Glaub mir, den kriech ich. Der entkommt mir nich", schwor Johnny mit strengem Blick. „Kannste mir schon watt sagen?"

Peter Lorenz drehte sich um. „Tja, der Tatort ist definitiv hier. Man hat sie gequält. Wahrscheinlich mit einem spitzen, schmalen Messer." Er zeigte auf den BH und die vielen

Schnittwunden in der Brust. „Der BH wurde vorne mit dem Messer durchtrennt. Danach hat sich der Täter an ihren Brüsten ausgelassen. Aber daran starb sie nicht." Doktor Lorenz zeigte auf ihren Kopf. „Todesursache ist ein Schädeltrauma. Man hat sie mit einem harten Gegenstand erschlagen." Er beugte sich vor, und stützte sich an der Wand ab. „Siehst du, hier und da." Er zeigte auf die längliche Wunde. „Es könnte ein Baseballschläger oder eine Eisenstange gewesen sein. Aber genaues sag ich dir nach der Obduktion."

„Und watt is mit der…?" Johnny zeigte auf den Unterleib der Frau. „Die Vergewaltigung? Die musste sie zum Glück nicht mehr lebend ertragen. Die war post mortem."

Johnny nickte. „Kanns du watt zur Tatzeit sagen?" Quincy nickte. „Datt ist Plus Minus achtundvierzig Stunden her."

„Also in der Nacht von Samstach auf Sonntach?", fragte Johnny den Pathologen, und dieser nickte. „Ja, datt kommt hin!"

Der Hausmeister Liebig wollte sich gerade verabschieden, da richtete Fred nochmal das Wort an den Mann. „Sagen sie, die Adresse des Rektors oder der Rektorin, können sie uns die geben?"

„Ja, natürlich", antwortete der Mann. „Ich hole ma aus meinem Büro. Übrigens, der rote Käfer gehört Roswitha." Er zeigte zur Straße, wo der rote Käfer direkt neben Johnnys BMW stand. Da kam Johnny gerade aus der Mädchentoilette. „Herr Liebich", rief er dem Hausmeister zu. „Sagense ma, wo kriecht man hier wohl ne Eisenstange oder so watt?" Herr Liebig sah Johnny fragend an. „Eisenstange? Wo soll hier ne Eisenstange sein? Vielleicht ein Rohr! Wir hatten die Klemptner hier in der Jungentoilette. Vielleicht hamm die ja ein Rohr vergessen." Johnny nickte. „Los, sucht nach dem verdammten Rohr", rief er. Die Kollegen von der Spurensicherung waren vor Ort, und hatten längst mit ihrer Arbeit begonnen. Und tatsächlich fand einer von ihnen, im Gebüsch neben dem Tor zum Schulhof, ein blutiges Eisenrohr.

Zufrieden zog sich Johnny zurück. Er stellte sich neben Fred, und rief die beiden Uniformierten zu sich. „Andi! Silvia!" Die beiden kamen sofort heran. „Und?", fragte er, und meinte damit die Ausbeute des Beweismaterials. „Ziemlich mau", antwortete Andi. „Eine Bierflasche! Stand da an der Tür von dem Geräteraum. Sonst nix!" Und in diesem Moment ging ein Spusi-Mitarbeiter an ihnen vorbei, der die Flasche eingetütet hatte. Johnny drehte sich zur Straße. „Na gut! Da drüben die Häuser zuerst." Gegenüber der Schule befanden sich mehrere Zweifamilien-Häuser, und dort sollte die Befragung beginnen. „Freddy, du gehs mit Silvia, ich mit Andi!"

Johnny begann mit dem Eckhaus, und wollte sich dann die Straße entlang vorarbeiten. Die beiden Beamten gingen durch einen sehr aufgeräumten Vorgarten, in dem vor einer Garage ein großer Mercedes Benz stand. Andi trat an die Tür und drückte den Klingelknopf. Ein großgewachsener Mann, mit weißen Haaren öffnete. „Guten Morgen, ich bin Hauptpolizeimeister Grünwald, und dies ist mein Kollege Hauptkommissar Thom."

„Na, das is ja mal ein Aufgebot", stellte der Mann vergnügt fest. „Wie kann ich ihnen helfen?"

„In der Nacht zum Sonntach, hamm se da watt auffälliget bemerkt?", fragte Johnny. Der Mann sah ihn an, und nickte. „Sie die rotzigen Gören, die mitten in der Nacht den Schulhof bevölkern? Ja, sowas hatten wir am Samstag." Johnny nickte. „Könnten se die jungen Leute beschreiben, oder vielleicht soga wiedererkennen?" Nun war es Herr Neumann, dies war der Name auf der Klingel, der nickte. „So ein oder zwei von denen bestimmt. Das war so um elf oder halb zwölf. Da habe ich die Rollos runtergelassen. Einen jungen Mann habe ich gesehen, der auf den Schulhof ging. Recht groß, und sehr schlank. Der hatte aber wohl nix mit den Halbstarken zu tun, die später den Krach machten." „Ach, die kamen später", stellte Andi fest. Herr Neumann nickte. „Ja, genau! Fünf Personen habe ich gesehen. Zwei waren Mädchen, würde ich sagen."

Es war bereits dreizehn Uhr durch, als sie zurück in der Dienststelle waren. Und nachdem sie die Aussagen verglichen hatten, kamen sie zu dem Schluss, dass die Tat gegen halb eins stattgefunden haben musste. Es waren fünf oder sechs Personen beteiligt. Zwei der Jungen, trugen schwarze Lederjacken, und einer eine Militärjacke. Die beiden Mädchen trugen dicke, weiß gefütterte Jeansjacken. Eine hatte auffällig kurze, blonde Haare. Die andere hatte langes, rotes Haar. Darin glichen sich mehrere Aussagen. Und der Krach den die Jugendlichen gemacht hatten, hatte für viele Zeugen gesorgt. Fred saß auf seinem Stuhl und hielt einen Zettel von seinem Block in der Hand. „Eine Frau Bitterling hat ausgesagt, dass einer der beiden Typen in Lederjacke mit einem länglichen Gegenstand auf ein rotes Auto geschlagen hat."
„Und den schlanken, jungen Mann, hamm die den auch gesehen?" Johnny sah Fred fragend an. Fred blätterte in seinem Block, und schüttelte dann den Kopf. „Nö, den hat von meinen keiner erwähnt." Johnny sah nachdenklich drein. „Also warten wir auf den Bericht aus der KTU."
„Gut dann schreibe ich jetzt noch einen Bericht." Der junge niedersächsische Kommissar erhob sich, und nahm an dem kleinen Tisch mit der Schreibmaschine Platz.

*

11. Manni's Gang

Johnny war sogar noch vor drei Uhr nach Hause gekommen, und der weiße Kater Mr. Flocke hatte ihn freudig begrüßt. „Manchmal denke ich, du hättest einen prima Hund abgegeben." Mr. Flocke hatte sich im Haus von Carmen Kettler, mit der Johnny jetzt seit einigen Monaten liiert war, sehr gut eingelebt. Er fühlte sich wohl, und dies war nun sein Revier.

Johnny ging in den kleinen, länglichen Korridor, wo auch die Treppe in das obere Stockwerk führte. Dort stand nun sein kleines Sideboard, weil es im Schlafzimmer nicht erwünscht war. Carmen hatte plötzlich ihr Veto eingelegt, da sie mit Johnnys Waffe nicht in einem Zimmer schlafen wollte. Irgendwie war es Johnny auch lieber so. Er zog seine Jacke aus, und hängte sie an die Garderobe. Dann nahm er den Holster von seinem Gürtel, und ließ Bessie, seine 38er Smith & Wesson in dem kleinen Safe verschwinden, der sich hinter der rechten Tür des Sideboards befand. Dann trat er in die Küche, wo eine volle Einkaufstüte auf dem Tisch stand. Johnny trat heran, und sah in die Tüte hinein. Eine Flasche Sekt stach ihm sofort ins Auge. Er nahm diese, und stellte sie auf den Tisch. Und dann lehrte er die Tüte komplett aus, und begann die Sachen einzuräumen. Eine kleine Papiertüte vom Metzger versprach ein opulentes Mahl, denn es stand T - Bone Steak auf dem Bon, der daran getackert war. Carmen kannte natürlich Johnnys Vorliebe für Rindersteaks. Als er alle Einkäufe im Küchenschrank und im Kühlschrank verstaut hatte, wer mochte schon warmen Sekt, ging er nach rechts durch die Tür ins Wohnzimmer. Seine Freundin lag auf der Couch und schlief. Johnny sah auf sie herab, dachte daran, wie er

Carmen kennengelernt hatte, und begann zu lächeln. Sie ist schon ein echt hübsches Ding, dachte er. Und er war froh darüber, dass er, allen Unkenrufen zum Trotz, die Verbindung mit ihr eingegangen war. Anfangs war es tatsächlich etwas merkwürdig, auch für Johnny, denn sie war nun mal die Witwe eines Mordopfers. Doch dieser Mann würde nicht zurückkehren, und ihre Avancen waren mehr als eindeutig.

Er trat an die Couch heran, und beugte sich hinab, um Carmen zu küssen. Da öffnete sie ihre Augen, und legte ihre Arme um Johnnys Nacken. „Hallo, mein Schatz", hauchte die Frau. Sie zog ihn an sich, und küsste ihn. Sie begann an seinen Sachen zu zerren, bis sein schwarzes T - Shirt in hohem Bogen durch das Wohnzimmer flog.

Besonders geeignet war die Couch nicht für das Liebesspiel der beiden, und so landeten sie bald schon krachend auf dem Teppich, zwischen Couch und Tisch. Da begann Carmen zu lachen! Johnny sah sie erstaunt an, und machte dabei wahrscheinlich so ein blödes Gesicht, dass die Frau einen Lachflash bekam. Augenblicklich verweigerte Johnnys bestes Stück den Gehorsam. „Echt, du lachs mich aus?" Doch Carmen konnte einfach nicht aufhören zu lachen. Da löste sich Johnny von ihrem nackten Körper, und erhob sich. Nun war er echt beleidigt! Er brach sich fast sein bestes Stück, und sie lachte. Johnny begab sich in die Küche, öffnete den Kühlschrank, und nahm eine Dose Cola heraus. Er öffnete die rote Dose, und trank. Nun erhob sich auch die schwarzhaarige Carmen, und folgte ihrem Liebhaber grinsend in die Küche. „Nun sei doch nich gleich beleidicht", sagte sie fordernd, trat aber nah an Johnny heran, und nahm ihm die Dose Cola ab. Sie trank einen Schluck, und stellte die Dose auf die Arbeitsplatte. Dann schmiegte sie sich in Johnnys Arm. Sie nahm seinen Kopf in ihre Hände, und begann ihn zu küssen. Da zeigte Johnnys kleiner Freund, dass er überhaupt nicht nachtragend war, und so saß plötzlich Carmen auf der Arbeitsplatte in der Küche.

Die kleine Verstimmung hatte sich nach dem Liebesspiel in der Küche vollständig aufgelöst. Nun saßen sie, nur in Slip und Unterhose, im Wohnzimmer. Der weiße Kater lag auf der Couch und schlief.

„Und, habter einen neuen Fall?", fragte Carmen, doch Johnny schwieg. Normalerweise kam es schon mal vor, dass sie sich über Johnnys Fälle unterhielten. Doch diesmal sagte Johnny nichts dazu. Und Carmen merkte sofort, dass ihm dieses Thema unangenehm war. Also suchte sie nach einem neuen, und dieses ließ Johnny staunen. „Sach ma, Schatz, wann wolln wa heiraten?" Da spritzte die Cola aus Johnnys Mund und Nase, quer über den Wohnzimmertisch. „Wa... Was?" Carmen musste wieder heftig lachen. „Oh, hasse wirklich son schiss davor?" Ein bisschen blass war Johnny schon um die Nase. Natürlich wollte er Carmen heiraten. Doch da war immer noch die Geschichte mit seiner Ex - Verlobten Anja in seinem Kopf. Was, wenn Carmen ihn auch kurz vor der Hochzeit sitzen lassen würde? Erstens war dies Vorstellung wenig schmeichelhaft, und zweitens würde diese Schmach ganz schön an seinem Ego kratzen. Johnnys zögern ließ Carmen etwas beleidigt dreinschauen. Nun lachte sie nicht mehr. „Is das dein ernst? Du willst mich nicht?" Da legte er seine Hand auf ihre Schulter. „Aber Carmen, natürlich will ich dich heiraten."

„Und warum zögern se dann, Herr Thom?" Johnnys Antwort reichte ihr nicht. Sie schob seine Hand demonstrativ von ihrer nackten Schulter. Johnny atmete tief ein. „Na gut", sagte er. „Et is wegen Anja. Ich will nich nochma sitzengelassen werden." Da begann Carmen zu grinsen. „Datt is der Grund? Oh, mein Süßer, ich lass dich bestimmt nich sitzen. Da Kannsse drauf wetten!" Dann setzte sie sich auf Johnnys Schoß und küsste ihn. „Lass uns gleich einen Termin machen", schlug sie freudig vor, und Johnny konnte nur noch nicken.

*

Es klopfte an der Kellertür. Dreimal, eine Pause, und noch dreimal. Eines der beiden Mädchen erhob sich von dem alten grünen Sessel, der zu einer ausrangierten Couchgarnitur gehörte, und ging zur Tür. „Ja, wer is da?", fragte sie. „Mensch, Uli, mach auf. Ich bin et, der Pauli!" Das Mädchen mit der schwarzen Wollstrumpfhose und der abgeschnittenen Jeans darüber, drehte den Schlüssel, und öffnete die Kellertür. Der junge Kerl, der eigentlich Paul Rademacher hieß, trat in den Kellerraum ein. Er zog seine olivfarbene Militärjacke aus, und warf diese auf die Lehne der Couch. Er ging zu dem kleinen Kühlschrank, der hinter einer selbstgebauten Theke stand. Dort öffnete er die Tür, und nahm eine Flasche Bier heraus. Dann setzte er sich auf die Couch, wo bereits ein Mädchen saß. „Und, wa watt bei euch?" Das Mädchen mit den blonden Zöpfen sah ihn fragend an. „Watt soll gewesen sein?"
„Mensch, Sille, der meint wegen Samstach", antwortete Manni Kronen, in dessen Elternhaus sich der Jugendkeller der Freunde befand. Die Familie Kronen war Hausbesitzer und gut betucht, wie man so sagte. Und der einzige Sohn Manfred, hatte mit seinen sechzehn Jahren so einige Freiheiten, die seine Altersgenossen nicht hatten. „Bei mir herrscht Ruhe. Ich hab meine Alten gut erzogen. Die sind gestern gefahrn!" Seine Eltern waren fast an jedem Wochenende und in den Ferien auf einem Campingplatz im Sauerland. Und dies zu jeder Jahreszeit! Und Manfred blieb sich selbst überlassen. Also hing er mit seinen Freunden in dem Keller ab, den sie sich mit alten Möbeln eingerichtet

hatten. An den Wänden hingen Poster der angesagten Stars der neuen deutschen, und auch englischen Welle. Es gab einen großen Starschnitt aus der Jugendzeitschrift BRAVO, der die Sängerin Nena in kurzem Lederrock mit Fransen, und einem pinkfarbenen Sweatshirt zeigte. Dazu gab es noch Poster von Adam Ant, Shakin Stevens, und Depeche Mode. In einem großen Ghettoblaster lief die dazugehörige Musik. Die britische Band Duran Duran sang gerade "The Wild Boys". Manni stand aus dem zweiten Sessel auf, der nur für ihn reserviert war, und ging zum Kühlschrank. Er öffnete die Tür, sah hinein, und dann wanderte sein Blick zu Pauli. „Watt is mit dem Kasten Bier? Du biss dran einen neuen zu holen." Pauli sah ein bisschen bedröppelt drein. „Mann, ich hab doch immer noch Taschengeldsperre, weil mein Alter die Kippen in meiner Jacke gefunden hat", versuchte er sich mit einer Erklärung.

„Und watt is mit der Kohle von deiner Omma, die du zu Weihnachten gekricht hass?" Manni ließ nicht locker. „Hatt auch ersma der Alte einkassiert." Da sah der Anführer der kleinen Bande den anderen Jungen in der Sitzgarnitur an. „Dann darfs du einspringen, Türke."

Memet Can war tatsächlich ein Türke, und wurde auch so genannt, was er gern in Kauf nahm, um Teil der Bande zu sein. „Wieso ich?", fragte er verärgert. „Ich trink doch ga kein Bier! Wenn mein Alter datt spitzkriegen würde, könnte ich mich direkt auffen Weg inne Türkei machen. Datt bringt der nämlich feddich, mich zu meinen Großeltern zu schicken."

„Dafür pumpse abba ganz schön watt an Cola wech", mischte sich Sille ein. „Sille hat Recht! Cola oder Bier is völlich wurscht. Der Kühlschrank muss widda gefüllt werden." Manni war gar nicht erfreut. Da meldete sich Uli zu Wort. „Ich bezahl die nächste Rutsche. Hab zu Weihnachten zweihundert Mark gekricht. Von meinem

berühmten Onkel. Haben meine Alten nix von mitgekricht."
Der berühmte Onkel war Schlagersänger, und wohnte in der
Nachbarstadt Herne. Hin und wieder gab er seiner Nichte
etwas Geld, denn Uli war die Einzige, die herausgefunden
hatte, dass er schwul war. So hoffte er, sich ihr Schweigen
zu erkaufen. Und obwohl Uli die Neigungen ihres Onkels
nicht im Geringsten interessierten, war sie über das Geld
doch höchst erfreut. Da zeigte sich Manni zufrieden.
„Die ham die olle Gericke bestimmt schon gefunden",
sprach Memet plötzlich. „Musse jetz damit anfangen? Ich
hatte datt schon so schön verdrängt", beschwerte sich Uli.
Manni ließ sich wieder in seinen Sessel fallen. „Der Liebich
hat die bestimmt schon gefunden. Könnte mir vorstellen,
dass da inner Schule ganz schön Alarm is."
„Mann, zum Glück sind Ferien", bemerkte Memet, und
grinste. Doch eines der Mädchen sah ihn an, und begann fast
zu weinen. „Wäre ich doch bloß mit meiner Schwester zu
meiner Omma gefahrn."
„Ja, wärsse ma! Dann müssten wa jetz nich dein Gejammer
anhörn", maulte sie da Manni an. Doch Pauli rückte an sie
heran, und nahm sie in den Arm. „Mach dir ma keine
Sorgen, Sille, datt wird schon."
„Und wenn die uns draufkommen?" Nun brach es aus dem
Mädchen heraus. „Die arme Frau Gericke!"
Da erhob sie Uli, nahm ihre gefütterte Jeansjacke, und
reichte Sille auch ihre Jacke. „Komm, wir beide gehen ma
Pommes essen!" Das aufgelöste Mädchen erhob sich von
der Couch, und folgte ihrer Freundin zur Tür hinaus.
„Mann, watt ne Heulboje", beschwerte sich Manni. „Ich
hoffe, die hält dicht!"

*

Das große Kaufhaus auf der Hochstraße, der Einkaufsmeile des Stadtteils Buer, war gut gefüllt. Es war Mittwoch, und der zweite Tag des neuen Jahres. Immer noch kamen Leute, die ihre Weihnachtsgeschenke umtauschen wollten. Carmen stand hinter der Theke der Parfümerie, und hatte alle Hände voll zu tun. Gerade erst hatte sie einen Umtausch getätigt, bei dem ein Ehemann seiner Frau das Parfüm geschenkt hatte, welches er für seine Freundin gekauft hatte. Und dies war ausgerechnet ein Duft, den seine Frau so gar nicht mochte. Jetzt, so schien es, konnte er sich ganz auf die Vorlieben seiner Freundin konzentrieren. Natürlich tauschte Carmen das ungeliebte Parfüm problemlos um. Und dann geschah es!

Plötzlich stand ein Mann vor ihr. Dieser machte keinen besonders gepflegten Eindruck, und war auch sonst nicht wirklich freundlich. „Sind sie Carmen Kettler?", fragte er dreist. Verwundert sah die Verkäuferin den Mann an. Doch sie schaltete schnell, und fragte nun ihrerseits: „Wer will datt wissen?" Da lehnte sich der Mann auf die gläserne Verkaufstheke. „Versuch keine Spielchen mit mir. Da kann ich gar nicht gut drauf. Also, wo finde ich Carmen Kettler?" „Ich glaube, sie gehen jetz besser, mein Herr. Oder soll ich den Wachschutz rufen?"

Da stellte sich der Mann wieder aufrecht hin, und sah Carmen drohend an. „Bestellen sie Carmen Kettler einen schönen Gruß von ihrem Schwager. Er hat sie nicht vergessen, und er will seine Kohle." Dann drehte er sich um, und ging. Carmen sah dem Mann nach. Was sollte das? Robert saß doch im Knast. Und wer war der Kerl? All diese Fragen, die Carmen durch den Kopf gingen, sollte sie beantwortet bekommen.

Noch am Mittwochnachmittag hatte Johnny mit dem Rektor der Schule telefoniert, und sich mit ihm für Donnerstag den dritten Januar verabredet. So trafen sich die Männer in der Halle der Schule, vor dem Raum des Hausmeisters. Johnny stellte sich vor, und der Rektor erwiderte: „Rahbeck ist mein Name. Ich bin hier der Schulleiter. Ist es nicht schrecklich, watt da passiert is? Wer tut einem Menschen so etwas an?"

„Ja, Herr Rahbeck, genau datt wollen wir herausfinden", antwortete der Hauptkommissar dem großgewachsenen Mann. Er war ziemlich respekteinflößend, und als Rektor dieser Schule sicher der geeignete Mann. „Watt könnense mir über Frau Gericke erzählen?"

„Nun, sie war eine hervorragende Lehrerin. Wir hatten vor, sie hier zu behalten, wenn ihre Referendarzeit um wäre", erzählte der Rektor. „Und gab et Probleme mit Schülern?" Johnny begann zu bohren. „Sie war schließlich eine junge Frau, und bei den jungen Wilden, gab et doch sicherlich auch Quertreiber."

Da nickte Herr Rahbeck. „Da gibet so einen jungen Burschen in der 9b. Manfred Kronen! Der hat einige Schüler um sich geschart, und mimt den starken Mann. Er ist schon einige Male mit Roswitha Gericke aneinandergeraten." Johnny zog seinen Block aus der Jackentasche, und schrieb. „Die 9b war ihre Klasse?" Der Rektor nickte. „Manfred Kronen, sagen sie?" Der Rektor nickte. „Kommense mit in mein Büro, dann gebe ich Ihnen die Adresse." Die beiden Männer gingen einen kurzen Gang entlang, und betraten das Direktorat. „Nehmense Platz." Er begann in einem Aktenschrank zu suchen. „Er soll ihr sogar schon mal mit Gewalt gedroht haben. Wohl wegen der Noten auf dem Halbjahreszeugnis. Sie hatte die Eltern einbestellt. Aber das war wenig erfolgreich." Dann zog er einen Ordner und eine dicke Kladde aus dem Schrank. „Gibt et noch watt?", fragte Johnny, während der Rektor Platz nahm. „Nun ja, eine Angelegenheit, die nicht sehr schön ist. Sie hätte Frau

Gericke leicht ihre Karriere kosten können." Nun wurde Johnny richtig neugierig. „So, ich höre!"

„Es gab ein Gerücht in der Schule, nachdem Frau Gericke eine Liebschaft mit einem Schüler haben sollte. Ich habe sie danach gefragt, und sie hat alles in das Land der Phantasie verwiesen." Da kniff Johnny seine Augen zusammen, und zog eine Augenbraue hoch. „Und haben sie ihr geglaubt?"

„Ich… ich wollte ihr keine Schwierigkeiten machen. Habe ihr gesagt, wenn es diese Liebschaft gäbe, möge sie sie beenden." Johnny notierte, und hob dann seinen Blick.

„Gibt es zu dem Gerücht einen Namen?" Da schüttelte der Rektor seinen Kopf. „Keinen konkreten. Der Schulfunk hatte da einige zur Auswahl." Er öffnete das Klassenbuch, und nannte Johnny weitere Namen. „Aber die hier kann ich ihnen nennen. Das sind die Herren und Damen, die sich Manfred Kronen angeschlossen haben, und öfter mal Ärger machen." Er sah Johnny mit seinem kleinen Schreibblock, und begann zu grinsen. „Herr Thom, ich glaube, das machen wir anders. Kommense mal mit." Die Männer begaben sich in den Vorraum, dem Reich der Schulsekretärin.

Der Rektor zog die Haube von der Schreibmaschine, spannte ein Blatt ein, und fing an zu schreiben. „Also, da hätten wir zuerst ma Manfred Kronen." Er schrieb den Namen, und auch die Adresse auf, die er aus dem Ordner ablas. „Paul Rademacher, Memet Can, Ulrike Schmitz und Silvia Burgmeister." Seine Finger flogen über die Tasten, und Johnny musste grinsen, denn er dachte an Fred Rudnicks Können an der Schreibmaschine, welches immer eine gewisse Zeit in Anspruch nahm. Allerdings waren seine eigenen Fähigkeiten im Bearbeiten der Tasten noch weit schlechter.

Nach einer Weile überreichte der Schulrektor dem Beamten den Zettel, den dieser in seiner Jackentasche verschwinden ließ. „Das wars dann ersma. Falls ihnen noch watt einfällt, wissense ja wo se mich finden." Johnny reichte dem Rektor seine Karte, verabschiedete sich, und verließ das Direktorat. Vor der Hausmeisterbude, die der Anmeldung im Präsidium glich, blieb er noch einmal stehen. Vor sich war die breite Glastürenfront, die hinaus auf den Schulhof führte, und er sah links den überdachten Weg zu den Toiletten. Wieder waren seine Gedanken bei dem Opfer, und dem, was man ihr angetan hatte.

Es war bereits halb Eins, als Johnny in seinen Wagen stieg. Dies sah er auf der Uhr im Armaturenbrett des BMW. Johnny besaß zwar eine Armbanduhr, eine besonders schöne sogar, aber er trug sie nur selten.
Es störte ihn am Handgelenk. Deshalb hatte er sich eine Taschenuhr gekauft. Aber da war nun die Klappe kaputt. Er ließ seinen weinroten BMW 2002tii an, und ein sanftes Röhren verursachte ein wohliges Gefühl in Johnnys Magengrube. Es konnte aber auch Hunger gewesen sein. Und so beschloss er, erstmal bei seiner Pommesbude anzuhalten.

*

Der BMW fuhr auf die Crangerstraße, und dann Richtung Norden. Auf Höhe der Postfiliale fand Johnny einen Parkplatz, denn von hier konnte er sehen, dass vor der Pommesbude alles belegt war. Er stieg aus, und ging, vorbei an Blumengeschäft und Radiomarkt zum Imbiss. Als er die Tür öffnete, schallte ihm laute Musik und Stimmengewirr entgegen, welches wohl versuchte die laute Musik zu übertönen. Johnny trat an die Theke. Die Bedienung war neu, und sie war noch recht jung. Gegen die Jugendlichen schien sie sich nicht durchsetzen zu können. Johnny sah sie an, und nickte mit dem Kopf zu der Rundecke, wo acht

28

Jungen und Mädchen sich benahmen, als gehöre ihnen der Laden. Die junge Frau zuckte nur mit den Achseln. Da wandte sich Johnny ab, und ging nach hinten, wo neben der Rundecke die Musicbox stand. Er beugte sich hinunter, und zog den Stecker aus der Dose. Sofort wurde es ruhig! Die Jugendlichen sahen den Mann in der braunen Lederjacke erstaunt an, und es dauerte einen Moment, bis sie reagierten. „Ey, Alter, bist du bescheuert?", fragte einer in einer schwarzen Motorradlederjacke. Allerdings hatte Johnny keine Motorräder vor dem Imbiss gesehen. „Wie bitte?" Johnny trat an den jungen Mann heran. „Wann hast du zuletzt einen Satz heiße Ohrn gekricht, Jungchen?" Da sprang der Bursche auf, bekam von Johnny aber sofort einen Schubs, so dass er sich direkt wieder setzte. „Datt is doch nich dein Ernst, Bürschchen." Johnny sah von einem zum anderen. „Ab jetz is hier Ruhe, oder ihr marschiert ab." „Datt hass du nich zu bestimmen", meldete sich wieder der Junge mit der Lederjacke zu Wort. Da sah Johnny ihn streng an, und der Junge schluckte. „Äh… datt ham sie nicht zu bestimmen."

„So, findes du?" Johnny sah ihn streng an. „Nun, kennste den Besitzer dieser Pommesbude? Weil ich ihn nämlich gut kenne." Und dann fiel Johnny etwas auf. Er besah sich die Jugendlichen etwas genauer. Und er erkannte sie!

„Euch kenn ich doch! Ihr seid die Rotzlöffel von Samstagnacht. Ja kla, du wars dabei. Und du!" Johnny zeigte auf den anderen Jungen mit der Lederjacke. Dann zeigte er auf zwei der drei Mädchen. „Ihr wart auch da, und der da." Damit meinte er einen Burschen in Militärjacke. Da meldete sich wieder der Bengel zu Wort, der in dem Haufen wohl das Sagen hatte. „Jetz machen se man en Punkt. Datt is doch Blödsinn." Und dann musste der Hauptkommissar an die Aussagen der Zeugen denken, die alle mehrere

Jugendliche gesehen haben wollten. Jetzt begann er zu verstehen. „Ihr wart das!"

„Wir warn watt?", fragte der Bursche in der Militärjacke. Da zog Johnny seinen Dienstausweis aus der Jacke. Und fünf der acht Jugendlichen wurden sichtlich blass um die Nasen. „Ich bin Hauptkommissar Thom", nannte Johnny nun seinen Dienstgrad und Namen. „Und jetz wird et dienstlich." Da kam die Bedienung mit dem Teller für Johnny. „Äh, wo soll ich datt hinstellen?"

Johnny sah das Mädchen an, dass an der Kante saß. „Los, rutsch ma rein", befahl er, und die Jugendliche folgte. Er setzte sich neben das Mädchen, und die Bedienung stellte seinen Teller auf den Tisch. Johnny nahm seine Gabel, und stach in ein Stück Würstchen. „Samstachnacht! Da seid ihr noch zum Schulhof gegangen, stimmt's?" Die Mädchen nickten, der Junge in der olivfarbenen Jacke starrte ihn nur an, und die beiden in den Lederjacken schüttelten mit dem Kopf. Johnny begann zu grinsen, und schob sich einige Pommes in den Mund. Er kaute, und sah von einem zum anderen. Nachdem er geschluckt hatte, sagte er: „Also, wir haben mehrere Zeugen, und die werden euch sofort erkennen." Johnny lehnte sich zurück, und zog den Zettel, den er von Rektor Rahbeck erhalten hatte, aus der Jacke. Er legte seine Gabel auf den Teller, und faltete das Blatt auseinander. „Ich habe hier einige Namen auf dem Zettel, und wolln wa wetten, datt ihr datt seid." Er sah den jungen Burschen an, der ihm gegenübersaß. „Du biss Manfred Kronen!" Er richtete seinen Blick auf den anderen Lederjackenträger. „Und du bist Paul Rademacher. Du bist Memet Can. Richtich? Und ihr beiden Hübschen seid Ulrike und Silvia." Die beiden Mädchen sahen ihn erstaunt an, nickten aber. „Ich habe hier natürlich auch eure Adressen." Da meldete sich einer der anderen jungen Burschen zu

Wort: „Ey, Manni, wovon quatscht der da?" Doch Manni reagierte nicht auf die Frage.

„Gut", sagte Johnny. „Ihr Fünf werdet morgen früh im Präsidium in Buer erscheinen. Mit euren Eltern, is datt klar. Zimmer Dreihunderzwölf." Johnny schob sich wieder seine Gabel in den Mund.

*

III. Böse Grüße aus dem Knast

Donnerstagabend kam Carmen, so wie an jedem Tag, gegen halb acht von der Arbeit. Über den Vorfall mit dem fremden Mann am Mittwoch hatte sie bisher geschwiegen. Warum sie Johnny nichts von den Drohungen des Fremden erzählt hatte, wusste sie selbst nicht. Eigentlich wäre dies ihr erster Reflex gewesen, bei ihm Schutz zu suchen. Doch sie hatte geschwiegen, und Johnny war in Gedanken so mit seinem Fall beschäftigt, dass ihm entgangen war, was ihm sonst sofort aufgefallen wäre. Und nun stand Carmen, mit dem Haustürschlüssel in der Hand, vor der Tür ihres Hauses, und erschrak. Nur ein kleines Stück die Straße hinunter, stand ein dunkelblauer Ford Capri. „Datt… datt kann doch nich sein", sagte sie entsetzt, schloss die Tür auf, und ging ins Haus. Hier musste sie erst einmal tief durchatmen. Da kam Johnny aus dem Wohnzimmer in die Küche, und bemerkte Carmen im Flur stehen. „Hallo Schatz", sagte er, und trat auf sie zu. Jetzt fiel ihm das ängstliche Gesicht seiner Lebensgefährtin auf. „Is irgendwatt?" Carmen zeigte nach draußen. „Er ist widda da", stammelte sie. „Wer is widda da?", fragte Johnny verwirrt, denn von dem Fremden wusste er ja nichts. „Na, Robert, mein Schwager. Sein Wagen steht draußen." Da lächelte Johnny, und wollte sie in den Arm nehmen, doch Carmen wandte sich ab. „Schatz, der Kerl sitzt in Düsseldorf im Knast, und zwar noch eine ganze Weile." Da riss sie die Tür auf, und lief hinaus. „Und watt is dann datt da?" Sie zeigte die Straße hinunter, wo immer noch, der dunkelblaue Ford Capri stand. Johnny folgte ihrem Finger, und sah Carmen dann an. „Datt kann doch nich sein. Is bestimmt ein Zufall."

„Nein, Johnny, datt isser", blieb sie bei ihrer Meinung, denn sie wusste ja, was Johnny an Information noch fehlte. „Naja, datt lässt sich ja schnell feststellen." Er ging ins Haus, um seine Stiefel anzuziehen, denn er lief in Socken herum. In weißen Tennissocken!

Und dann stapfte er mit schweren Schritten an Carmen vorbei, die drei Treppenstufen hinunter, auf die Straße. Er ging zielstrebig die Straße entlang, auf das Auto zu. Und nun bemerkte er, dass tatsächlich jemand in dem Wagen saß. Sollte Carmen wirklich Recht haben, mit ihrer Vermutung? Als Johnny den Wagen erreichte, wurde der Motor angelassen, und der Fahrer gab Gas. Johnnys Blick fiel auf das Kennzeichen. Der dunkelblaue Ford Capri war in Düsseldorf zugelassen. Ohne Zweifel, es war Robert Kettlers Fahrzeug. Was ging hier vor?

Wenig später saßen die beiden an dem Tisch in der Küche. Der weiße Kater strich um Johnnys Beine, und der Hauptkommissar sah seine Freundin eindringlich an. „Carmen, ist irgendetwas vorgefallen? Hast du etwas bemerkt? Vielleicht, dass dich jemand verfolgt hat oder sowas?" Sie sah verlegen auf die Tischplatte. „Er war gestern bei mir in der Filiale."

„Wer?"

„Na, der Kerl! Irgend so ein Kerl!" Carmen sah Johnny nun an. „Warum hasse mir nix erzählt?", wollte er wissen, und die schöne Schwarzhaarige zuckte die Schultern. „Johnny, er hat nach mir gefragt. Und dann sollte ich mir ausrichten, datt Robert sein Geld haben will." Mit großen Augen starrte Johnny seine Freundin an. „Und... und du hattes et nich nötich, mir watt davon zu erzählen?" Er erhob sich, und ging zum Kühlschrank. Mit einer Flasche Bier kam er zurück. Stellte zwei Gläser auf den Tisch, die er vorher aus dem Küchenschrank genommen hatte, und schenkte ein.

„Schatz, der Typ is von deinem Schwager beauftragt worden. Die hamm zusammen im Knast gesessen, und wahrscheinlich wurde der gerade entlassen. Darauf wett ich!" Jetzt begannen Carmens Hände zu zittern, und Johnny legte seine auf die seiner Freundin. „Wir müssen davon ausgehn, datt er dich erkannt hat, und jetz weiß, wer du biss."

„Johnny, watt machen wir den jetz? Ich hab Angst!" Johnny lächelte wieder. „Musste nich, ich beschütz dich doch. Zuers ma werden wir Erkundigungen einholen. Is dir watt an dem Typen aufgefallen?"

Carmen überlegte, und sagte dann: „Der war schon etwas älter als wir. Und der hatte einen Akzent. Vielleicht aus Bayern oder so watt."

„Ja, datt is doch schon ma watt", nickte Johnny. „Mach dir ma keine Sorgen, den Burschen krall ich mir!"

*

Die beiden Beamten Thom und Rudnick saßen in ihrem Büro Dreizwölf. Johnny hatte Fred darüber unterrichtet, dass er die Jugendlichen in der Pommesbude angetroffen hatte. „Ich hab die alle für heute Morgen einbestellt."

„Du weißt schon, dass heute Freitag ist, und wir am Wochenende frei haben?" Fred war nicht besonders begeistert, über Johnnys Diensteifer so kurz vor dem Wochenende. „Am Samstach wa ich mit Carmen im Kino, Und als wir über die Crangerstraße nach Hause gefahrn sind, hatten wa einen kleinen Zusammenstoss mit einer Bande Jugendlicher. Die hamm uns mit Knallern beworfen. Ich hab angehalten, und die Blagen sind abgehaun. Datt wa schon nach halb zwölf. Und jetz rate ma, wer datt wa?"

Fred fuchtelte mit dem Finger, und Johnny nickte. „Genau! Und die Personenbeschreibung der Zeugen passt haarklein auf meine fünf Kandidaten. Für mich steht fest, die waren zur Tatzeit vor Ort." Da schnalzte Fred mit der Zunge. „Na, das wäre mal ein schneller Erfolg."

„Warten wirs ab", bremste Johnny seinen Kollegen. Dann sah Johnny nachdenklich auf den Ordner, der auf der Schreibtischplatte vor ihm lag. Dies fiel Fred natürlich auf. „Ist etwas?" Johnny hob den Blick, und nickte. „Carmen wird bedroht."

„Schon wieder?", rutschte es Fred heraus. „Ja, schon widda", antwortete Johnny nickend. „Der Typ will das Geld aus der Lebensversicherung. Ich schätze, den hat uns dieser Robert Kettler auf den Hals gehetzt."

„Aber der sitzt doch ein", zweifelte Fred an Johnnys Vermutung. Der Hauptkommissar nickte. „Genauso isset!" Da klopfte es an der Tür. Fred erhob sich, sah seinen Partner an, und sagt: „Ich werde mal ein wenig nachforschen. Vielleicht kann man mir in Düsseldorf Auskunft geben." Er ging zur Tür, und öffnete. Da stand ein Mann mittleren Alters, mit kurzgeschnittenen Haaren, und gepflegtem Bart. „Guten Morgen, mein Name ist Burgmeister. Ich suche einen Hauptkommissar Thom." Fred nickte. „Ja, da sind sie hier richtig. Kommen sie bitte herein." Herr Burgmeister folgte der Aufforderung, drehte sich noch zur Seite, wo die Bank stand. „Na los, komm", forderte er. Und plötzlich stand ein junges Mädchen vor Fred. Sie war etwa fünfzehn Jahre alt, hatte kurze, blonde Haare, und trug eine dicke Jeansjacke mit weißem Plüschfell-Kragen. Kommissar Rudnick begann zu grinsen. Die beiden Besucher traten ein, und Johnny bot ihnen einen Platz an. Er hatte extra noch einen zweiten Stuhl besorgt, der nun, neben dem anderen, seitlich des breiten Schreibtisches stand. Der Vater und die Tochter grüßten knapp, und nahmen Platz. Etwas hochnäsig sah Herr Burgmeister den langhaarigen Beamten an. „Ich hätte gerne zuerst mal gewusst, worum es hier geht", sagte er streng. „Mord, Herr Burgmeister! Es geht um Mord", und er war sich der Schockwirkung seiner Worte natürlich bewusst. Und Herr Burgmeister wurde durchaus etwas blass um seine Nase. „Und… und was soll meine Tochter damit zu tun haben? Und wer wurde ermordet?" Fred setzte sich auf seinen Stuhl, und sah den Mann ernst an. „Genau das, wollen wir herausfinden. Die Tote ist eine Lehrerin ihrer Tochter."

„Das hätte man mir sagen müssen, damit ich meinen Anwalt informieren kann"" beschwerte sich der Mann in dem teuren Anzug. „Ach, Herr Burgmeister, dazu is immer noch Zeit genuch", erwiderte Johnny. „Ihre Tochter is als Zeugin hier. Noch!" Er lehnte sich zurück, und sah Silvia an. „Du biss gesehen worden, und zwar in der Nähe des Tatorts, und zur Tatzeit. Von mehreren Zeugen."

„Wer sagt sowas?", mischte sich der Vater des Mädchens empört ein. „Ich sach sowatt", sagte der Hauptkommissar, und wandte sich wieder dem Mädchen zu. „Watt habt ihr um die Uhrzeit auf dem Schulhof gemacht?"

„Nix!"

Johnny sah seinen Partner an, und wandte sich dann wieder dem Mädchen zu. „Am Samstach gegen zwölf Uhr, kam ich aus Buer die Crangerstraße runter gefahrn", erzählte er dem Mädchen. „Dabei wurde mein Wagen mit Böllern beworfen. Abba datt muss ich dir ja nich erzählen, denn du wars ja dabei." Da sah Herr Burgmeister seine Tochter an. „Was erzählt der Mann da? Du warst doch bei Ulrike." Silvia schwieg, und sah auf den Boden. „Ja, datt warsse auch, denn die Ulrike war auch dabei. Genau wie noch drei Jungs. Hab ich Recht?" Johnny sah Silvia eindringlich an. „Und dann seid ihr zur Schule gelaufen", führte Fred weiter aus. „Und nun wollen wir wissen, was ihr dort wolltet? Und warum war Frau Gericke auch da, zu so später Stunde?"

„Kannet sein, datt ihr die Frau zur Schule gelockt habt, weil Manfred Kronen mit ihr noch eine Rechnung offen hatte?" Da hob Silvia ihren Kopf, und sah Johnny an. „So ein Quatsch! Datt wa wegen dem Pisser!"

„Silvia", ermahnte der Vater seine Tochter wegen der Ausdrucksweise. „Abba der heißt so, Papa. Datt is Mario Piessner, den nennen alle Pisser."

Da mischte sich Fred ein. „Wie war der Name? Mario Piessner?" Das Mädchen nickte und Fred schrieb auf seinen Block. „Wer is dieser Mario, und wie darf ich datt verstehen?", fragte Johnny. „Naja…, der Pisser hat watt mit der Gericke. Die Treffen sich heimlich, um…, sie wissen schon."

Fred staunte nicht schlecht. „Willst du damit sagen, die Lehrerin hatte ein Verhältnis mit diesem Mario?" Silvia nickte. „Weiß doch jeder auffer Schule."

„Und die Treffen sich ausgerechnet dann auf dem Mädchenklo der Schule, wenn ihr auch da rumgeistert? Das glaube ich dir nicht." Fred witterte einen Zusammenhang. „Dafür muss es doch einen Grund geben. Und ich hoffe, du kannst ihn uns nennen." Doch Silvia schüttelte mit dem Kopf. Da sah Johnny sie eindringlich an. „Du solltest wissen, dass man uns besser nicht anlügt!"

„Also, jetzt hörense ma. Meine Tochter hat doch gesacht sie weiß nichts. Damit sollte es jetzt auch gut sein." Herr Burgmeister erhob sich. „Komm, Silvia!" Die beiden verließen Dreizwölf, und als sie auf den Flur traten, saßen dort Ulrike Schmitz, mit ihrer Mutter, und Paul Rademacher ohne Eltern. Ulrike stürzte sofort auf Silvia zu. „Watt wolln die von uns?", fragte sie, aber eine Antwort bekam sie nicht. „Silvia, los komm", sagte Herr Burgmeister streng, und die Tochter folgte ihm. Da trat Fred Rudnick aus der Tür. Er zeigte auf Ulrike. „Fräulein Schmitz, bitte!"

Ulrike, sie trug die Jeansjacke mit dem weißen Fellfutter, und ihre Mutter traten ein, und Johnny bat ihnen, wie er es zuvor auch bei Herrn Burgmeister und seiner Tochter getan hatte, einen Platz an. „Mein Name ist Thom, Hauptkommissar, und datt is mein Kollege Kommissar Rudnick." Er sah Mutter und Tochter an, und die beiden hätten auch Schwestern sein können. Frau Schmitz war sehr jugendlich im Aussehen, trug eine weiß-schwarz gestreifte, sehre enge Jeans, und eine pinkfarbene Jacke. Johnny schätzte, dass sie ihre Tochter wohl sehr jung bekommen hatte. „Mein Kollege wird jetzt ihre Personalien aufnehmen, und danach unterhalten wir uns ein wenig." Frau Schmitz nickte mit dem Kopf, und so begann Fred mit der üblichen Prozedur. Danach begann Johnny mit der Befragung, wurde aber von der ebenfalls rothaarigen Mutter unterbrochen. „Worum geht et hier eigentlich?", fragte sie, und der Hauptkommissar erklärte ihr, was vorgefallen war. „Die Clique ihrer Tochter war genau zu diesem Zeitpunkt auf dem Schulhof. Dafür gibt es Zeugen, die Ulrike, und auch ihre Freundin eindeutig identifiziert haben. Wir wüssten nun gerne, warum sich fünfzehnjährige Jugendliche, um zwölf Uhr in der Nacht, auf dem Schulhof herumtreiben. Und zwar genau dann, wenn dort ein Mord geschieht." Nun wurde die junge Frau rot im Gesicht. „Sie wollen meine Tochter beschuldigen?", fragte sie erregt. „Sie sind etwas zu voreilig, Frau Schmitz. Noch suchen wir nach Zeugenaussagen, die uns weiterbringen." Johnny sah die Frau eindringlich an. „Oder glauben sie, dass Ulrike etwas mit dem Mord zu tun haben könnte?" Da schwieg die Frau. Leider ergab die Befragung des zweiten Mädchens, genauso viel, wie die des ersten Mädchens.
Plötzlich klingelte das Telefon. Fred zog den Teleskoparm mit dem grauen Apparat darauf zu sich heran, und nahm ab. „Rudnick!" Und dann kam ein längerer Satz des Anrufers,

der Fred aufhorchen ließ. „Tja, dann schick ihn mal rauf."
Er legte den Hörer wieder auf, und nickte Johnny zu. Dieser
sprach immer noch auf das rothaarige Mädchen ein. „Ulrike,
hier geht et um Mord. Wir sind auf jeden Zeugen
angewiesen, Verstehsse datt?" Doch Ulrike erzählte nichts!
Anders als zuvor die blonde Silvia. Nach jedem dieser
Gespräche, war Johnny mehr davon überzeugt, dass die
Clique etwas mit dem Verbrechen zu tun hatte.

*

Als nächster Zeuge kam Paul Rademacher in das Büro, und
setzte sich auf einen der Stühle. „Wo sind deine Eltern?",
fragte Fred. „Im Urlaub! Wennse die sprechen wolln,
müssense nach Reit im Winkel fahrn. Da machen die
nämlich Ski-Urlaub."
„Ohne dich?" Fred sah den jungen Burschen ungläubig an.
„Na kla, ohne mich. Glaubense ich fahre mit den Oldtimern
noch in Urlaub. Bin doch kein Kind mehr."
„Ok, wenn datt so is, dann rede ich mit dir also, wie mit
einem Erwachsenen", sagte Johnny. „Watt du ja scheinbar
biss."
Paul nickte nur. „Watt wolltet ihr Samstachnacht auf dem
Schulhof? Und sach jetz nich nix!"
Der junge Paul zeigte sich tatsächlich etwas unsicher, denn
er konnte nicht wissen, ob die Mädchen geschwiegen hatten
oder nicht. Er zögerte einen Moment. „Es war Mannis Idee",
sagte er plötzlich. „Manni Kronen?", fragte Fred, und Paul
nickte. „Weiter", drängte Johnny den Jungen. „Manni… der
Manni hat mitgekricht, datt der Pisser die Gericke treffen
wollte."
„Du meins Mario Piesner?", fragte Johnny, und Paul nickte.
„Ja, der hat watt mit der Gericke. Manni hat gehört, wie die

sich am letzten Schultach verabredet hamm. Da wollten wa die ein bissken ärgern."

„Ärgern?" Fred musste grinsen, denn er zweifelte an Pauls Worten. „Spannen wolltet ihr!"

Da wurde Paul ein wenig rot. „Ja, und? Der Pisser poppt die Gericke. Da kann man doch watt mit anfangen."

„Ok, datt mit dem Pisser lassen wa jetz ma bleiben, ne", mahnte Johnny. „Ihr wolltet Frau Gericke also erpressen? Sehe ich datt richtich?"

„Na ja…", Paul begann herumzudrucksen. „Der Manni hat echt schlechte Noten in ihren Fächern. Wenn der in Mathe noch ne fünf kassiert, kann er seine Versetzung vergessen."

„Und da habt ihr gedacht, verbessern wir Mannis Noten, in dem wir ein paar Fotos machen?", vermutete Fred.

„Abba der Mario is euch draufgekommen, und am Schluss war Frau Gericke tot." Johnny warf den Köder aus, und Paul schluckte ihn. „Son Blödsinn! Keiner von uns hat die Gericke angefasst. Datt wa ganz anders."

„Und wie?" Fred spielte mit dem Kugelschreiber in seiner Hand, als wäre die Angelegenheit nicht wirklich wichtig.

„Der Piss… äh, der Mario hat uns entdeckt, und da sind wa abgehaun."

„Und datt soll ich euch glauben?" Johnny sah Paul mit zweifelndem Blick an. Doch dieser blieb dabei. „Hörense, der Mario is erst dieses Jahr in unsere Klasse gekommen. Der is hängen geblieben. Und datt schon zum zweiten ma. Der wird bald Achtzehn, und wenn der uns inne Finger kricht, dann macht der uns platt!"

Johnny nickte. „Gut, also ihr seid abgehaun. Abba habt ihr vorher noch irgendwatt gesehn. Hat sich Mario vielleicht mit Frau Gericke gestritten?"

Da grinste Paul. „Ne, danach sah datt nich aus! Überhaupt nich!"

„Was soll das heißen?", fragte Fred nach. „Naja, der Manni is in die Mädchentoilette rein, weil er Fotos machen wollte. Im Mädchenklo isset warm, weil die Heizungen an sind. Die Gericke war fast nackt, hatt Manni erzählt, als er widda rauskam."

„Also gibt es Fotos aus dem Mädchenklo?" Fred blieb dran mit seinen Fragen. Paul nickte!

„Abba die hat der Manni! Können auch nich viele sein, weil der Mario den Manni schnell entdeckt hat, und ihn packen wollte. Manni hattet grade noch geschafft aus dem Mädchenklo abzuhaun, weil der Mario über seine Hose gestolpert is. Die hing ihm beim Poppen an den Knien."

Die beiden Beamten sahen sich an. „Ok, der Mario und die Roswitha hatten in dem Mädchenklo ein Techtelmechtel", begann Johnny die Vorkommnisse zusammenzufassen.

„Datt wa mehr, die hamm da voll rumgevögelt", unterbrach ihn Paul sofort.

Da nickte Johnny. „Und dann seid ihr abgehaun. Habt ihr noch jemand anderen gesehen?" Paul schüttelte den Kopf. „Nö!" Dann kniff er die Augen zusammen. „Abba…, naja, da stand ein Auto vor der Schule. Neben dem von der Gericke. Datt wa vorher noch nich da."

„Du meinst, als ihr den Schulhof verlassen habt, stand da ein Auto, das vorher noch nicht dastand?" Fred sah Paul eindringlich an, und dieser nickte. „Ja, hab ich doch gesacht. Und datt fand ich komisch, weil da sonst keine Autos auf dem Parkstreifen standen. Nur die beiden!"

„Paul, welches Auto fährt Frau Gericke?", fragte Fred, und verbesserte sich sofort. „Ich meine fuhr Frau Gericke."

„Die hatt nen roten Käfer. Der stand vor dem Schultor, auffm Parkstreifen", antwortete Paul sofort. „Und was für einen Wagen hast du noch gesehen?" Paul zuckte mit den Achseln. „Der war hellblau oder grau. Irgend sowatt!"

„Kennsse die Marke? Watt war datt fürn Typ?", hakte Johnny ein. Paul sah den langhaarigen Beamten an, und zuckte nochmal mit den Schultern. „War ein Franzose! Ein Renault oder Citröen."

„Ok, datt is doch schon watt. Sonst noch watt aufgefallen?" Paul nickte. „Der hatte ein schwarzes Faltdach."

Kurz darauf entließen die beiden Beamten den Jungen, und dieser verließ Dreizwölf.

*

„Watt war datt eigentlich fürn Anruf?", fragte Johnny nun, und Fred antwortete: „Da war ein Typ am Aquarium, und wollte eine Vermisstenanzeige stellen. Der sucht eine Roswitha Gericke!"

„Ach watt!" Johnny horchte auf, und erhob sich, nahm seine Tasse, und ging zur Kaffeemaschine auf der Fensterbank. Er nahm die Glaskanne, und schüttete sich den Kaffee ein. „Ja, dann ma rein mit dem Herrn."

Fred ging zur Tür, und rief den Mann herein. Der Mann der eintrat, war nicht besonders groß. Er war etwas kleiner als Johnny, und der war nicht einmal einen Meter und achtzig. Er hatte schwarze Locken, und eine runde, dunkle Brille auf. Fred bot ihm einen Platz an, und der Mann setzte sich.

„Können sie mir sagen was das hier soll?", fragte der Mann aufgeregt.

„Mein Name ist Fred Rudnick. Ich bin Kommissar! Und dieser langhaarige Herr, ist mein Kollege Thom, seines Zeichens Hauptkommissar. Darf ich ihren Namen erfahren?"

„Ähm… Ja, ich heiße Lutz Fröhlich. Ich… ich suche meine Verlobte." Der Mann war sichtlich nervös.

„Der Name ihrer Verlobten is Roswitha Gericke, Lehrerin auf der Realschule in Erle?", fragte Johnny mit einem Schuss ins Blaue, und der Mann nickte. „Herr Fröhlich", begann Fred ruhig. „Wir haben leider eine schlechte Nachricht für sie. Ihre Verlobte Roswitha Gericke ist Opfer einer Gewalttat geworden." Der Mann wurde blass. „Das… das… kann doch nicht sein. Wer hat ihr das angetan?" Dann begann er zu weinen.

„Das ist nun unsere Aufgabe, dies herauszufinden. Sagen sie mal, Herr Fröhlich, wo waren sie Samstag den neunundzwanzigsten Dezember gegen zwölf Uhr nachts?" Fred begann zu bohren.

„Wollen sie mich etwa verdächtigen?", empörte sich der Mann, und wischte die Tränen aus seinem Gesicht.

„Herr Fröhlich, wir müssen diese Fragen stellen. Datt is ersma Routine", antwortete Johnny, und legte nach. „Ich persönlich würde mal vermuten, datt ein verlobt Paar, die Tage zwischen Weihnachten und Silvester zusammen verbringt. Also, bei mir is datt so!"

„Ähm ja, das wollten wir auch, aber ich hatte Termine in meiner Heimatstadt, und konnte daher nicht nach Gelsenkirchen kommen."

„Von wo kommen sie denn?", wollte nun Fred genauer wissen.

„Ich komme aus dem Sauerland, genauer gesagt aus Brilon." Fred notierte, und Johnny übernahm. „Datt heißt, sie haben die Feiertage jeweils allein verbracht?" Herr Fröhlich nickte. „Und gibet da auch Zeugen für, die bestätigen können, datt sie in Brilon warn?" Johnny sah den Mann mit der Brille misstrauisch an. „Ja, meine Eltern. Da habe ich die Feiertage verbracht", sagte Herr Fröhlich nickend, doch das wollte Johnny nicht wissen. „Datt interessiert mich weniger. Ich will wissen, wo sie am Samstach vor Silvester warn." Da kam Herr Fröhlich ins Stottern. „Ja…, ähm, da war ich auch bei meinen Eltern."

„Gut, das prüfen wir natürlich nach. Wie ist eigentlich ihr Kennzeichen?", fragte Fred noch. „Äh… mein Autokennzeichen?" Fred nickte. „HSK – AL 632."

„Und was für ein Auto fahren sie?" Unsicher sah der Lockenkopf den Kommissar an. „Einen Renault 17", antwortete er zögerlich. Dann ließ sich Fred noch die Telefonnummer der Eltern geben. Danach bekundeten sie ihr Beileid, und entließen den Mann.

„Ist dir watt aufgefallen?", fragte Johnny. „Der Typ hat ga nich gefracht, watt ihr passiert is."

„Stimmt! Der wollte nur wissen, wer der Täter ist", bestätigte Fred. „Auf gut Deutsch, haben sie schon einen Verdächtigen?"

„Richtich! Könnte durchaus sein, datt er bereits wusste, wie seine Verlobte gestorben is. Da erübrigt sich datt fragen natürlich." Fred staunte doch ein wenig. „Du glaubst der hat…?"

„Naja, is durchaus möglich. Eine Beziehungstat dürfte et in jedem Fall sein. Ob nun dieser Lutz Fröhlich oder der Pisser." Johnny nahm einen Schluck aus seiner Tasse, und Fred sah ihn streng an. „Jedenfalls sollten wir seine Aussagen sorgfältig überprüfen. Und diesen Mario Piesner sehen wir uns am Montag mal an."

Von den andren beiden geladenen Zeugen, ließ sich keiner blicken. Weder Memet Can, noch Manni Kronen erschienen an diesem Freitag im Präsidium. Fred schlug vor sie von Hauptwachtmeister Andi Grünwald holen zu lassen, doch Johnny winkte ab. „Der is doch froh, datt er heute Bürodienst hat. Lass den ma in Ruh. Montach is auch nochn Tach." Fred zuckte seine Achseln. „Wenn du meinst."

„Abba dieser Lutz Fröhlich gefällt mir nich. Am besten überprüfen wir ma sein Alibi." Er griff den Teleskoparm, und schob ihn seinem Kollegen hinüber. Fred nahm den Kassettenrecorder aus der Schublade, steckte ein Mikrofon ein, und den Saugknopf an den Hörer. Dann drückte er Aufnahme. Er wählte die Nummer in Brilon, und legte den Hörer an sein Ohr. Es dauerte eine Weile, bis sich jemand meldete. „Hier bei Fröhlich." Eine weibliche Stimme ertönte in der Hörmuschel. Fred Rudnick stellte sich vor, und fragte mit wem er spreche. Es stellte sich heraus, dass Fred die Mutter des Herrn Fröhlich am Apparat hatte. „Der Halter des Fahrzeugs mit dem Kennzeichen HSK – AL 632 ist ihr Sohn Lutz Fröhlich?"

„Oh, mein Gott, ist etwas geschehen?", fragte die Frau sofort aufgeregt. „Oh, nein, keine Angst. Es geht nur um die Beschädigung eines Fahrzeugs in der Innenstadt von Brilon. Am neunundzwanzigsten Dezember, zwei Tage vor Silvester, war ihr Sohn da in Brilon?" Für einen Moment schwieg Frau Fröhlich, dann sagte sie. „Das kann mein Sohn nicht gewesen sein. Der war seit Samstagvormittag in Gelsenkirchen, bei seiner Verlobten. Er wollte sie überraschen, deswegen ist er ins Ruhrgebiet gefahren. Die ist dort Lehrerein, müssen sie wissen." Fred begann zu grinsen. Freundlich verabschiedete er sich, und legte auf.

„Tja, unser Herr Fröhlich hat uns belogen. Er war laut seiner Mutter hier in Gelsenkirchen, um seine Verlobte zu überraschen."

„Und so wie datt aussieht, wa Herr Fröhlich der Überraschte", vermutete Johnny. Er stand auf, und begann sein Whiteboard zu beschriften. Unter dem Bild des Opfers, das er an die Wand klebte, schrieb er die Namen Lutz Fröhlich, Mario Piesner, und Manfred Kronen. Dies waren für Johnny die möglichen Täter. „Warum dieser Manni?", fragte Fred. „Ich denke, die schlechten Noten machen ihn

45

zum Kandidaten. Abba Verdächtiger Nummero Uno is für mich der hier!" Er tippte auf den Namen Lutz Fröhlich. „Watt is? Hunger? Is halb zwölf durch." Dies bedeutete, dass Johnnys Stamm-Pommesbude gerade seine Pforten öffnete. Und er verspürte Hunger. Sein Gaumen stellte sich gerade auf eine Currywurst mit Pommes ein. „Tja, da die beiden anderen Kandidaten wohl nicht mehr erscheinen, könnten wir Mittag machen", stimmte Fred zu, und so zogen die beiden erstmal ab, auf den Parkplatz.

Sie fanden einen Parkplatz direkt vor der Post in Erle. Diese war nur wenige Meter von der Pommesbude entfernt. Und in dem Imbiss war es noch ruhig. Es war auch wieder das altbekannte Gesicht, der rotlockigen Rosi hinter der Theke. „Na, Johnny, datt Übliche?", fragte sie, und er nickte. „Und du?" Sie sah Fred an, und da sie wusste, dass dieser gerne etwas ausprobierte, musste sie seine Bestellung abwarten. „Also, ich nehme ein Schaschlik, und eine Portion Kartoffelsalat!"
„Dann setzt euch ma hin, ich bringet euch am Tisch." Und als die beiden bereits aßen, wurde die Tür geöffnet, und zwei bekannte Gesichter traten ein. Es waren die beiden Mädchen aus der Clique. Sie hatten die beiden Männer noch nicht entdeckt, denn diese saßen in der ersten Sitzgruppe vorn rechts, verdeckt von der halben Wand, die den Raum vom Verkaufsbereich abtrennte. Erst als sie an den Männern vorbeigingen, um in der runden Sitzgruppe am Ende des Raumes Platz zu nehmen, erkannten sie die Beamten. Sie erschraken sogar ein wenig, denn damit hatten sie natürlich nicht gerechnet, die beiden Polizisten so schnell wiederzusehen. Doch die beiden Männer ignorierten die Mädchen, und aßen in aller Ruhe weiter. Dann aber trat Ulrike Schmitz überraschend an den Tisch der beiden Beamten. „Entschuldigung, sie wollten doch wissen, wo die

beiden andern sind", sagte sie. „Der Memet is heute Morgen in die Türkei geflogen. Zu seinen Großeltern!"

„Und watt is mit Manni Kronen?", wollte Johnny wissen.

Da zuckte Ulrike mit den Schultern. „Datt weiß ich auch nich. Der müsste zu Hause sein."

Fred nickte, und Johnny bedankte sich. Das Mädchen ging zurück zu der Rundecke.

Es war kurz vor eins, als sie wieder in Dreizwölf ankamen. Und dort erwartete sie eine Überraschung. Auf der Bank im Flur, saß ein Junge. Und Johnny erkannte ihn sofort. „Da hattet sich wohl einer überlecht, doch noch zu erscheinen."

Sie kamen näher, und Manfred Kronen erhob sich. „Äh… ich sollte mich hier melden."

„Das ist wohl wahr, Herr Kronen", stimmte ihm Fred zu. „Aber heute Morgen schon. Ich hoffe, du hast uns etwas zu erzählen. Wo sind deine Eltern?"

„Auffm Campingplatz!"

„Wie? Die auch?", stellte Johnny fest. Als sie dann am Schreibtisch saßen, begann Johnny mit der Befragung. „Also, wo du am Samstach warst, brauchen wir nich mehr zu fragen. Datt wissen wa ja. Und warum, wissen wa auch. Du wolltes Frau Gericke mit Fotos erpressen, um bessere Noten rauszuschlagen", sagte Johnny. „Du biss ins Mädchenklo, und hass Fotos gemacht. Abba nachdem Mario dich entdeckt hat, watt wa dann?"

„Ich wollte Fotos machen, ja, datt stimmt", gab Manni zu. „Abba da wa nix zum Knipsen. Die hamm nich gevögelt, sondern gestritten." Da horchten die beiden Beamten auf.

„Die haben gestritten?", wiederholte Fred, und Manni nickte. „Und datt nich zu knapp."

„Und weiter?", drängte Kommissar Rudnick. „Nix weiter! Wir sind abgehauen."

„Da hat uns der Paul aber was ganz anderes erzählt. Von
Sex, und einem Mario mit runtergelassenen Hosen",
bemerkte Fred misstrauisch. „Weißt du, wir mögen es
überhaupt nicht, wenn wir belogen werden." Manni
überlegte kurz, und gab dann zu, das Paar beim Liebesspiel
fotografiert zu haben. „Abba entdeckt hat mich der Pisser
erst, als die angefangen haben, sich zu streiten."
„Habt ihr gesehen, watt danach wa? Is Mario wieder in datt
Mädchenklo gegangen." Johnny sah Manni fragend an.
„Keine Ahnung! Der Pisser is irre! Mit dem wollte ich mich
nich anlegen."
„Hast du etwas von dem Streit mitbekommen? Worum ging
es?" wollte Fred wissen. „Ich glaub, die Gericke wollte mit
ihm Schluss machen. Du schiebs mich einfach ab, hat er se
angeschrien. Und sie hat ihn gedrängt leise zu sein."
Die beiden Beamten sahen sich an. „Da bisse dir ganz
sicher?" Johnny hakte noch mal nach. „Ja kla! Datt wa ihr
Abschiedsnümmerken, hatt se gesacht."
„Ist dir vor der Schule etwas aufgefallen?", wollte Fred noch
wissen. Manni fuhr sich mit der Hand durch sein Haar.
„Meinen se datt Auto? Ja, da stand ein zweitet Auto auf dem
Parkstreifen, datt vorher noch nich da wa."
„Und? Eine Ahnung was für eins?"
„Kla, ein Renault 17", antwortete Manni, und bestätigte
damit Pauls Aussage. „Der war blau und hatte ein schwarzes
Faltdach." Manfred Kronen, hatte mit seiner Aussage, etwas
Licht in den Fall gebracht.

Lange blieb Johnny nicht mehr im Präsidium, und während
er nach Hause fuhr, beschäftigte sich Fred noch mit dem
Tippen des Berichtes. Und er erinnerte sich an die Sache die
ihm Johnny wegen Carmen und ihrem Stalker erzählt hatte.

*

IV. VON LÜGEN UND ERKENNTNISSEN

Schon längere Zeit hatte sich Johnny nicht mehr in seiner Stammkneipe blicken lassen. Der Grund war nicht etwa der, dass Carmen es ihm verbot oder zumindest nicht guthieß. Nein, es war der Weg, den er zurücklegen musste. Ging er vorher von seiner Wohnung, nur durch die Nord- und Südstraße, was ein zehn Minuten Weg war, so wohnte er jetzt am anderen Ende des Stadtteils, und hätte sicher eine halbe Stunde Fußweg gehabt. Oder die Kosten für ein Taxi.

Doch an diesem Wochenende hatte er sich vorgenommen, wieder einmal im "Türmchen" aufzuschlagen. Carmen hatte nämlich am Samstagabend Klassentreffen, in einem Lokal in Buer. Eigentlich hatte sie gar keine Lust darauf, denn es lief sowieso nur auf eine riesige Prahlerei hinaus. Aber mehrere Anrufe ihrer ehemaligen Schulfreundinnen hatten sie überzeugt doch daran teilzunehmen. Und so hatte auch Johnny den Samstag für sich. Es war halb sieben, als Carmen aus dem Haus ging. Johnny wollte noch die Sportschau zu Ende sehen, und würde dann auch das Haus verlassen. Allerdings war seine Vorfreude so groß, dass er den Fernseher ausschaltete, und in seine Westernstiefel schlüpfte. Er ging in den Korridor, nahm seine Jacke vom Haken, und sah den weißen Kater an, der neben ihm stand. „Du hältst hier die Stellung!" Und als hätte er jedes Wort verstanden, miaute der Kater ihm freundlich zu.

Johnny trat hinaus, auf die dreistufige Treppe, zog die Tür hinter sich zu, und schloss ab. Dann sah er sich kurz um.

Und plötzlich sah er den blauen Ford Capri, etwa hundert Meter von Carmens Haus entfernt, am Bordstein stehen. Er konnte nicht erkennen, ob jemand in dem Fahrzeug saß, also ging er auf den verdächtigen Wagen zu.
Der Typ hat Nerven, dachte sich der Hauptkommissar, und ging langsam, an den geparkten Autos entlang. Und als er auf Höhe des Ford war, sah er, dass der Typ hinter dem Lenkrad schlief. Johnny musste grinsen. Dies war wohl der Grund, warum er Carmen nicht verfolgt hatte, als diese das Haus verlassen hatte. Der Kerl war schlicht weg eingepennt. Johnny machte kehrt, und ging zurück, um dann in die gegenüberliegende Straße einzuscheren. Diese verließ parallel der Crangerstraße, und führte ihn auf direktem Weg zu seiner Stammkneipe.

Als der langhaarige Kerl durch die Kneipentür trat, wurde er mit einem lauten Grölen empfangen. An der Theke saßen seine Kumpels Pedder, Socke, der eigentlich Markus Krämer hieß, und ein dritter Mann, den Johnny zwar kannte, aber nicht mochte. Sein Name war Klaus Sandermann, den alle seit der Schulzeit nur Sandmann nannten. Weil er seine Gegner schnell schlafen schickte, hatte man ihm diesen Spitznamen verpasst. Er war ein bulliger Typ, und damals auf der Schule als Schläger und Mobber bekannt. Johnny war dem Schläger damals zwar immer aus dem Weg gegangen, aber er hatte ihn nie gemocht. Als vierter Mann, stand Toni, der Wirt, hinter der Theke.
Die Männer ließen den Knobelbecher rumgehen, und Johnny war gar nicht erfreut darüber, dass man ihn beim Knobeln ersetzt hatte. Er sah sich kurz um, und trat dann an den Tresen. „Nabend, meine Herrn!"
„Oh, welch seltener Besuch. Haben euer Hoheit auch ma widda den Weg zum einfachen Volk gefunden? Watt führt dich denn hierher?", fragte Pedder, und man hörte an seiner

Stimme, dass er durchaus beleidigt war. „Wir dachten, datte verstorben biss, und man vergessen hat, uns zur Beerdigung einzuladen." Peter Treck, wie Pedder eigentlich hieß, war, wie die anderen auch, ein Schulkollege von Johnny. Allerdings hatte er damals noch volles, blondes Haar. Jetzt, mit zweiunddreißig Jahren war von der Haarpracht nichts geblieben. Pedder hatte bereits eine Glatze, also eher so einen Kranz, welchen er aber regelmäßig wegrasierte.

„Ne, so schlimm isset nich", entgegnete Johnny grinsend.

„Naja, du hass dich nich inner Kneipe blicken lassen, und auffem Platz warsse auch schon ne ganze Zeit nich mehr", bemerkte jetzt Socke. „Hattet die Mutti verboten?" Johnny sah ihn streng an. „Hasse zu viel von den Chemikalien auf deinem Kopp eingeatmet, oder warum redesse son scheiß?" Er zeigte auf Sockes neue Mini Pli Frisur. Kleine Löckchen füllten sein Haupt, was für Johnny recht lustig aussah.

„Bisse zum Stänkern gekommen, oder watt?", wurde Socke nun böse, und war sofort beleidigt. „Wer hat denn angefangen?", entgegnete Johnny verärgert. So hatte er sich seinen freien Kneipenabend nicht vorgestellt. „Is jetz ma gut", funkte nun Toni dazwischen. „Ihr spinnt wohl! Johnny, watt willse trinken?"

„Einen Ginger Tully, bitte", verlangte Johnny nach seinem Lieblingsdrink. Zweifingerbreit irischen Whiskey der Marke Tullamore Dew, Ginger-Ale, Eis und ein Stück Limone. Der Western-Fan Johnny Thom war kein Bourbon Trinker!

„Kommt sofort", sagte Toni und wandte sich zu dem Regal in seinem Rücken, um ein passendes Glas herauszunehmen.

Pedder war der erste, der zu einer normalen Unterhaltung überging. „Nun sach schon, warum machste dich so rar?"

Johnny zog seine braune Lederjacke aus, hängte diese an die Rückenlehne des Barstuhls, und nahm Platz. „Is halt ein ganz schöner Weg zu laufen, von da unten. Seit ich bei Carmen eingezogen bin, isset halt nich mehr nur ma über de

Straße." Pedder nickte. „Schon ma watt von Taxis gehört?",
stänkerte Socke schon wieder weiter. Johnny sah ihn streng
an. „Watt glaubs du, wieviel son Bulle verdient? Mann ja,
na klar könnte ich mitm Taxi fahrn. Einma hin, und dann
auch widda zurück. Und datt jedet Wochenende." Da zeigte
sich der Mini-Lockenkopf einsichtig. Dann wandte sich
Johnny dem Sandmann zu. „Na Klaus, wie isset dir denn so
ergangen? Man hat sich ja ewich nich gesehen." Klaus
Sandermann nickte. „Datt übliche, Johnny. Verheiratet, zwei
Kinder. Wohne jetzt in Resse, nur hier die Oststraße rauf."
Auf der Oststraße stand, neben der Bezirkssportanlage, auch
das "Türmchen". Die Straße zog sich vom Stadtteil Erle, bis
in den Nachbarstadtteil. Nach etwa einem Kilometer, wurde
es links und rechts der, mit dicken Platanen bepflanzten
Allee, ziemlich ländlich. Wege die bis zu der Ruine des
alten Grafensitzes Haus Leythe führten, vorbei an Feldern
und Weiden, mit Kühen und Pferden darauf, luden hier zum
Spazieren ein. Und nach der Unterführung der A2, war man
schon in Resse. „Oben in dem Hochhaus?", fragte Johnny,
und Klaus nickte. Am Ende, oder am Anfang der Oststraße,
je nachdem man sie von Erle oder Resse befuhr, stand ein
einsames Hochhaus, zwischen Einfamilienhäusern. „Und du
biss Bulle geworden? So richtich mit Uniform? Kann ich
mir bei dir ga nich vorstellen", sagte Klaus, und diese
Vertrautheit kam Johnny schon merkwürdig vor. So dicke
waren die beiden eigentlich nie gewesen. „Nö, nich in
Uniform! Bin bei der Kripo." Da staunte der bullige Mann.
„Der is Hauptkommissar, wie der Schimanski im Tatort",
bemerkte Socke dazwischen. „Echt jetz? So richtich mit
Toten und Ballerei und so?" Bei Klaus Sandermann ging
gleich die Phantasie durch. Johnny schüttelte mit dem Kopf.
„Also datt eher selten."

„Bei mir isset da weit weniger spannend. Ich mach in Versicherungen", erklärte Klaus, und Socke begann zu prusten. „Echt ey, und dann will die noch einer haben?" Klaus Sandermann sah Socke fragend an. Er hatte den Gag nicht verstanden. Pedder und Johnny grinsten, und Toni stellte den bestellten Drink auf die Theke. „Sonst noch einer watt?", fragte der Wirt, und so durfte er gleich noch drei Pils zapfen. Und dann ging der Knobelbecher rum.

*

Es war gerade acht Uhr durch, als die Tür der Kneipe geöffnet wurde, und ein bekanntes Gesicht hereinstöckelte. Sie trug High-Heels, obwohl es Winter war, und dazu eine schwarze, enge Hose, und eine Webpelzjacke, auf deren Kragen die blonden Locken lagen. Kräftig toupiert, sah die Frisur einer Löwenmähne nicht unähnlich. Sie blickte sich kurz um, und sah dann Johnny auf dem Barstuhl.
Da leuchteten ihre Augen. Ein Lächeln huschte über ihr stark geschminktes Gesicht, um dann aber sofort zu einer ernsten, bösen Fratze zu werden. Und sie konnte es sich nicht verkneifen, zum Tresen zu gehen. „Hallo Toni", grüßte sie den Wirt. „Machste mir einen Vodka-Orange, bitte."
„Abba sicher, Mädchen", erwiderte der Wirt, und wandte sich zum Gläserregal. Nun sah Bine den langhaarigen Typ auf dem Barstuhl an. „Na, Johnny, auch ma widda im Lande?"
„Hallo Bine", erwiderte Johnny den Gruß, und sah seine Ex-Freundin mit eher kaltem Blick an. Diese trat neben Socke, und küsste ihn auf die Wange. „Ich hab nen neuen Freund." Johnny sah erst sie, und dann seinen Kumpel Markus an. „Hasset endlich geschafft?"

Socke nickte grinsend. „Son Harrison Ford Typ wie ich, muss nur lang genuch betteln", sagte er, und begann zu lachen.

„Na dann, herzlichen Glückwunsch." Wenn Johnny jetzt glaubte, das Kapitel Bine wäre beendet, so sollte er sich täuschen. Plötzlich fragte Pedder, der andere Knobelbruder: „Watt wird jetzt mit dir und Carmen? Willsse deine Wohnung kündigen?" Da wurde Bine hellhörig. „Echt jetz? Du wohns schon bei der! Datt ging ja fix!" Ihre Augen blitzten ihn an, als wolle sie Johnny damit erschießen. „So eilich hasse datt bei mir nich gehabt." Da schüttelte Johnny seine, Kopf. „Ne, dich wollte ich ja auch nich heiraten!" Der Schuss vor den Bug hatte gesessen. Bine wandte sich Socke zu. „Gib ma bisschen Kleingeld, ich will Flippern." Markus kramte einige Markstücke aus der Hosentasche, die er der vollbusigen Freundin in die Hand drückte. Und Bine stöckelte ab, zum Flipperautomaten.

„Wann bringse denn deine Freundin ma mit?", wollte nun Toni wissen. „Odda is die nich so fürt Gesellige?"

„Ach, der Kettler, ihr Ex, hat die immer ziemlich anner kurzen Leine gehalten. Carmen kam nur selten raus. Der Typ warn Arsch!" Da stutzte der Wirt, und zog die Augenbrauen hoch. „Mein lieber Freund, spricht man so über nen jüngst verschiedenen?"

„Genau datt, hatt ihm doch die Kugel eingebracht. So behandelt man die Schwester von nem stolzen Torero nich", erklärte Johnny. „Wa nur ne Frage der Zeit, wann der die Familienehre widda herstellen würde."

„Ach, ihr Bruder hat den erschossen?"

„Boah Toni, datt stand doch in jeder Zeitung", sagte Johnny etwas enttäuscht. „Ich les keine Zeitung", zuckte der Wirt mit den Schultern. „Keine Zeit! Und is eh allet gelogen!"

Der Abend lief für Johnny recht gut, was das Knobeln betraf. Er hatte weit mehr Runden gewonnen, als verloren.

Und doch störte ihn etwas, dass er anfangs nicht erklären konnte. Doch dann verstand er!

Er kam sich beobachtet vor. Denn die schönen Augen der vollbusigen Bine verfolgten ihn. Und wenn Markus versuchte sie zu küssen, verzog sie ihr Gesicht. Johnny war es sofort aufgefallen. Das Socke nur der Notnagel für Bine war, konnte man sich denken, denn sie hatte ihn eigentlich eher mit Missachtung gestraft, als sie noch Johnnys Mädchen war. Warum sie jetzt also mit ihm ging, war nicht wirklich nachzuvollziehen. Aber Johnny war es egal. Und was ihm früher geschmeichelt hätte, war ihm nun lästig. Und er wollte nicht den gleichen Fehler zweimal machen. Denn als er zum ersten Mal, völlig besoffen, mit Bine im Bett gelandet war, läutete dies, dass Ende seiner Beziehung mit Anja seiner Verlobten ein. Er sah Bine an, und prompt setzte sie ihr verführerisches Lächeln auf. Bei Johnny bimmelten die Alarmglocken. Er war wieder in Bines Fadenkreuz geraten. Zuerst sah er auf seinen Drink, der auf dem Tresen stand. Dann blickte er auf die große Uhr, über dem Glasregal. Es war kurz vor zwölf!

„Toni, bestell mir ma ein Taxi. Wird Zeit!" Natürlich fingen Socke und Pedder sofort an rumzumeckern. „Ey, Johnny, datt is doch noch früh am Abend", sagte Pedder, und Socke drängte ihn noch zu bleiben. Und dann trat Bine neben ihn. Sie lehnte sich gegen seine Schulter, und flüsterte: „Ich begleite dich, wenne wills." Johnny sah sie an, und Bine lächelte verführerisch. „Spinnste, da sitzt dein Freund?" Johnny schüttelte verständnislos mit dem Kopf. Dann zog er seine Patte aus der Hosentasche, und bezahlte seine Rechnung. Bine ging zurück an Sockes Seite, und grinste verlegen.

Kurz nachdem Johnny seinen Ginger Tully ausgetrunken hatte, wurde auch schon die Tür der Kneipe geöffnet, und

ein Mann trat ein. „Taxi Rubrecht", rief er, und Johnny
nahm seine Jacke. „Na dann, vielleicht bis nächste Woche."

Der Fahrer hielt sein Taxi in zweiter Reihe, vor dem Haus.
Johnny bezahlte, und stieg aus. Er zog die kalte Luft in seine
Lungen, während das Taxi davonfuhr. Im Haus brannte
Licht. Carmen war also schon zurück. Johnny trat die drei
Stufen der Treppe hinauf, steckte den Schlüssel ins Schloss,
was ihm nicht sofort gelang. Er hatte doch ganz schön einen
sitzen. Dann sah er sich nochmal um, und erblickte den
blauen Ford Capri. „Mann, der Typ lässt abba auch nich
locker." Er drehte den Schlüssel, und die Tür sprang auf.
Im Korridor kam ihm Carmen entgegen. „Johnny, gut datt
du komms. Der Kerl is immer noch da!"
Der Hauptkommissar nickte. „Hab ihn gesehen! Soller sich
doch den Arsch abfrieren, wenner et brauch. Ich geh jetzt
jedenfalls in mein warmet Bett." Er steckte den Schlüssel
ins Schloss, und drehte diesen zweimal um. Dann nahm er
Carmens Hand, und zog sie die Treppe hinauf.

*

Hauptkommissar Thom saß an seinem Schreibtisch. Es war
Montagmorgen, und er war alles andere, als wach. „Na, wie
war dein Wochenende?", wollte Fred wissen. „Ziemlich
durchwachsen", antwortete Johnny. „Carmen war auf einem
Klassentreffen, und sie schwört, datt ihr der Typ schon
widda nachgestellt hat. Als ich nach Hause kam, stand der
Wagen jedenfalls in unserer Straße."
Da schnipste Fred mit den Fingern. „Mensch, das hätte ich
ja fast vergessen." Er öffnete seine Schublade, und zog ein
Blatt Papier heraus.
„Ich habe eine Liste von all den Insassen, die in der letzten
Zeit aus der Haftanstalt in Düsseldorf entlassen wurden",

sagte Fred, und hielt Johnny ein Blatt Papier entgegen. „Und wir haben einen Treffer!" Johnny sah seinen Kollegen fragend an, doch dieser schwieg. „Ja, und?", fragte Johnny, denn er wartete darauf, dass Fred fortfuhr.

„Johannes Ramsauer, oder besser Joe Ramsauer, auch Rambo genannt. Geboren am ersten April Fünfundvierzig in Fischen, Allgäu, Oberbayern", las Fred Rudnick vor. „Der ist ein richtig harter Brocken! Und er war bis vor einer Woche der Zellengenosse von Robert Kettler."

„Da hamm wa also unsern Kandidaten! Joe Ramsauer, aus Bayern." Johnny sah Fred nickend an. „Freddy, datt passt! Von einem Akzent hat Carmen auch gesprochen."

„Also hat Robert Kettler diesen Rambo wohl im Knast angeheuert, um Carmen Druck zu machen."

„So wird et sein", bestätigte Johnny die Vermutung seines Partners. „Mann, Johnny, ich habe bei der Geschichte kein gutes Gefühl. Der Typ ist ein anderes Kaliber, als der kleine Gauner Robert Kettler." Johnny nickte, und sah nicht erfreut aus, doch dann begann er zu Grinsen.

„Was gibt es da zu Grinsen?", fragte Fred erstaunt. „Naja, der Typ saß am Samstag in seinem Wagen, vor unserem Haus", erzählte Johnny. „Er wollte wohl Carmen beschatten. Dabei isser abba dummerweise eingepennt. Ich hab ihn schlafen lassen, und bin dann inne Kneipe gegangen." Da grinste auch Fred. „Das mit dem Beschatten, muss er aber noch üben."

Doch Johnny war das Grinsen schon wieder vergangen. Besorgt sah er Fred an. „Ich weiß nich, wo datt hinführn soll. Bei so einem Typen, hab ich kein gutet Gefühl."

„Ne, ich auch nicht", antwortete Fred Rudnick, und auch er fand an der Situation plötzlich nichts Lustiges mehr.

Und dann befassten sie sich wieder mit ihrem laufenden Fall.

Auf dem Whiteboard hatte Johnny die Clique um Manni Kronen durchgestrichen. Er war sicher, dass diese nicht die Täter waren. Allerdings war da noch Mario Piesner, der immer noch sehr verdächtig war, und der Mann aus dem Sauerland, Lutz Fröhlich. Dieser hatte es auf den ersten Platz der Verdächtigen geschafft. „Watt hälsse davon, wenn wa ma einen kleinen Betriebsausfluch machen?" Johnny sah sein Gegenüber fragend an. „Du willst nach Brilon fahren?", fragte Fred erstaunt. Johnny nickte. "„So isset. Ich hätte da noch einige Fragen an diesen Herrn Fröhlich."
Keine halbe Stunde später, fuhren sie auf die A45 auf.

Das Wetter war gut, es schien die Sonne, und es war trocken. Natürlich war es kalt, aber das störte nicht.
Sie verließen die Autobahn, und fuhren durch die schöne Landschaft des Sauerlandes. Schnee lag auch hier noch nicht, obwohl dies ein beliebtes Wintersportgebiet für die Menschen aus dem Ruhrgebiet und den Niederlanden war. Und dann wurde die Bebauung enger, und sie erreichten die Stadt Brilon.
Als sie endlich an der Adresse ankamen, die in ihren Akten vermerkt war, fuhren sie an den Straßenrand, vor einem großen, weißen Einfamilienhaus. Neben einer Einfahrt zu einer Doppelgarage, die direkt an das Haus gebaut war, umgab dieses noch ein großer Garten. Das doppelflügelige Schmiedeeisentor stand offen, was den Sinn des Schutzes, denn das Haus umgab eine etwa mannshohe, weiße Mauer, nicht gerade sinnvoll erscheinen ließ. Etwa drei Meter daneben, befand sich noch ein einfaches Schmiedeeisentor, welches auf einen Gehweg zum Haus führte. An dieses Tor traten die beiden Männer, und Fred betätigte die Klingel, rechts auf der Mauer. Nach einer Weile erschallte eine Stimme aus dem Lautsprecher. „Ja, wer ist da?"

„Hier ist die Polizei. Guten Tag, bitte erschrecken sie nicht. Wir müssten mit Lutz Fröhlich sprechen." Freds Stimme frohlockte regelrecht. „Einen Moment, bitte."

Plötzlich erklang eine weitere Frauenstimme. „Mein Sohn ist nicht zuhause." Die beiden Beamten sahen sich an. „Wissen sie, wann ihr Sohn zurückkommt?", hakte Fred Rudnick nach. „Nein, das weiß ich nicht. Er ist schon den ganzen Morgen weg." Da mischte sich Johnny ein, und schob Fred zur Seite. „Können se ihrem Sohn bitte sagen, datt wa ihn bei uns in Gelsenkirchen-Buer im Präsidium sehn möchten."

„Nein, mein Herr", sagte Frau Fröhlich bestimmt. „Das werde ich nicht tun. Ich bin nicht ihre Sekretärin!" Und dann knackte es. Der Lautsprecher in der weißen Wand verstummte. „Tja dann", sagte Johnny, und ging zum Wagen. Fred folgte ihm.

Johnny lehnte auf dem Dach des BMW. „Freddy, ich glaub, et wird Zeit ne andere Gangart einzulegen." Fred nickte zustimmend, öffnete die Beifahrertür, und setzte sich in den Wagen.

Johnny drehte den Schlüssel, und der Motor sprang an. Und auch das Blaupunktradio ließ den Hit von Murray Head "One night in Bangkok" erklingen. Der weinrote BMW setzte sich in Bewegung, und fuhr ein Stück die Straße entlang. „Ich glaube, wir müssen in die andere Richtung", bemerkte Fred, und Johnny sah ihn an. „Datt weiß ich auch. Abba ich muss ja ersma drehn." Nach einer Weile fand Johnny eine Möglichkeit zum Wenden. „Glaubst du, die Frau weiß etwas?", fragte Fred. Johnny zuckte mit den Achseln. „Jedenfalls versucht die Löwin ihr Junges zu schützen. Von der erfahrn wa nix mehr."

„Naja, sie hat uns ja schon geholfen. Und sie kann es nicht widerrufen. Wir haben das Gespräch ja auf Band."

Und dann fuhren sie wieder an dem weißen Haus vorbei. Plötzlich rief Fred: „Stopp! Fahr zurück! Da steht der blaue Wagen vor der Garage!" Johnny trat auf die Bremse, und fuhr rechts ran. „Der muss gerade nachhause gekommen sein." Johnny fuhr bis zur nächsten Querstraße, denn es war, durch die vielen geparkten Fahrzeuge, nicht möglich auf der engen Straße zu drehen.

Kurz darauf stand der BMW wieder auf dem Platz, an dem er zuvor gestanden hatte. Und hinter dem jetzt geschlossenen Tor, stand ein Renault 17 in blau, mit einem schwarzen Faltdach.

„Wenn das mal nicht der Wagen ist, den Manni Kronen beschrieben hat", sagte Fred. „Der Kerl war zur Tatzeit nicht nur in Gelsenkirchen, sondern auch am Tatort."

Johnny nickte. „Der fröhliche Lutz hat uns belogen. Und wer lügt, der hat Dreck am Stecken!" Sie traten zu dem kleinen Tor, und Fred schellte an.

Mutter und Sohn standen in der Küche, und Frau Fröhlich redete auf Lutz ein. „Die Polizei war schon wieder hier. Was hast du getan, Junge? Warum ist die Polizei hinter dir her?" Der Sohn winkte ab, und schüttelte mit dem Kopf. „Die sind doch nicht hinter mir her. Die haben halt fragen, weil Roswitha…", er stockte, und wurde blass. „Na ja, du weißt schon."

„Junge, hast du etwas mit der Sache zu tun? Sei ehrlich zu mir, nur so kann ich dir helfen. Wir gehen zu Dr. Lohmeyer, der ist ein guter Anwalt!" Plötzlich schellte es, und das Hausmädchen lief zur Tür. „Erwartest du jemanden?" Lutz Fröhlich war sichtlich nervös. Seine Mutter sah auf die Uhr. „Heute ist Montag! Das könnte der Zeitungsjunge sein." Doch es war nicht der Junge, der die, von Frau Fröhlich geliebten Yellow Press Zeitungen brachte, in denen das Leben der Prominenten mit mehr oder weniger belegbaren

Wahrheiten breitgetreten wurde. „Frau Fröhlich, es ist nochmal die Polizei", sagte das Hausmädchen, das plötzlich an der Küchentür stand. „Geh in dein Zimmer, ich wimmele sie ab. Danach packst du einige Sachen, und fährst zum Chalet!"

„Nach Italien? Was soll ich im Chalet, da ist doch jetzt im Winter nichts los?" da trat Frau Fröhlich ganz nah an ihren Sohn, und ergriff seinen Kopf mit beiden Händen. „Junge, du musst hier weg!"

Da machte sich wieder das Hausmädchen bemerkbar. „Frau Fröhlich, was soll ich denen denn jetzt sagen?"

Die Angesprochene atmete tief ein. „Geh weg, Elke, ich mach das. Und du, verschwinde endlich, und pack deine Sachen ein."

„Ja, was ist denn noch?", erschallte die Stimme der Frau aus dem Lautsprecher. Fred wollte gerade etwas sagen, da fuhr ihm Johnny dazwischen. „Frau Fröhlich, könnense sich datt nich denken? Ihren Sohn wollen wir sprechen. Der is ja wohl jetz zuhause. Also bitte!" Ein Moment blieb der Lautsprecher still, dann erklang wieder die Stimme. „Bitte gehen sie!" Und plötzlich bewegte sich das Tor der Einfahrt. Sofort rannte Johnny los, und erwischte Lutz Fröhlich, bevor er in seinen Wagen steigen konnte. „Herr Fröhlich, wo wollnse denn so schnell hin? Hat ihnen ihre Mutter nich gesagt, datt wir sie nochma sprechen wolln?"

„Äh... ja, nein... Äh!"

„Watt denn jetz? Ja oder Nein? Und wo sollet jetz hingehen?", fragte Johnny, als Frau Fröhlich aus der Garage gestürmt kam. Es gab eine direkte Verbindungstür, vom Haus in die Garage. Hätte Lutz Fröhlich seinen Wagen nicht dummerweise vor der Garage stehen lassen, sondern hätte er diesen in die Garage gefahren, wäre er Johnny sicherlich entkommen. Doch so, musste er sich durch den Garten schleichen, um an sein Auto zu gelangen. „Was erlauben sie sich? Das ist Hausfriedensbruch! Ich rufe die Polizei!" Die Frau war äußerst verärgert. Da kam auch schon Fred um die Ecke, und stellte sich der Frau in den Weg. „Frau Fröhlich, bei Gefahr im Verzug dürfen wir das. Und wie es aussieht, wollte ihr Sohn sich unserem Zugriff entziehen."

„Das ist mir egal, ich rufe jetzt unseren Anwalt an", keifte sie, so dass im Nebenhaus bereits ein Fenster geöffnet wurde.

„Na ja, tun se watt se nich lassen können", sagte Johnny, und wandte sich wieder dem Lockenkopf zu. „Herr Fröhlich, ich verhafte sie ersma wegen des dringenden Verdachts Frau Roswitha Gericke ermordet zu haben. Sie begleiten uns nach Gelsenkirchen." Johnny zog seine Handschellen aus dem Lederetui, und legte sie dem Verdächtigen an. „Kommense bitte." Er führte Lutz Fröhlich zu seinem Wagen, und ließ ihn in auf der Rückbank Platz nehmen. Fred dagegen, sprach noch mit der Mutter des Verdächtigen. „Frau Fröhlich, wäre ihr Sohn unserer Aufforderung gefolgt, hätten wir ihn nicht verhaften müssen. Nun besteht Fluchtgefahr, und dem müssen wir vorbeugen." Er zog eine Karte aus seiner Jackentasche. „Hier können sie oder ihr Anwalt uns erreichen." Er nickte zum Gruß, und ging zum Wagen. Auch er kletterte auf die Rückbank. Dann fuhr Johnny los.

*

V. ENTSCHEIDUNGEN

Friedrich Kaltenberg stand in Dreizwölf, und sah die beiden Beamten ein wenig verärgert an. Johnny hatte ihn, nach der Rückkehr aus dem Sauerland über die Verhaftung des Lutz Fröhlich unterrichtet. Gefallen hatte es ihm nicht, aber nachdem Johnny von dem Fluchtversuch erzählte, stimmte der Polizeirat zu. Schon während der Fahrt hatte Lutz Fröhlich auf Freds Frage, wo es denn hingehen sollte, mit der Antwort Italien den Beamten die Verhaftung wegen Fluchtgefahr bestätigt. „Wo ist der Mann?", wollte Friedrich wissen. Johnny zeigte nach unten. „Im Keller! Der soll mal ein bisschen nachdenken. Außerdem erwarten wir erst noch einen anderen Zeugen. Der allerdings auch der Täter sein könnte. Wir werden jetzt mal ein bisschen mehr Druck machen."

„Ich hatte bereits einen Anruf, von einem Rechtsanwalt Dr. Lohmeyer aus Brilon, noch bevor ihr zurückwart. Der dürfte bald hier erscheinen, um seinen Klienten abzuholen. Eure Aktion war also völlig sinnlos. Ich will ein Geständnis oder der Mann wird wieder auf freien Fuß gesetzt", befahl Polizeirat Kaltenberg. Dann verließ er das Büro.

Es war bereits vier Uhr durch, als es an der Tür von Dreizwölf klopfte. Fred rief herein, und die Tür wurde geöffnet. Mario Piesner trat ein. „Guten Tach", grüßte er. „Ich wurde angerufen, datt ich herkommen soll."
„Richtig, Herr Piesner. Kommen sie bitte herein, und setzten sie sich." Fred zeigte auf den Stuhl der neben dem Schreibtisch stand. Mario Piesner sah nicht aus wie ein Schüler. Er war ein erwachsener Mann! Dies erklärte sich daraus, dass er bereits achtzehn Jahre alt war, und zweimal

Extra-Runden gedreht hatte. Auch Fred nahm Platz, zog einen Vordruck aus einem Stapel, und begann mit den Fragen zur Identität. Dabei ließ er sich natürlich auch den Personalausweis zeigen. Dann war es Johnny der mit der Befragung begann. „Roswitha Gericke war ihre Lehrerin?" Der junge Mann mit dem blonden Bart sah Johnny fragend an. „Watt heißt war?"

„Leider müssen wir ihnen mitteilen, dass Frau Gericke tot ist", klärte Johnny den Schüler auf, und dieser erstarrte. Seine Augen füllten sich sofort mit Tränen, doch er versuchte seine Trauer zu unterdrücken.

„Herr Piesner, wo warn se am Samstach den neunundzwanzigsten Dezember gegen zwölf Uhr nachts?" Mario Piesner schwieg. „Herr Piesner, schweigen se ruhich, wir wissen inzwischen, datt se am Tatort warn. Für sie wäre et von Vorteil, wenn se kooperativ wärn."

Johnny nahm den blauen Pappordner von dem Stapel, der auf seinem Schreibtisch lag. Er klappte diesen auf, und nahm die Polaroid-Bilder heraus, die sie von Manni Kronen bekommen hatten. Diese beiden Schnappschüsse zeigten den jungen Mann, und die Lehrerein eindeutig beim Sex. Johnny schob zuerst ein Bild, dann das andere hinüber.

„Manni, dieser Arsch! Ich sach nix mehr ohne meinen Anwalt", zeigte sich Mario Piesner bockig.

„Also, bis jetz hammse eh nich viel gesacht. Watt se als eventuellen Täter ziemlich belastet. Und ich rate ihnen nich so voreilich zu sein, junger Mann", versuchte Johnny ihn zu bremsen. „Ihr hattet Sex, watt nicht gleich heißt, datte se ermordet hass." Johnny sammelte die Bilder wieder ein.

„Also, für deine Anwesenheit haben wir den Beweis. Und wir hamm nen Zeugen für den Streit zwischen euch beiden. Sie hat mit dir Schluss gemacht, weil der Rektor sie dazu gedrängt hat. Abba watt is danach passiert?"

„Seid wann sind wa eigentlich per du?", fragte Mario nun arrogant und herausfordernd. Da sah Johnny ihn an, und grinste. „Is datt allet, watt dir dazu einfällt? Ok, dann eben Herr Piesner. Datt se mit der Lehrerin watt hatten, is weder ein Geheimnis, noch könnense et leugnen." Er tippte auf die Polaroid- Bilder. „Abba Roswitha Gericke is tot! Erschlagen! Geschändet und gedemütigt! Und sie warn wohl der Letzte, der se lebend gesehn hat."

„Und dies ist in der Regel der Täter. Soll ich ihnen sagen was geschehen ist?", mischte sich Fred ein. „Ich sag es ihnen! Nachdem sie Manni Kronen verjagt hatten, sind sie wieder zu Roswitha zurück. Und anstatt, dass euer Liebesspiel weiterging, hat Roswitha Gericke an ihrer Entscheidung festgehalten. Und zwar, weil Rektor Rahbeck ihnen beiden draufgekommen ist. Und da sind ihnen die Pferde durchgegangen. Eben noch hattet ihr Sex, und dann sagt sie ihnen, dass sie mit ihnen Schluss macht. Sie rennen raus, und da sehen sie neben der Jungentoilette ein Eisenrohr liegen. Die Wut ist groß, sie haben das Ding gegriffen, und sind wieder rein zu Roswitha!"

„Nein, nein, nein… ich hab Rosi nicht getötet." Mario Piesner war nun außer sich. „Ja, wir hamm gestritten. Sie hat erst mit mir gevögelt, und sacht mir dann, datt et unsere Abschiedsnummer wa. Da bin ich abgehaun!"

Johnny schüttelte leicht den Kopf. Er las in dem Bericht der Spurensicherung, und sagte dann: „Glücklicherweise hamm wa die Tatwaffe. Wir werden ihre Fingerabdrücke nehmen. Dann sehn wa weiter." Er griff nach dem Telefonhörer, und wählte. „Johnny hier! Andi kannste ma mit dem Herrn Piesner zur KTU zum Fingerabdrücke nehmen?" Johnny legte wieder auf. Kurz darauf wurde die Tür geöffnet, und Kollege Grünwald trat ein. „Na, dann kommense ma. Tut auch nich weh!" Mario Piesner erhob sich, und verließ mit dem Hauptmeister Dreizwölf.

„Also, die Jugendlichen haben ihn weggehen sehn", stellte Fred fest. „Datt schon, abba datt kann auch nach der Tat gewesen sein. Warten wa ma ab", entgegnete Johnny. „Haben wir eigentlich schon die Abdrücke von Herrn Fröhlich vorliegen?", fragte Fred. Johnny zuckte mit den Schultern. „Machen die datt unten nich automatisch? In der Akte is noch nix!" Johnny hatte sich bisher immer darauf verlassen, dass die Kerkermeister und die Spusi für solche Untersuchungen sorgten. Und das klappte meist sehr gut. Fred zog sich den Teleskoparm rüber, und wählte die Nummer der Kriminaltechnischen Untersuchungsstelle. „Ja, Kommissar Rudnick hier. Ich wollte mal nachfragen, ob es wegen der Fingerabdrücke von Herrn Fröhlich schon neue Erkenntnisse gibt?" Fred hörte nun zu, nickte zwischendurch, und sagte dann: „Bitte leiten sie das sofort ein. Wir warten!" Er sah Johnny an, und schüttelte mit dem Kopf.

*

Die beiden Mädchen saßen auf der Couch in Manni Kronens Keller. Paul lümmelte in einem der Sessel herum, und Manni warf Darts auf die Zielscheibe an der Wand. Aus den Lautsprechern sang Anni Lennox von den Eurythmics den Song "Sexcrime". „Der Türke hat sich schön ausser Affäre gezogen", sagte Uli ein wenig ärgerlich. „Ach, lass ma den Memet in Ruhe. Der is schon in Ordnung. Und datt er zu seinen Großeltern musste, da kanner ja nix für", verteidigte Sille den Freund, der jetzt in der Türkei seine Familie besuchte. Plötzlich sagte Manni: „Da wa noch einer!" Paul horchte auf. „Wie, da wa noch einer?"
„Als der Pisser raus is, is ein anderer rein", verkündete er, ohne sein Dartspiel zu unterbrechen. „Nach dem Mario is

noch einer in datt Mädchenklo gegangen?" Paul war erstaunt, denn er hatte niemanden sonst auf dem Schulhof gesehen.

Plötzlich sah Sille den dunkelhaarigen Manni an. "Sach ma, hasse den Bullen datt erzählt, datt du gesehen hass, wie ein Mann auf dem Schulhof in datt Klo gegangen is, nachdem der Pisser rauskam und abgehauen is?" Manni sah Silvia mit grinsendem Gesicht an. „Warum sollte ich?", fragte er abweisend und ärgerlich. Da sprang Uli von der braunen Cord-Couch auf, und entriss ihm die Dartpfeile aus der Hand. „Warum? Weil du ihn gesehen hass, darum!"

„Bisse bescheuert, Manni? Der Pisser landet noch wegen dir im Knast", schimpfte Sille nun außer sich, und jetzt überzogen die beiden Mädchen Manni mit Beschimpfungen und Vorwürfen. „Auch wenn du ihn nich leiden kanns, isset nich fair", rief Uli aufgebracht. „Du muss datt diesem Hauptkommissar erzählen. Vielleicht wa der Pisser ja ga nich der Mörder", schrie Sille ihn an, und war nun außer sich vor Wut. „Ey, watt Willsse eigentlich von mir?", ranzte er das Mädchen mit den kurzen, blonden Haaren trotzig an. Da mischte sich Paul ein. „Jetz bleibt ma ruhich, datt gekeife bringt et auch nich." Er sah seinen Freund mit hochgezogener Stirn an. „Manni, die Mädchen hamm Recht. Datt Kannsse nich machen. Du muss den Bullen sagen, watte gesehen hass."

Da wurde Manni böse. „Weiße noch, als der Arsch mir eine verpasst hat? Ich hab ihm gesacht, datter datt bereuen wird. Jetz isset soweit!"

An dem Abend wurde in dem Kellerraum noch ausgiebig gestritten, doch Manni weigerte sich standhaft, sein Wissen an die Polizei weiterzugeben.

Es war noch recht früh, als die beiden Mädchen an den Empfang des Präsidiums, allgemein Aquarium genannt, traten, und verlangten mit Hauptkommissar Thom zu sprechen. Der Beamte nickte. „Worum geht et denn? „Wir müssen eine Aussage machen", antwortete Uli, und Sille nickte. Da griff der Beamte zum Hörer seines Telefons, und wählte eine kurze Nummer.

In Dreizwölf klingelte der graue Apparat auf dem, in der Mitte der beiden Schreibtische angebrachten Teleskoparm. Kommissar Rudnick beugte sich vor, zog das Gestänge zu sich heran. Dann nahm den Hörer ab. „Rudnick", meldete er sich. Er hörte, und sah Johnny etwas verwundert an. „Ja, dann schick sie mal rauf." Er legte den Hörer auf. „Die beiden Mädchen wollen noch einmal eine Aussage machen."

„Schmitz und Burgmeister?", fragte Johnny, der damit beschäftigt war, sein langes Haar zusammenzubinden. Dies tat er in letzter Zeit öfter. Die Länge seiner Haare, war selbst ihm inzwischen zu viel. Ein Friseurbesuch war dringend nötig geworden. Es dauerte eine Weile, dann klopfte es an der Bürotür. „Herein", rief Fred Rudnick. Die beiden Mädchen traten ein. „Moin, meine Damen", begrüßte Johnny die beiden, und bot ihnen einen Stuhl an. Er drehte sich auf dem Stuhl zur Fensterbank, und schaltete seinen Radiorekorder ab. Pat Benatar, die ihren Hit vom Vorjahr "We belong" zum Besten gab, verstummte mitten in der Strophe. „So, watt können wa für euch tun?", fragte der Hauptkommissar. „Der Pisser wa et nich", platzte es aus Sille Burgmeister heraus.

„Und wie kommst du zu dieser Annahme?" Fred sah sie fragend an. „Da wa noch einer! Nachdem der Mario abgehauen is, wa da noch einer im Klo!" Man sah Sille ihre Aufregung natürlich an, und Uli, die sonst eigentlich wohl die Kessere der beiden war, nickte nur stumm. „Und datt habt ihr gesehen?", wollte Johnny wissen. Da schüttelten die beiden ihre Köpfe. „Ne, wir nich, abba der Manni!" Uli musste sich zusammenreißen, denn den Freund zu verraten, lag ihr nicht. Doch Sille hatte sie bearbeitet, bis sie endlich einwilligte, zur Polizei zu gehen.

Johnny kratzte sich das Kinn, mit dem Dreitagebart. „Und warum sitzt nich Manni Kronen hier?"

„Der weigert sich, weil er Mario eins auswischen will", sagte Sille verärgert. „So ist das also", bemerkte Fred. „Na dann lasst mal hören."

„Der Manni hat uns erzählt, datt, nachdem der Mario aus dem Mädchenklo kam, und abgehauen is, ein Typ in das Mädchenklo reinging."

„Den habt ihr abba nich gesehen?" Die Mädchen schüttelten erneut ihre Köpfe. „Hatter watt gesacht, wie der aussah? Kannte er den Mann?" Johnny lehnte sich vor. Die beiden Mädchen verneinten die Frage. „Dem gehörte bestimmt der blaue Wagen, der neben dem von Frau Gericke stand, als wa vom Schulhof kamen", mutmaßte die rothaarige Uli. Da sahen sich die beiden Beamten wissend an. Fred, der alles mitgeschrieben hatte, setzte sich an die Schreibmaschine, und tippte die Aussagen in das Formblatt. Dann ließ er die Mädchen diese unterschreiben.

„Dann wollen wir den Manni ma ein bisschen befragen", schlug Johnny vor. „Ihr wollt doch sicher nach Erle zurück, da könnt er gleich mitfahrn." Die Mädchen nickten, und fanden sich wenig später im Fond des weinroten BMW 2002tii wieder.

Manni Kronen war wenig begeistert, als die beiden Beamten vor der Tür des Einfamilienhauses standen. Und diesmal kam Frau Kronen an die Tür, denn die Eltern waren wegen eines Arzttermins vom Campingplatz nach Hause gekommen. Als die beiden Beamten sich vorstellten, war bei ihr die Überraschung groß. Manni hatte also von den Vorfällen nichts erzählt. „Wir müssten ihren Sohn Manfred sprechen", sagte Fred Rudnick, nachdem sie sich vorgestellt hatten. „Polizei? Worum geht es? Hat Manni etwas angestellt?" Ihre Arme waren mit Unmengen von goldenen Armreifen behängt, und diese klimperten, als sie begann damit herumzufuchteln.

„Sagen wir ma, er hat uns watt verschwiegen", antwortete Johnny. „Manni is ein wichtiger Zeuge in nem Mordfall. Wir müssten ihn also dringend sprechen."

„Ähm ja… dann kommen sie doch herein", bat Frau Kronen, und führte die beiden Beamten ins Wohnzimmer. „Nehmen sie bitte Platz, ich hole ihn." Dann verschwand sie, und man hörte sie den Namen ihres Sohnes durch das Haus rufen. Manni hatte die Beamten vorfahren sehen, und wusste sofort, dass ihn die Mädchen verpfiffen hatten. Er hätte sich natürlich weigern können, sein Zimmer zu verlassen, aber dies hätte ihm sicher wieder richtigen Ärger eingebracht. Also folgte er widerwillig dem Ruf seiner Mutter.

Als Frau Kronen von Fred über den Fall aufgeklärt wurde, zeigte sie sich ziemlich erstaunt, und begann wieder mit ihren klimpernden Armen zu fuchteln. „Was treibst du dich nachts an der Schule herum? Du hast unser Vertrauen schamlos ausgenutzt. Lass mal deinen Vater nachhause kommen."

„Manni, et is besser, datt du uns allet erzähls", forderte Johnny. „Sille und Uli waren bei uns, und jetzt wissen wir, datt du bei deiner Aussage watt weglassen hass."

„Dämliche Weiber! Ja… da wa noch einer. Der Pisser kam aus dem Klo, und is ab wie ne Rakete. Und kaum wa der zum Schultor raus, kam ein Typ aus dem Gebüsch gegenüber, und is zum Mädchenklo gerannt."

„Aus dem Gebüsch?", fragte Fred. Manni nickte. „Der muss irgendwann gekommen sein, und wir hamm den nich bemerkt."

„Und als ihr vom Schulhof runtergekommen seid, stand da der blaue Renault?" Manni nickte, um Freds Frage zu beantworten. „Und du bist sicher, dass der vorher nicht dastand?" Wieder nickte Manni. „Dann war Mario Piesner nicht der Letzte, der Roswitha Gericke lebend gesehen hat", stellte Fred fest. Doch da bremste Johnny seinen Kollegen. „Immer langsam!" Er sah Manni an. „Wie gut, hasse Mario sehen können? Is dir vielleicht Blut an seiner Kleidung aufgefallen? Und jetz bitte die vollständige Wahrheit." Erst schwieg Manni, doch dann drängte ihn seine Mutter. „Los, antworte. Du hast schon Ärger genug am Hals."
„Da wa nix! Ich hab ihn gut gesehen, da wa kein Blut oder sowatt!" Manni gab sich geschlagen. „Die andern warn ja schon vom Schulhof abgehaun. Nur ich wa noch da. Und nachdem der Typ rein is, hab ich die streiten hörn, und dann hat die Gericke geschrien. Abba nur kurz!"
„Und dann bist du deinen Freunden hinterher?" Fred sah Manni an, und dieser nickte. „Würdest du den fremden Mann wiedererkennen?"
„Ja, würde ich. Da is ja ne Notbeleuchtung an."
„Ok, du musst nochmal ins Präsidium kommen, um deine Aussage zu unterschreiben", verkündete Fred und erhob sich. Johnny folgte seinem Kollegen.

*

Carmen stand gebeugt hinter dem Tresen und sortierte Plastiktüten in das Fach unter der Kasse ein. Hier im Kassenbereich bestand die Theke aus Holz, während der Rest der Theke den Kunden die besondere Ware unter Glas präsentierte. „Guten Tag, was kann ich für sie tun?", wollte Carmen sagen, als sie wieder hinter dem Verkaufsstand auftauchte. Doch ihr blieben die Worte im Hals stecken. Vor ihr stand Joe Ramsauer. Schon wieder!

„Was wolln sie?", fragte sie streng. „Des woißt du do ganz genau. Und langsam verlier i die Geduld! Mir wolln die Kohle homm."

„Ich… ich habe kein Geld, und für meinen Schwager schon ga nich."

„Glaubst du, du host a Wahl? Do irrst du dich. Also, besorg die Kohle, sonst gibt's an Ärger", drohte Jo Ramsauer, wandte sich ab, und ging. Carmen entfuhr ein tiefer, lauter Seufzer. Kreidebleich sah sie dem Mann nach, der im Getümmel der Massen verschwand. Doch wenn sie glaubte, sie hätte es hinter sich, irrte sie.

„Willst du die Kollegen in Brilon bemühen oder holen wir ihn selbst?", fragte Fred seinen Partner, der vor seinem Schreibtisch saß, und Kaffee trank. „Piesner rennt wütend aus dem Mädchenklo, und wird von Manni Kronen dabei gesehen. Dann kommt Lutz Fröhlich aus dem Gebüsch, und geht in datt Mädchenklo, wo seine Verlobte heulend hockt. Er stellt Roswitha Gericke zur Rede. Sie streiten, er sieht datt Eisenrohr in der Ecke stehen, datt von den Installateuren vergessen wurde, und zack! Roswitha schreit kurz auf. Manni, in seinem Gebüsch, kriegt schiss, und haut ab." Fred nickte zustimmend. „So könnte es gewesen sein. Totschlag aus Eifersucht." Dann verzog Fred sein Gesicht. „Es könnte aber auch so gewesen sein, dass Lutz Fröhlich in das Mädchenklo stürmte, und seine Verlobte blutüberströmt in der Klokabine liegen sah."

Da schüttelte Johnny seinen Kopf. „Ne, die hat ja noch geschrien, nachdem er rein is."

Johnny erhob sich. „Weißte ob datt im Sauerland inzwischen geschneit hat?" Fred zuckte mit den Schultern. Johnny nahm den Hörer von der Gabel, und wählte eine Nummer. „Friedrich, Johnny hier. Ich brauche schnellstens nen Haftbefehl für diesen Lutz Fröhlich."

„Ihr seid euch sicher?", fragte der Polizeirat. „Ich hoffe, ihr könnt ihm auch etwas Handfestes nachweisen."

„Ja, den kochen wir jetzt weich."

„Gut, dann hol dir den Haftbefehl in zehn Minuten ab." Friedrich Kaltenberg legte auf, und trat zu der, mit Leder gepolsterten Tür. Er öffnete, und gab seiner Sekretärin die Anweisung, einen Haftbefehl für Lutz Fröhlich auszustellen. Kurz darauf fuhren die beiden Beamten auf die Autobahn in Richtung Sauerland.

Tatsächlich wurde die Landschaft hinter Dortmund dann weiß. Und je weiter sie sich dem Sauerland näherten, umso weißer wurde es. Ein Anblick, der in Johnnys Heimatstadt eher selten geworden war. Die schneereichen Winter waren längst vorbei. Es reichte nicht einmal mehr zum fröhlichen Schlittenfahren. Aber hier sah es noch so aus wie zu Johnnys Schulzeit, als auch in der Kohlestadt Gelsenkirchen der Schnee höher lag, so dass die Nachmittage auf der Anhöhe am Ehrenmal verbracht wurden. Hier konnte man bis auf den zugefrorenen Berger-See hinunter rodeln. Johnny genoss die Fahrt, und sein Blick fiel immer wieder auf die verschneite Landschaft. Und dann standen sie vor dem Haus der Familie Fröhlich. Diesmal war das große Tor verschlossen, und es standen keine Fahrzeuge vor der Garage. Hier sah es jetzt ganz anders aus, als noch vor einigen Tagen. Und die Ruhe war nicht nur dem Schnee geschuldet. Der Motor des BMW verstummte, genau wie die Stimme von Billy Ocean, der seine "European Queen" zum Besten gegeben hatte. Johnny und Fred stiegen aus dem warmen Fahrzeug aus, und spürten sofort, dass es hier doch um einiges kälter war, als in Gelsenkirchen. „Sieht ziemlich ruhig aus", stellte Fred fest. Johnny nickte. „Für meinen Geschmack, zu ruhich!" Sie gingen zu dem kleinen Tor, und Fred drückte auf die Klingeltaste. Nach einer

Weile ertönte eine weibliche Stimme. „Ja, wer ist da?",
fragte eine weibliche Stimme, mit einem leichten
italienischen Akzent.

„Guten Tag! Mein Name ist Fred Rudnick, ich bin
Kommissar bei der Kripo in Gelsenkirchen. Ich, und mein
Kollege, müssten mit Lutz Fröhlich reden." Es blieb einen
langen Moment ruhig. Dann kündigte ein Knacken im
Lautsprecher der Anlage, eine Antwort an. „Tut mir leid, die
Familie Fröhlich ist nicht da. Die sind in Italien zum Urlaub
machen."

Die beiden Beamten sahen sich an. Doch da fiel Johnny
etwas auf. Er hatte die Straße hinunter, an den geparkten
Autos entlang gesehen. Ein weißer Mercedes 280C stand da,
und ein bunter VW Käfer. Dahinter ein 5er BMW und dann
ein blauer Renault 17. Johnny stupste Fred an, und zeigte
die Straße entlang. Freds Blick folgte dem Zeigefinger
seines Partners, und er erkannte, was Johnny meinte.
„Glaubse der lässt sein Auto auffer Straße stehn, wenner in
Urlaub fährt?"

Fred schüttelte seinen Kopf. „Nein, das glaube ich nicht.
Dann stellt er den Wagen in die schöne, große Garage. So
würde ich es jedenfalls machen." Entschlossen drückte Fred
erneut auf die Klingel. Wieder knackte es. „Ja, wer ist da?"
„Hier ist immer noch die Polizei", antwortete Fred, nun aber
etwas strenger. „Ich sagte ihnen doch…", wollte die
Haushälterin sagen, doch nun fuhr ihr Johnny über den
Mund. „Jetz hörn se ma, wir wissen datt Herr Fröhlich da is.
Also machen se jetz auf, sons kommen wa mit nem
Rollkommando zurück." Wieder dauerte es einen Moment,
dann summte der Toröffner und das schmiedeeiserne Tor
sprang aus dem Schloss. „Na also, geht doch", grunzte
Johnny. Die beiden gingen über den penibel vom Schnee
befreiten Fußweg zum Haus. Die Tür wurde geöffnet, und

Lutz Fröhlich sah den beiden Beamten ins Gesicht. „Was wollen sie schon wieder?", fragte er ein wenig verärgert. „Könnense sich datt nich denken?" Fred zog den Haftbefehl aus der Innentasche seiner dicken Jacke, und hielt diesen dem Mann mit den dunklen Locken entgegen. „Herr Fröhlich, wir nehmen sie fest, wegen des dringenden Tatverdachts Frau Roswitha Gericke erschlagen zu haben." Langsam nickte Lutz Fröhlich. „Kann ich mir wenigstens noch eine Jacke holen?" Johnny nickte. „Kla doch!" Dann trat er vor, und schob den jungen Mann vor sich her, durch den breiten Korridor. Wie erstarrt, stand die Haushälterin in dem großen Flur, und sah den Sohn ihrer Arbeitgeber schweigend an. Lutz Fröhlich nahm seine Jacke vom Haken, zog diese an, und hielt Johnny dann seine Hände entgegen. Nun klickten die Handschellen. „Marina, du musst meine Eltern informieren", sagte Lutz Fröhlich, und die Haushälterin nickte stumm.

*

Fred drückte den Lichtschalter, und das grelle Neonlicht an der Decke erhellte den Raum. Er führte Lutz Fröhlich an den Tisch mit dem Mikrofon der Aufnahmeanlage. „Bitte, setzen sie sich", forderte er ihn auf, und zeigte auf einen der Stühle. Lutz Fröhlich nahm Platz, während sich Polizeihauptmeister Andi Grünwald neben der Tür postierte. Fred legte den blauen Pappordner auf den Tisch, und nahm ebenfalls Platz. Er betätigte die Aufnahmetaste, und sprach die Formalitäten auf das Band. Da wurde die Tür geöffnet, und Johnny trat ein. Er setzte sich auf den freien Stuhl neben seinem Kollegen, sagte aber erst einmal nichts. Stattdessen griff er nach dem Ordner. Als Fred verstummte, nahm Johnny die Bilder des Opfers, und legte sie vor seinen Verdächtigen. „Ich zeig ihnen hier ja nix neuet, denn sie

75

hamm datt ja allet live gesehn." Johnny sah Lutz Fröhlich streng an. „Wissense, irgendwie langweilen mich diese ständigen Wiederholungen. Sie würden sich selbst einen riesigen Gefallen tun, wennse die Tat gestehn. Wir hamm so viele Beweise gegen sie, datt wird für den Staatsanwalt ein Fest."

„Herr Fröhlich", sprach nun Fred mit ruhiger Stimme. „Auf dem Schulhof waren nicht nur ihre Verlobte und ihr Liebhaber, mit dem sie übrigens in dieser Nacht Schluss gemacht hat. Es waren auch fünf Schüler aus Frau Gerickes Klasse zugegen, und die haben sowohl ihr Auto, als auch sie selbst am Tatort gesehen. Außerdem haben wir ihre Fingerabdrücke auf der Tatwaffe gesichert." Starr sah der dunkelgelockte Mann den Beamten an. „Sie… sie hat mit ihm Schluss gemacht?", stammelte er, und Fred nickte. „Ja, so ist es!"

„Ich… ich habe sie…!" Er begann zu heulen, wie ein getretener Hund. Und Johnny dachte, los sag es endlich. Plötzlich wurde die Tür geöffnet, und Silvia Wolf trat ein. Die Polizeimeisterin ging zu Johnny beugte sich zu seinem Ohr, und sagte. „Ein Anwalt Dr. Lohmeyer hat angerufen. Herr Fröhlich soll kein Wort sagen, bis er hier ist." Johnnys Kopf färbte sich rot. Verdammt! Er war so kurz davor endlich den Mund aufzumachen. Das Geständnis lag dem Kerl auf der Zunge.

„Wir werden hier unterbrechen, Herr Fröhlich. Ihr Anwalt Dr. Lohmeyer is auffm Weg. Er rät ihnen zu schweigen." Fred wollte gerade die offizielle Unterbrechung des Verhörs auf das Band sprechen, da platzte es aus Lutz Fröhlich heraus. „Ich bin ein Mörder! Ich habe Rosi erschlagen. Ja, ich war es!" Die beiden Kripobeamten sahen sich an. „Dann erzählense ma", forderte Johnny, und Lutz Fröhlich folgte der Aufforderung. „Frau Wolf, bring ihm ma bitte einen

Kaffee oder Tee, oder sowatt." Silvia nickte, und verließ den Verhörraum.

Kurz darauf stand eine dampfende Tasse mit Tee vor dem Verdächtigen, und dieser beruhigte sich wieder. „Einer von Rosis Kollegen hatte sich am letzten Schultag vor den Ferien auf der Weihnachtsfeier verplappert. So erfuhr ich von dem Gerücht, dass Rosi eine Affäre mit einem Schüler hätte." Er schluchzte einmal kurz, und nahm einen Schluck von seinem Tee. „Ich habe sie zur Rede gestellt, doch sie hat geschwiegen."

„Woher wussten sie von dem Treffen?", wollte Fred wissen. „Es war ein anonymer Anruf", erklärte Lutz Fröhlich. „Es war ein Kerl mit ziemlich junger Stimme. Der hat von dem Treffen im Mädchenklo der Schule geschwafelt." Nun sahen sich die beiden Beamten erstaunt an. „Könnense die Stimme beschreiben?" Johnny war neugierig geworden. Lutz Fröhlich zuckte mit den Schultern. „Jung, würde ich sagen. Vielleicht ein Teenager. Und Ruhrgebietsdialekt hat er gesprochen."

„Und ganz bestimmt männlich?", hakte Johnny nach. „Ja, das war ein junger Kerl. Und er hat mir von dem Treffen auf dem Mädchenklo der Schule erzählt. Ich weiß ja, dass Rosi einen Schlüssel dafür hat, darum habe ich die Geschichte geglaubt."

„Was hat die Stimme genau gesagt?" Fred sah sein Gegenüber fragend an. „Äh… naja, so in etwa, ihre Perle vögelt am Samstag den neunundzwanzigsten im Mädchenklo mit dem Pisser rum. Wollen sie sich das bieten lassen? Und dann fügte er noch Mitternacht hinzu." Johnny horchte auf. „Der Anrufer hat tatsächlich Pisser gesagt?" Lutz Fröhlich nickte. „Ich habe mich auch über diese Ausdrucksweise gewundert. Aber alles passte zusammen. Also bin ich am Samstag nach Gelsenkirchen gefahren."

Die Kripomänner sahen sich an. „Manni Kronen?", fragte Fred, und Johnny nickte. „Et sieht so aus, als hätte unser Manni datt allet eingefädelt."

„Was geschah in dieser Nacht, Herr Fröhlich?", fragte Fred ruhig, denn er sah, dass Herr Fröhlich immer noch sehr aufgeregt war. Doch er redete. „Ich... ich habe sie mit dem Kerl im Klo gesehen. Und sie haben es getrieben, wie die Karnickel" erzählte der Mann mit den schwarzen Locken. „Ich wollte dazwischen gehen, doch da hörte ich ein Geräusch hinter mir. Da bin ich abgehauen." Mit zitternder Hand, nahm er die Tasse und trank einen Schluck. „Ich habe mich in ein Gebüsch geschlagen, und einen Burschen gesehen, in Lederjacke. Ja, der hatte eine schwarze Motorradlederjacke an. Er ging in das Mädchenklo, und kam nach kurzer Zeit wieder herausgestürmt. Gefolgt von dem Typen der meine Rosi…", er hielt mit der Erzählung inne, und musste schwer schlucken. „Dann ging der Typ wieder rein, und der mit der Lederjacke verschwand im Dunkeln. Ich war wütend! Ja, ich hasste sie in diesem Moment."

„Und wie ginget weiter?", drängte Johnny. „Ich saß neben dem Schulhoftor in den Sträuchern, und hab gewartet. Ich weiß nicht wie lange. Und dann kam der Typ aus dem Klo, und ist abgehauen."

„Und dann sind se rein", stellte Johnny fest, und Lutz Fröhlich nickte. „Mit dem Eisenrohr, datt se im Vorraum gefunden hamm."

Wieder nickte Lutz Fröhlich. „Sie müssen was sagen, für die Aufnahme", machte Fred den Mann aufmerksam, und dieser sagte laut „Ja".

„Und dann hammse Rosi Gericke mit dem Eisenrohr erschlagen", warf Johnny dem Mann aus dem Sauerland vor. Und wieder nickte er, sah aber wie Fred seine Augen verdrehte, und sagte laut „Ja".

„Ich frage mich noch eins, schließlich behaupten sie die Frau geliebt zu haben." Fred Rudnick sah den Mörder streng an. „Warum die zerschnittenen Brüste und die Vergewaltigung mit der Klobürste? Hat es ihnen nicht gereicht die Frau zu töten. Mussten sie sie auch noch auf brutale Weise schänden?" Lutz Fröhlich senkte seinen Blick, und schwieg.

Da klopfte es an der Tür. Andi Grünwald öffnete, und ließ Dr. Lohmeyer eintreten. „Lutz, sie haben doch hoffentlich den Mund gehalten?", fragte er, und setzte sich grußlos auf den freien Stuhl.

„Tja, Herr Anwalt, datt hatter nich. Sie kommen gerade noch rechtzeitig, um der Verhaftung wegen Mordes beizuwohnen." Johnny nickte Fred zu, und dieser erhob sich. „Herr Fröhlich, ich verhafte sie wegen des dringenden Verdachts, Roswitha Gericke mit einem Eisenrohr erschlagen zu haben. Alles Weitere, kann ihnen dann ihr Anwalt erklären."

Als Johnny und Fred wieder in ihrem Büro saßen, wirkte Johnny irgendwie abwesend. „Was ist los? Wir haben den Fall gelöst, und dich scheint das nicht zu interessieren, Johnny", stellte Fred fest. „Der Fall is noch nich abgeschlossen", sagte er mit strengem Blick. „Es gibt einen, der hat bei der ganzen Geschichte die Strippen gezogen, und der soll nich ungeschoren davonkommen."

„Du meins Manni Kronen?" Fred schien zu verstehen, was seinen Partner ärgerte. Johnny griff sich den Hörer, und wählte eine Nummer. Er wartete einen Moment, und sagte dann: „Silvia, hier is Johnny. Ich möchte, datt ihr mir den Manni Kronen herholt. Mit dem hab ich noch ein Hühnchen zu rupfen." Er legte auf.

Es war bereits sechzehn Uhr durch, als Manni Kronen, mit samt seiner armbereiften Mutter in Dreizwölf ankam. Andi brachte sie herein, und verschwand dann wieder. „Warum hat man uns hierhergebracht?", fragte Frau Kronen sichtlich erbost.

„Wissense watt? Setzense sich doch ersma hin", schlug Johnny streng vor. „Ein Käffchen?" Die überschwängliche Freundlichkeit des langhaarigen Beamten brachte Frau Kronen erstrecht auf die Palme. „Sind sie verrückt? Um diese Uhrzeit trinke ich doch keinen Kaffee mehr, da werde ich ja ganz hibbelich."

„Na gut, also keinen Kaffee." Er sah Manni streng an. „Und nu zu dir, mein Freund!"

„Na, hörn sie mal", empörte sich die goldbereifte Mama wieder. „Ja, mach ich, und zwa watt mir ihr Sohn jetz zu erzählen hat."

Manni verzog sein Gesicht. Seine Mutter schwieg beleidigt. „Du hast die ganze Geschichte inszeniert, stimmts?", fragte Fred. „Und du hast nicht daran gedacht, dass es tödlich enden könnte."

„Was sollen denn diese Anschuldigungen bedeuten?" Frau Kronen wurde wütend, doch Fred bremste sie sofort ein.

„Das Drama im Mädchenklo, bei dem die Lehrerin Gericke ihr Leben lassen musste, hätte es ohne ihren Sohn Manfred nie gegeben."

„Du hass Mario Piesner im Namen von Frau Gericke in der Nacht zum dreißigsten Januar in datt Mädchenklo bestellt", behauptete Johnny. „Und datt gleiche hasse mit Frau Gericke gemacht. Stimmts?" Manni Kronen schwieg, und starrte auf die Tischplatte.

„Und dann hasse den Verlobten von Frau Gericke angerufen, und ihm davon erzählt, in der Hoffnung, datt der ausrasten würde. Watter auch getan hat!"

„Sie können mir ga nix beweisen", sagte Manni trotzig.

„Oh, doch Manni. Datt können, und werden wir auch. Lutz Fröhlich wird deine Stimme, als die des Anrufers identifizieren. Ich rate dir alles zuzugeben. Sowas stimmt einen Richter meist milde. Würde sich sicher auf deine Strafe auswirken." Freds Stimme klang ruhig.

„Abba ich hab doch nur…!" Manni verstummte wieder.

„Jetz gib et schon zu", übernahm Johnny wieder, um den Druck hochzuhalten. „Du hass ja gehört, watt mein Kollege gesacht hat. Du wolltes dem Piesner eins auswischen, weil er dir ma eine verpasst hat. Und datt Ding ging gehörich nach hinten los." Johnny erhob sich, um seine Kaffeetasse nochmal zu befüllen. „Et gibt jetz zwei Möglichkeiten. Die erste is, du sachs uns allet watt passiert is, und fährs mit Mama wieder nach Hause. Die zweite is, du bleibs ersma bei uns. Wir nehmen dich in U-Haft, bis ein Richter entschieden hat, wie et weitergeht. Wie hättes du datt gerne?"

Nun wurde die armbereifte Mutter wieder wütend. „Was erlauben sie sich? Mein Sohn is minderjährich!"

Jetzt, in ihrer Wut, vergas sie sogar auf ihr hochdeutsch zu achten, und es blitzte immer wieder ihre wahre Herkunft hervor.

„Ja, so ist es", sprach nun Fred Rudnick. „Das Jugendamt wird sich natürlich auch noch einmischen. Und da wir Manfred meistens allein angetroffen haben, werden die sich sicher für ihre Aufsichtspflicht interessieren, Frau Kronen."

Da wurde die Frau ganz ruhig, sah ihren Sohn an, und sagte: „Manfred, mach den Mund auf. Unser Anwalt wird das schon regeln." Manni sah seine Mutter an, und begann alles zu beichten.

*

Der Weg von der Straßenbahnhaltestelle bis zu Carmens Haus, war nicht besonders weit. Sie ging die Crangerstraße entlang, und bog dann nach links ab. Es war längst dunkel, schließlich war es gerade neunzehn Uhr durch. Seid ihr Schwager angefangen hatte sie zu verfolgen, war es Carmen im Dunklen gar nicht mehr wohl. Sie zeigte es nicht, aber sie hatte Angst. Und diese war durchaus berechtigt!
Als sie die Treppenstufen ihres Hauses erreichte, atmete sie auf. Sie trat die drei Stufen hinauf, und steckte den Schlüssel in das Schloss. Und plötzlich stand jemand neben ihr. Schnell war er die Treppen hinaufgesprungen, drückte die Tür auf, und schob Carmen in den Korridor ihres Hauses. „Schä ruhig bleiben, sonst moch i di koit", drohte die Stimme mit dem bayrischen Dialekt.

Es war doch recht spät geworden, an diesem Arbeitstag, doch die beiden Kommissare waren mit dem Abschluss des Falles durchaus zufrieden. Johnny fuhr in die Straße hinein, in der er nun wohnte. Obwohl er seine Wohnung in dem weißen Hochhaus noch nicht gekündigt hatte. Langsam bewegte er den weinroten BMW 2002tii, im fahlen Licht der Straßenlaternen die schmale Straße entlang, auf Carmens Haus zu. Und er ärgerte sich, wie fast an jedem Abend, über die schlechten Parkmöglichkeiten. Dass er einen freien Platz direkt vor dem Haus ergatterte, war äußerst selten. Und dann sah er aus dem Augenwinkel den blauen Ford Capri an der Ecke der Seitenstraße stehen. „Junge, du gehs mir langsam auf die Nüsse", brummte er. Aber was sollte er tun? Der Mann hatte sich bisher nicht wirklich etwas zu Schulden kommen lassen, wofür er ihn hätte in Gewahrsam nehmen können. Doch dies sollte sich heute ändern!
Etwa zweihundert Meter vom Haus entfernt, fand Johnny einen Parkplatz. Er stellte seinen Wagen ab, drehte den

Schlüssel, und zog ihn ab. Die Stimme von Madonna, die "Like a Virgin" sang verstummte, und die Beleuchtung des Blaupunkt Radios erlosch. Johnny stieg aus, und ging zum Haus. Doch vor der Treppe, die direkt auf den Gehweg führte, blieb er stehen. Er sah an den geparkten Fahrzeugen entlang, und marschierte zurück. Mit festem Schritt trat er an den blauen Ford Capri. Es war an der Zeit, den Typ zu warnen. Doch das Fahrzeug war leer!

Johnny sah sich suchend um, und dann kam ihm ein böser Verdacht. Eilig ging er zum Haus zurück, und trat die drei Stufen hoch. Dann griff er in seine Tasche und zog den Schlüssel heraus, zögerte aber noch, diesen in das Schloss zu stecken. Johnny atmete tief ein, und dachte nach. Wenn sie sich im Wohnzimmer befänden, würde er ihn wohl nicht bemerken. Wäre dieser Rambo mit Carmen in der Küche, sicherlich schon. Es war egal, wenn der Kerl im Haus war, brauchte Carmen Hilfe. Langsam und bedächtig schob er den Schlüssel in das Schloss. Dann zog er seinen 38er Smith & Wesson aus dem Holster. Jetzt drehte er den Schlüssel, und schob mit dem Fuß die Tür auf. Dann huschte er in den Korridor. Hatte er geglaubt unbemerkt geblieben zu sein, hatte sich Johnny getäuscht. „Komm ruhig durch", dröhnte eine Stimme mit dem rollenden R aus der Küche. „Vorsicht, er hat eine Waffe!" Carmens Warnung brachte ihr einen Schlag in den Nacken ein. „Schnauze! Hock die nieder, blede Kuah!" Sie wankte, und ihre Sinne drohten zu schwinden, als sie sich auf den Stuhl niederließ. Doch sie wehrte sich gegen eine Ohnmacht. Johnny ging vor, bis zur Tür. „Hör zu, Rambo, ich geb dir eine Chance. Lech die Waffe weg, und verschwinde."

„Oder wos?", rief der Angesprochene zurück. „Du besorgst jetzt die Dreißigtausend, die der Kettler hoben wui. Host mi? Dann gschieht deiner Fotzen nix." Johnny schüttelte mit dem Kopf. „Hömma Einstein, kannste mir sagen, wo ich die

Kohle jetz herkriegen soll? Hasse ma auffe Uhr gekuckt?"
Nun schwieg Joe Ramsauer für einen Moment. „Ich glaub,
meine Option is die bessere. Verschwinde einfach, und
niemandem is watt passiert!"

„Oder i bleib bis morgen, bis die Banken wieder öffnen. Wir
machen uns an scheenen Obend zamma", erwiderte der
Verbrecher, und begann zu lachen. Diese Vorstellung gefiel
Johnny überhaupt nicht. Und die Sorge um Carmen wuchs,
und er erinnerte sich an die Worte seines Freundes und
Mentors Josef Tillmann. „Junge, wenn nix anderet mehr
geht, dann gilt nur noch, datt eigene Leben zu schützen." So
fasste der Hauptkommissar einen Entschluss. Einen, der ihn
durchaus seine Karriere bei der Polizei kosten könnte. Oder
zumindest viel Ärger einbringen würde.

Langsam zog er den Hammer seiner Bessie zurück, und es
knackte leise. Dann trat Johnny an die Küchentür. Viel
konnte er durch die Milchglasscheibe nicht erkennen.
Allerdings erkannte er, dass beide am Küchentisch saßen.
Eine Person saß rechts auf dem Stuhl, die andere dieser
Gegenüber. Angestrengt sah Johnny durch die Scheibe.
Welche war Carmen?

Und dann ging alles ganz schnell. Er sprang zur Tür, riss
diese auf, und sah in die Küche. Rechts, schoss es durch
seinen Kopf. Joe Ramsauer saß auf dem rechten Stuhl! Sein
Kopf fuhr herum, und sah Johnny an. Gleichzeitig riss der
Verbrecher seine Waffe hoch. Ein Schuss donnerte! Oder
waren es zwei? Die Luft füllte sich mit dem Geruch von
verbranntem Schwarzpulver. Carmen schrie auf, und ließ
sich vom Stuhl fallen! Rambo riss die Augen auf, und fiel
dann ebenfalls zu Boden. Carmen öffnete ihre Augen, und
sah direkt in den gebrochenen Blick des Mannes, der sie vor
wenigen Minuten noch bedroht hatte. Sie zitterte am ganzen
Körper, und bemerkte zuerst gar nicht, dass Johnny sie
gepackt hatte, und hochhob. „Bist du verletzt? Carmen, geht

es dir gut?", drang es wie durch einen Nebel in ihre Ohren. Sie öffnete ihre Augen und sah in Johnnys Gesicht. „Ist er tot?", fragte sie leise, und der Hauptkommissar sah den Verbrecher an. „Da kannsse drauf wetten!"

Doktor Lorenz kniete neben dem Toten, und schüttelte mit dem Kopf. „Der hattet sofort hinter sich gehabt!" Er wandte sich um, und sah Johnny an. Er zeigte auf einen Einschuss unterhalb des linken Armes. „Hier ist die Kugel eingetreten, und dann direkt durch den Brustkorb ins Herz. Der hat nich ma den Knall wahrgenommen."
Johnny nickte. „Ich hab mir sowatt schon gedacht."
Doc Lorenz sah seinen alten Freund fragend an. „Wer ist der Kerl eigentlich?" Da schloss sich Kommissar Wendlandt, ein Kollege von Johnny, der an diesem Abend Dienst hatte, der Frage an. „Ja, Johnny, wer ist der Kerl, und was war hier eigentlich los?"
Jetzt erzählte der Hauptkommissar, was passiert war. Und auch die Vorgeschichte, ließ er nicht aus. „Und der Chef wusste nichts von der ganzen Sache?", fragte Kurt Wendlandt. Johnny schüttelte seinen Kopf. „Mann Johnny, datt war keine gute Idee! Na, da haste ja einiges zu beichten. Kaltenberg wird sich freuen."
Daran hatte Johnny noch gar nicht gedacht. Sein Chef, und wohl auch Freund und Mentor, Polizeirat Friedrich Kaltenberg würde sich sicher noch mit ihm unterhalten wollen. Und dann kam ja noch der Bürokratiekram, bis hin zu Befragungen und vielleicht sogar einer Verhandlung auf ihn zu. Kurt Wendland informierte die Kollegen aus Essen, denn, da hier ein Kollege involviert war, musste ein anderes Kommissariat ermitteln.
Carmen Kettler saß völlig verheult in ihrem Wohnzimmer, und wurde von einer uniformierten Polizistin befragt. Diese gehörte zu Kommissar Wendlandts Team. Doc Lorenz hatte

ihr ein Beruhigungsmittel gespritzt, und so war sie nun in der Lage die Fragen der Beamtin zu beantworten.
Währenddessen meldete sich in der Küche ein Kollege von der Spurensicherung zu Wort. Er zeigte auf den Türrahmen. „Da, schaut euch das an." In dem Holz war deutlich ein Einschussloch zu erkennen. In Brusthöhe war das Holz des Rahmens gesplittert, und nach ein wenig Fummelarbeit, zog er das Projektil aus dem Holz. „Du warst nicht der Einzige, der geschossen hat, Johnny."
Da grinste Kommissar Wendlandt. „Datt sieht dann ja sehr nach Notwehr aus. Du wars halt nur der schnellere, Cowboy!"
Es dauerte noch eine ganze Weile, bis wieder Ruhe im Haus eingekehrt war. Zwei Männer von einem Bestattungsinstitut hatten die Leiche aus dem Haus, und dann nach Essen in das Pathologische Institut gebracht. Nun erinnerte nur noch ein blutiger Fleck auf dem Küchenboden an das, was geschehen war. Die Schaulustigen vor dem Haus verschwanden. Und auch das blaue Licht der Einsatzfahrzeuge entfernte sich.
Die Straße lag wieder im fahlen Licht der Straßenlaternen. Johnny und Carmen saßen im Wohnzimmer, und schwiegen sich an. Doch dann fragte Carmen: „Wie konntest du wissen, datt er schießt?"
Johnny sah sie an, und fuhr ihr liebevoll mit der Hand durch ihr schwarzes Haar. „Datt wusste ich nich!"

*

86

WINTERGRILLEN

1. HÄSSLICHE NACHWIRKUNGEN

Nun hatte der Winter richtig Fahrt aufgenommen. Es war eisig kalt geworden, und an manchen Tagen sank die Temperatur auf -20° Celsius. Und am achtzehnten Januar konnte man die Hand vor Augen kaum sehen. Die Luft, und die darin befindlichen Emissionen, standen über der Stadt wie eine dicke Erbsensuppe. So wurde in Gelsenkirchen zum ersten Mal Smogalarm der Stufe drei ausgerufen, der erst am zwanzigsten Januar wieder aufgehoben wurde. Auf den Straßen war es ruhig, und die Menschen blieben, wenn es ihnen möglich war, in ihren Wohnungen und Häusern.

Der Rest des Januars, und auch der Anfang des Februars Neunzehnhundertfünfundachtzig blieben für die Kripobeamten ziemlich ruhig. So fand Johnny die Zeit sich um Dinge zu kümmern, die ihn umtrieben.

Laut summte der automatische Öffner der Eisentür neben dem großen Tor der Justizvollzugsanstalt in Düsseldorf-Derendorf. Johnny drückte gegen die Tür und konnte eintreten. Der schmale Eingangsbereich des rotbraunen Backsteinbauwerks, das von einer hohen, grauen Betonmauer umgeben war, war eher eine Schleuse. Diese führte zu einem dreistöckigen Gebäude. An der Glastür des Gebäudes klingelte Johnny erneut. „Ja?", erschallte es mit einem lauten Knacken. „Hauptkommissar Thom! Ich bin angemeldet", antwortete er. Die Tür summte, und er konnte eintreten. „Hm", grunzte er. Als besonders sicher empfand er diesen Umgang am Einlass nicht. Er betrat einen weiten, eher kühlen Flur, und ging nach links durch eine geöffnete Tür. In dem Raum gab es eine Theke, die dem Aquarium im Präsidium zum Verwechseln ähnlichsah.

Hinter Panzerglasscheiben saßen zwei Vollzugsbeamte an ihren Schreibtischen. Einer erhob sich, und kam zu der Gegensprechanlage in der Scheibe. „Guten Tag, wie kann ich ihnen helfen?"

Johnny zog seinen Dienstausweis aus der Jacke und hielt diesen an die Scheibe. „Ich habe einen Besuchstermin bei Robert Kettler."

„Ok", klang es mechanisch aus der Sprechanlage. „Legen sie ihre Dienstwaffe, und alle anderen metallischen Gegenstände bitte dort in den Kasten." Johnny nickte, zog seine Bessie aus dem Holster, und legte sie unter den staunenden Blicken der Beamten, in einen metallenen Schubkasten. Johnnys Revolver entsprach ja so gar nicht der üblichen Dienstwaffe. Dazu legte er noch seinen Schlüsselbund und ein Taschenmesser hinein. „Mehr is nich!" Der Schubkasten wurde in das Innere des Aquariums gezogen. „Gehen sie dort durch die linke Tür, bitte!"

Johnny folgte der Anweisung, und er ging durch die linke der beiden Türen. Da begann es laut zu klingeln. „Watt is datt denn?"

„Hauptkommissar Thom, sie müssen noch irgendetwas Metallisches an sich haben", ertönte wieder die Stimme aus einem Lautsprecher. Er sah an sich herunter, und sein Blick fiel auf sein Buckle, seine ovale Gürtelschnalle. „Gehen sie durch die andere Tür zurück", befahl die Stimme. Johnny folgte, und stand wieder in dem Raum mit dem Aquarium. Er zog den Gürtel aus der Hose, und legte auch ihn in den Kasten. Sein Buckle mit der Bärentatze aus Türkisen verschwand hinter dem Panzerglas. Nochmal ging er durch die linke Tür, und nun blieb es ruhig.

Ein Beamter in Uniform empfing Johnny nun, und führte ihn zu einer breiten Glastür, die den Flur trennte. Diese schloss der Vollzugsbeamte auf, und die beiden Männer konnten eintreten. Sie gingen den Flur entlang, passierten erst eine Gittertür, und dann eine weitere Glastür. Nun erreichten sie den Besucherraum. „Nehmen sie schon mal Platz. Herr Kettler kommt gleich", sagte der Mann wenig freundlich. Johnny nahm an einem Tisch Platz, und kurz darauf brachte der Vollzugsbeamte den Insassen. Robert Kettler setzte sich Johnny gegenüber. „Der Stecher von meiner Schwägerin. Was wolln sie denn hier?"

„Kettler, ich bin gekommen, um dir watt mitzuteilen. Dein Plan is gehörich inne Hose gegangen." Fragend sah Robert Kettler den Polizisten an. „Was soll das denn heißen?"

„Datt heißt, datt Rambo tot is! Ich hab ihn erschossen!" Robert Kettler kniff seine Augen zusammen, und wurde kreideweiß im Gesicht. „Wie? Warum?"

„Dein Kumpel is einen Schritt zu weit gegangen. Und nun sach ich dir watt. Komm nich nochma auf sonne bescheuerte Idee, uns einen Verbrecher auf den Hals zu hetzen." Robert Kettler schüttelte den Kopf. „Ich hab doch gar ni…" Sofort unterbrach ihn Johnny. „Doch, du hass, und ich hab datt Problem gelöst. Der Typ kam mit deinem Auto, und er hat dich verraten. Datt wird dir noch einige Jährchen mehr einbringen. Mal sehen, watt die Staatsanwaltschaft aus der Geschichte macht." Robert Kettler, der kleine Gauner, sah Johnny schweigend an. Er begriff langsam, dass ihn der Auftrag an Joe Ramsauer weitere Jahre Knast bescheren würde. Dann beugte sich Johnny leicht nach vorne. „Sollte ich von dir nochma watt hören, wirsset bitter bereuen! Auch ich habe hier im Knast Leute die mir watt Schulden."

„Wollen sie mir drohen?"

„Nein, datt wa ne Warnung!" Johnny erhob sich, er sah den Beamten an. „Wir sind hier feddich!"

*

Fünf Tage waren seit dem tödlichen Schuss vergangen, und genauso lange hatte die Spurensicherung für ihren Bericht gebraucht. Auch der Bericht der Pathologie war inzwischen eingegangen, und alles landete auf dem Schreibtisch von Polizeirat Kaltenberg. Noch am gleichen Tag durfte Johnny im Büro seines Chefs antreten. So verließ er Dreizwölf, und ging den Gang hinunter zu dem Lichthof mit dem Fahrstuhl. Von dort ging er durch die Glastür in den gegenüberliegenden Flur, an dessen Wänden Bilder von Gebäuden der Stadt hingen, und in dem man sogar Pflanzen in großen Kübeln aufgestellt hatte. Diesem folgte er bis zum Ende. Sekretariat Frau Löbel stand auf dem Schild, und auf dem Schild darüber stand der Name Friedrich Kaltenberg, Polizeirat. Johnny klopfte an, und eine weibliche Stimme rief ihn herein. „Moin, Frau Löbel", grüßte Johnny freundlich. Frau Löbel war bereits in den Fünfzigern, und die neue Sekretärin im Vorzimmer des Chefs.
Ihre Vorgängerin Conni Grunert, hatte ein Kind bekommen, und war nun im Mutterschaftsurlaub. „Ah, der Herr Thom", sprach sie in einem merkwürdigen, vorwurfsvollen Tonfall. Aus der wird keine zweite Moneypenny, dachte Johnny, begann zu grinsen, und setzte sich ungebeten auf den Stuhl vor dem Schreibtisch. Frau Löbel schüttelte mit dem Kopf, und betätigte die Sprechanlage. „Herr Polizeirat, der Hauptkommissar Thom ist hier."
„Soll reinkommen", schallte es aus dem Lautsprecher auf dem Schreibtisch. Ohne die Aufforderung der Frau abzuwarten, erhob sich Johnny, und öffnete die dicke, mit Leder überzogene Tür zu Friedrich Kaltenbergs Büro.

„Moin, Friedrich", grüßte Johnny recht fröhlich, erhielt aber keinen Gegengruß. „Setz dich!" Friedrichs Stimme klang streng. „Du brauchst gar nicht so rum zu flöten. Ich bin immer noch sauer auf dich. Setz dich."

„Ich lebe noch. Da darf ich doch wohl gute Laune haben", verteidigte sich Johnny.

„Wie geht es Carmen?", erkundigte sich der Polizeirat nach dem Befinden von Johnnys Freundin. „Sie hat die üble Geschichte eigentlich ganz gut verpackt. Watt mich wundert, nachdem watt sie schon allet mitgemacht hat." Friedrich nickte. „Ja, so lange ist die Sache mit ihrem Mann ja noch nicht her." Johnny schüttelte seinen Kopf. „Datt Schicksal scheint sich einen rauszupicken, und dem versuchtet immer wieder kräftig in die Schnauze zu haun. Sie is wohl so eine Kandidatin. Ihr Mann erschossen, ihr Bruder deswegen im Knast, der Schwager ein geldgieriges Arschloch, datt ihr außer Kiste einen Erpresser auf den Hals hetzt. Carmen is ne starke Frau. Die schafftet damit klar zu kommen."

Nickend hörte Friedrich zu. „Ja, es wird Zeit, dass ihr auch mal was Positives passiert." Johnny sah seinen Freund und Chef fragend an, und wartete auf Vorschläge. Doch für Friedrich war dieser Teil des Gesprächs beendet.

„Die Berichte sind da", sagte der Chef, und tippte auf die Ordner, die vor ihm auf dem Schreibtisch lagen. „Ja, und?", wurde Johnny nun neugierig. „Laut der Spusi, passt das Geschoss aus dem Türrahmen zu Ramsauers Waffe."

„Hab doch gesacht, der Typ hat auf mich geschossen", bestätigte Johnny, was die Spurensicherung in ihrem Bericht geschrieben hatte.

„Nicht so schnell, mein Freund. Die Frage ist, wer hat zuerst geschossen?", bremste Friedrich den Hauptkommissar. Da verschwand Johnnys fröhlicher Gesichtsausdruck.

„Friedrich, das geschah alles in Sekunden", begehrte der

Hauptkommissar auf. „Wollt ihr mir unbedingt watt anflicken?"

„Nun beruhig dich wieder. Doktor Lorenz schreibt in seinem Bericht, dass Ramsauer nach deinem Treffer nicht mehr in der Lage gewesen wäre seine Waffe abzufeuern. Das heißt, er hat zuerst geschossen! Somit war dein Schuss tatsächlich Notwehr. Du bist aus dem Schneider, Johnny."
Da grinste der Angesprochene über das ganze Gesicht. „Et wird keine Verhandlung geben?"
„Das entscheidet die Staatsanwaltschaft, nicht ich. Die Kollegen aus Essen haben die Ermittlungen gegen dich jedenfalls eingestellt. Und ich gehe davon aus, dass die Angelegenheit zu den Akten gelegt wird", sagte der Chef. Dann lehnte er sich zurück. „Mensch, Johannes, warum bist du mit der Geschichte nicht zu mir gekommen?" Johnny zuckte mit den Schultern. „Weil ich dachte, der Kerl is so ne Pfeife wie dieser Robert Kettler, der ihn beauftragt hat. Als ich erfahren habe, watt der wirklich fürn Kaliber is, da saß der schon mit der Knarre in meiner Küche."
Friedrich nickte. „Gut, du kannst deinen Dienst in vollem Umfang wiederaufnehmen. Aber sollte so etwas noch einmal vorkommen, dann bitte ich darum, sofort unterrichtet zu werden."
Johnny erhob sich aus dem dicken Ledersessel, der vor Friedrichs Schreibtisch stand, und versprach, was sein Mentor von ihm hören wollte.

*

Johnny erwachte so gegen halb acht. Er drehte sich zu seinem Wecker, und dann zurück, um Carmen in den Arm zu nehmen. Es war Sonntag, und er hatte heute frei. Ausschlafen wollten sie. Eigentlich!

Aber alte Gewohnheiten stellt man nicht einfach ab. Carmens Duft zog in seine Nase. Er liebte ihren Duft. Also rückte er noch näher heran. Seine Hand fuhr unter ihre Pyjama-Jacke, und streichelte sich hoch, bis zu den beiden, weichen Hügeln. Sachte begann er sie zu streicheln, in der Hoffnung, dass Carmen erwachen würde. Doch während Carmen leise schnarchend weiterschlief, erwachte etwas Anderes. Johnny wäre bereit gewesen, seine Partnerin wohl eher nicht. Aber so schnell gab er nicht auf, denn er vermisste es, er brauchte es. Er drängte seinen Körper noch näher an sie heran, und begann ihren Nacken zu küssen. Was nicht einfach war, denn immer wieder hatte er ihre langen, schwarzen Haare im Mund. Und dann bewegte sie sich. Carmen drehte sich um, so dass sich nun beide Gesichter gegenüberlagen. Gerade wollte Johnny sie küssen, da öffnete sie ihren Mund. Nein, sie riss ihn auf, wie eines dieser fetten Flusspferde im Zoo, wenn sie nach Futter bettelten. Und dann schnarchte sie umso lauter weiter vor sich hin. Dass mit der Erotik hatte sich erledigt, so wie es sich seit fast vier Wochen schon erledigt hatte. Denn dies war nicht das erste Mal, dass sie ihn so abwies. Er begann es als Demütigung zu empfinden, und zweifelte an ihrer Liebe. Johnny drehte sich um, und stieg aus dem Bett. „Na, dann eben nich", grunzte er verärgert.
Schöner Sonntagmorgen!
Er schlüpfte in seine Hausschlappen, und schlurfte in das Badezimmer. Als er vor dem Spiegel stand, und begann sich zu rasieren, schließlich war es Sonntag, und er hatte Zeit dazu, da fiel ihm plötzlich die schöne Bine mit ihren prallen Möpsen ein. Die brauchte er morgens nur an den Hintern zu fassen, und sie schlüpfte sofort aus ihrem Höschen. Das war bei Carmen auch mal so, doch nun war dies plötzlich alles Vergangenheit. Ein gutes halbes Jahr waren sie nun zusammen, und Johnny hatte mit dem Gedanken gespielt,

Nägel mit Köpfen zu machen. Wartete eigentlich nur auf den richtigen Moment, um ihr den Ring anzustecken, den er bei einem Juwelier gekauft hatte. Ja, er wollte ihr den Antrag machen, auf den sie seiner Meinung nach wartete. Johnny dachte er könnte ihr damit wieder auf die Beine helfen, wenn er ihr zeigte, dass es ihm ernst war. Doch plötzlich war alles anders, und er fühlte sich wie damals bei Anja, seiner Langzeitfreundin und Ex-Verlobten.

Carmen hatte sich zurückgezogen. Sprach nur das Nötigste mit ihm, und hatte seit den Schüssen in der Küche nicht mehr mit ihm geschlafen.

Johnny fielen ihre Worte wieder ein. Ich verlasse dich nicht. Da kannst du drauf Wetten, hatte sie gesagt. Und nun befürchtete er, diese Wette wohl leider doch zu gewinnen. Johnny bezweifelte inzwischen, dass es eine gute Idee war, Carmen zu heiraten. Und er hatte tatsächlich an seine Gelegenheitsfreundin Bine gedacht, weil die schöne Carmen ihn immer wieder abwies. Diese war zwar nicht unbedingt eine Frau zum Heiraten, aber im Bett war Bine eine richtige Granate!

Plötzlich schüttelte er sich, versuchte diese Gedanken aus seinem Kopf zu bekommen. Nein, es war Carmen die er wollte! Verdammt ja, Carmen!

Johnny hatte den Frühstückstisch gedeckt, hatte Brötchen aufgebacken, und Kaffee aufgebrüht. Sogar Eier hatte er gekocht. Ein richtig ausgiebiges Sonntagsfrühstück hatte er bereitet. Nun saß er auf seinem Stuhl, der weiße Kater hatte es sich auf seinem Schoß gemütlich gemacht, und ließ sich mit Wurststückchen verwöhnen.

Während Purple Schulz "Sehnsucht" aus dem Radio brüllte, wartete er auf Carmen. Dann hörte er, wie sie die Treppe hinunterkam. Sie war zwar bereits gewaschen, trug aber immer noch ihren roten Bademantel, als sie die Küche betrat. Ohne den gedeckten Frühstückstisch wirklich wahrzunehmen, begann sie Johnny zu tadeln. „Sach ma, musste immer so früh aussem Bett raus? Ich wollte doch noch mit dir rumkuscheln, und…", sie unterbrach sich selbst. Glaubte sie ihren eigenen Worten nicht oder warum stockte sie?

„Und was?" Johnny starrte Carmen an. Was wollte sie sagen? Etwa, dass sie mit ihm Sex wollte?

„Wollen wir wieder nach oben gehen?", fragte er ruhig. Doch es geschah womit er gerechnet hatte. „Äh… ach lieber nich. Lass uns ma Frühstücken." Carmen setzte sich auf den Stuhl Johnny gegenüber, griff nach einem Brötchen, und schwieg.

Alle seine Annäherungen hatte sie ignoriert oder kalt zurückgewiesen. Und jetzt beschwerte sie sich, dass er das Bett verließ und sie in Ruhe ließ?

„Ich geh heute auffen Platz. Die Jungs spielen gegen Buer. Danach bin ich inner Kneipe", sagte er plötzlich, und Johnny wusste gar nicht warum er das gesagt hatte, denn es war völliger Blödsinn. Schließlich war Winterpause, und niemand spielte jetzt Fußball. In der Kneipe war er auch schon einige Zeit nicht mehr gewesen. Hatte seinen Alkoholverbrauch auf Carmens Wunsch drastisch heruntergefahren. Johnny wollte Carmen helfen, dass erlebte zu verarbeiten. Er wollte so viel Zeit wie möglich mit dieser Frau verbringen. Was sich für ihn aber wohl nicht auszahlte. Sie sah ihn nur stumm an, und nickte. Genau das trat ein, wovor er sich gefürchtet hatte. Es war ihr egal!

Als Johnny die drei Stufen der Treppe vor dem Haus herunter ging, atmete er tief ein. Die Luft war eisig kalt! Er ging zu seinem Wagen, und musste erst einmal die Scheiben freikratzen. Er stieg ein, startete den Motor, und mit den

Klängen von Cyndi Laupers "All through the Night" fuhr er los.

*

Es war bereits zehn Uhr durch, als Johnny erwachte. Er hatte einen pelzigen Belag auf der Zunge, und ihm war speiübel. Langsam öffnete er seine Augen, und sah an die Decke. Diese schimmerte rot!
Rot? Warum rot?
Johnny hob seinen Kopf, und stellte fest, dass das einfallende Licht durch die roten Vorhänge, das Zimmer in den roten Schein hüllte. Plötzlich wurde ihm klar, dass er in seiner Wohnung in dem weißen Hochhaus war! Der Schreck durchfuhr ihn. Nicht schon wieder, dachte er. Er wandte sich um, und atmete auf. Das Bett neben ihm war leer!
Johnny schob die Bettdecke zur Seite, und erhob sich. Seine volle Blase trieb ihn schleunigst auf die Toilette. Eigentlich setzte er sich nicht zum Pinkeln hin, doch diesmal musste er sitzen, denn seine Beine waren noch ziemlich wackelig.
Was hatte er gestern bloß alles in sich reingesoffen, dass es ihm heute so schlecht ging?
Und plötzlich schoss es ihm durch den Kopf. Verdammt, heute war Montag!
Doch noch ehe Johnny sich der Tragweite dieses Gedankens klar wurde, riss er den Kopf zur Seite, und kotzte in das Waschbecken, dass zum Glück direkt neben der Kloschüssel hing.

Als Johnny in sein Wohnzimmer trat, und sich umsah, fiel ihm plötzlich auf, dass die Wohnung genauso aussah wie sie es schon immer getan hatte. Erst jetzt bemerkte er, dass alle seine Möbel, bis auf das kleine Sideboard mit dem Waffensafe, noch hier waren. Und es wurde ihm klar, dass das Haus in dem er zurzeit wohnte, nicht sein Haus war. Es gehörte Carmen! Carmen ganz allein, und er lebte nur bei ihr!

Und wenn er jetzt so darüber nachdachte, hatte sie jeden seiner Versuche, seine Klamotten in das Haus zu holen, direkt im Keim erstickt. Düstere Gedanken zogen durch sein vom Alkohol immer noch vernebeltes Hirn. Er ging zurück ins Schlafzimmer, setzte sich auf die Bettkante, und griff nach dem orangefarbenen Hörer des Telefons. Zügig tauchte der Zeigefinger immer wieder in die Nummernlöcher der Wählscheibe, und drehte sie bis zum Anschlag. Ratternd bewegte sich die durchsichtige Plastikscheibe immer wieder zurück in die Ausgangsstellung.

„Kommissar Rudnick", meldete sich Fred, nachdem er den Teleskoparm zu sich gezogen hatte, und den Hörer an sein Ohr hielt. „Hier Thom! Freddy, ich denke, datt wird heut nix. Ich bin krank!"

„Oh, was hast du denn?", fragte Fred, und verschwendete keinen Gedanken daran, dass sein Kollege einen Kater haben könnte. Dies war seit einem halben Jahr nicht mehr vorgekommen, denn Johnny hielt sich mit dem Alkohol ja stark zurück, seit er mit Carmen liiert war. „Ich hab die Kotzerei", antwortete Johnny wahrheitsgemäß. „Liecht watt an?"

„Nö, ich schreibe Berichte. Im Moment ist alles friedlich. Du kannst dich also in Ruhe weiter übergeben!"

Das hörte Johnny gerne. Es wäre ihm unangenehm gewesen, wenn der wahre Grund seines Ausfalls im Präsidium die Runde machen würde. Besonders Friedrich Kaltenberg hatte sich darüber gefreut, dass Johnny seinen Alkoholverbrauch so stark eingeschränkt hatte. „Ich denke, am Mittwoch bin ich widda einsatzfähig."

„Ok, Johnny, ich melde dich krank. Bis Mittwoch dann." Es knackte im Hörer, und Freddy war weg. Johnny legte sich wieder auf sein Bett, und es dauerte nicht lange, da war er eingeschlafen.

Als er erwachte, ging es ihm schon etwas besser. Sein Kopf neigte sich nach rechts, und suchte nach dem Wecker. Doch dieser war nicht da. Er stand auf dem Tischchen neben dem Bett in Carmens Haus. Draußen war es dunkel geworden! „Mann, wie lange hab ich denn gepennt?", brummte er, und dachte es wäre Montagabend.

Er pellte sich aus der Bettdecke, und ging in die Küche. Dort hing eine Küchenuhr an der Wand, und diese zeigte Viertel vor Fünf. Ok, es war Winter, da wurde es nun mal früh dunkel. Johnny hatte irgendwie ein schlechtes Gewissen, denn Carmen wusste ja nicht, wo er abgeblieben war. Beiläufig drückte er auf den Knopf des Küchenradios, und dort lief gerade Kim Wilde mit "The second time". Er öffnete den Kühlschrank, aber darin liefen sich die Mäuse Blasen an den Füßen. Einzig ein Glas Gurken und eine Packung Milch standen da. Und dann erstarrte Johnny, denn der Moderator der Sendung begrüßte ihn mit einem fröhlichen Guten Morgen ihr Frühaufsteher. Johnny sah noch einmal zur Uhr. Es war gleich fünf Uhr morgens. Dienstagmorgen! Johnny hatte fast vierundzwanzig Stunden geschlafen.

„Na, dann is ja Zeit fürn Kaffee", sprach er zu sich selbst. Er öffnete den Küchenschrank, und nahm die braune Kaffeedose heraus. Konnte Kaffee eigentlich schlecht werden? Der Kaffee in der Dose hatte mindestens vier Monate auf dem Buckel, sah aber noch gut aus. Johnny ließ die Kaffeemaschine also trotzdem durchlaufen. Das Öffnen der Milch ließ ihn allerdings wieder würgen, denn der Packung entströmte ein säuerlicher Duft, der eindeutig dazu riet, diese Milch nicht zu trinken

So langsam kam Johnnys Erinnerung zurück, und obwohl er sicher war, dass in der Kneipe nichts passiert war, hatte er doch ein schlechtes Gewissen. Dies erklärte er sich damit, dass er versäumt hatte Carmen Bescheid zu geben, wo er war.

Der Kaffee schmeckte bitter, und landete deshalb im Ausguss, und Johnny beschloss sich seinen Kaffee woanders zu besorgen. Er begab sich ins Bad, wo er noch eine verpackte Zahnbürste fand, und sich erst einmal unter die Dusche stellte. Seinen Poren entströmte ein nämlich unangenehmer Geruch. Dann zog er sich an, schlüpfte in seine Cowboystiefel, und nahm seine braune Lederjacke vom Haken.

Er griff in seine Jackentasche, und ertastete etwas Flaches, aus dünnem Kunststoff. Und er erschrak, als er dieses herauszog! In seiner Hand hielt er eine geöffnete und leere Kondomverpackung!

Es war kurz vor neun Uhr, als Johnny vor der Tür seiner Stammkneipe ankam. Zufrieden fiel sein Blick auf seinen weinroten BMW 2002tii, der gegenüber auf dem Randstreifen stand. Natürlich war die Kneipe mit dem kleinen Türmchen geschlossen, doch Johnny hatte Glück, denn Toni, der Wirt, bekam Dienstagsmorgens immer seine Lieferungen. Deshalb war er vor Ort, und öffnete, nachdem Johnny geklingelt hatte. Toni grinste. „Na, widda fit?", fragte er, und ließ Johnny eintreten. So leer, kam Johnny die Kneipe immer merkwürdig vor. „Mann, Mann, du hass ja am Samstach richtich zugeschlagen", stellte Toni fest. „So besoffen hab ich dich schon lange nich mehr gesehen." „Ich mich auch nich, Toni. Watt wa Samstach los?" Johnny sah den Wirt fragend an. Der begann zu lachen. „Black-out? Echt?" Johnny nickte. „Abba total!"

Der Wirt ging hinter den Tresen, und legte einen Deckel auf die polierte Holzplatte. Der Bierdeckel war rundum mit Kugelschreiber zu gekritzelt. Johnny hatte nicht nur selbst gesoffen wie ein Loch. Nein, er hatte auch einige Runden geschmissen. „Willste sofort bezahlen?", fragte Toni, und Johnny schüttelte mit dem Kopf. „Ne, ich hab in meiner Wohnung gepennt, muss erst Geld holen." Und dann wagte Johnny einen leisen Vorstoß. „Zum Glück war nix mit Mädels."

Da lachte Toni auf. „Du hass echt nen Filmriss", stellte er fest. „Bine? Damenklo? Klingelt's?" Jetzt erklärte sich die Kondomverpackung in seiner Jackentasche. „Echt jetz?" „Junge, die ganze Kneipe hat ihr Jaulen gehört, und sich königlich amüsiert. Bis auf Socke, der war stinksauer." „Oh Mann, also doch", sagte Johnny ziemlich bedröppelt. „Ja, Johnny, datt wa ein klassischer Rückfall in alte Zeiten", bemerkte der Wirt. „Als Bine kam, warste schon ziemlich angeschossen, und die hat nich lockergelassen. Du kenns se ja. Bis abba auch schnell auf se angesprungen. Hasse Probleme mit Carmen?" Johnny hob seine Hände. „Hör bloß auf." Jetzt verstand der Wirt, was mit Johnny los war. „Hm… sollten nich eigentlich die Hochzeitsglocken bei euch läuten?" Da sah Johnny ihn mit leerem Blick an. „Datt hat sich wohl ma widda erledigt!"

*

Johnny fand direkt vor der Tür einen Parkplatz, was wohl an der Tageszeit lag. Alle waren auf der Arbeit, so auch Carmen. Die Wohnung war leer, als er in den Korridor trat. Nur Mr. Flocke, sein weißer Kater, kam sofort angelaufen, und strich seinem Herrchen um die Beine. „Na, mein Kleiner! Dein Chef hat ma widda großen Mist gebaut. Datt gibt bestimmt noch Ärger!"

Der Tag kroch langsam vor sich hin, und Johnny quälte die Langeweile. Er war zur Bank gefahren, und hatte Geld geholt. Dann war er beim Lebensmittelhändler, denn er wollte Carmen mit einem schönen Essen überraschen. Er kaufte ein frisches Huhn, und nahm sich vor ein Coq au vin zu kochen, von dem er wusste, dass Carmen dies sehr gerne mochte. Frisches Gemüse, und Kräuter packte er ein. Und holte noch frisches Baguette. Das Rezept kannte Johnny gut, so musste er nicht bei seiner Mutter vorbeifahren, um sich schlau zu machen. Wieder zuhause angekommen, machte er sich ans Werk.

Und um neunzehn Uhr drehte sich der Schlüssel im Schloss der Eingangstür. Carmen trat ein, und hängte ihre Jacke an den Haken neben Johnnys Lederjacke. Sie zog ihre Schuhe aus, und ging die Treppe hinauf ins obere Stockwerk. Natürlich war ihr der Geruch des Essens aus der Küche in die Nase gezogen, und sie konnte sich denken, was sie im Wohnzimmer erwartete. Doch Carmen war zutiefst beleidigt, und darum verzog sie sich auch sofort nach oben ins Schlafzimmer.

Johnny trat in den Korridor, und sah ihre Jacke und die Pumps. Sein Blick folgte der Treppe nach oben. Sollte er ihr nachgehen? Johnny ahnte, dass dies keine gute Idee war. Doch er konnte nicht anders.

Die Schlafzimmertür war geschlossen. Johnny drückte die Klinke herunter, doch Carmen hatte den Schlüssel rumgedreht. Johnny zog die Augenbrauen hoch. „Carmen, mach auf!" Er erhielt keine Antwort. „Carmen, bitte! Wir müssen reden! Ich hab auch gekocht, und datt Essen wird kalt." Es blieb ruhig hinter der Tür. Er klopfte gegen das Holz. „Nun stell dich nich so an. Lass uns wenichstens reden." Nichts geschah! Da wurde Johnny langsam zornig. Er schlug mit der flachen Hand gegen die Tür. „Ich bin unten! Wenn du inner viertel Stunde nich im Wohnzimmer biss, bin ich wech!" Als er die Treppe hinunter ging, kamen ihm Zweifel, dass diese Geschichte noch gut ausgehen konnte.

Carmen hörte, wie er die Stufen hinunter ging. Ihr war nicht wohl in ihrer Haut. Obwohl Johnny ihr niemals Gewalttätig gegenübergetreten war, auch nicht in der letzten Zeit, in der sie ihn ignoriert hatte, überkam sie nun Angst. Angst davor noch einmal zu erleben, was sie mit ihrem toten Ex - Mann durchgemacht hatte.

Johnny saß nun im Wohnzimmer am Tisch, und wartete. Es begann in ihm zu brodeln. Es geschah jedenfalls nichts! „Verdammter Scheiß", fluchte er, und nahm den Deckel vom Topf. Der Duft des Coq au vin stieg ihm in die Nase. Er griff nach der Kelle, und tat sich auf.

Dann nahm er die Weinflasche und füllte sein Glas. Mit Messer und Gabel begann er die Hähnchenteile in mundgerechte Stücke zu zerkleinern. Er riss ein Stück vom Baguette ab, und begann zu essen. Und dann glaubte er zu hören, wie der Schlüssel im Schloss der Schlafzimmertür gedreht wurde. Tatsächlich kam Carmen herunter, und ging in die Küche. Der laufende Wasserhahn verriet Johnny, dass sie sich etwas zu trinken nahm. Und dann stand sie plötzlich im Wohnzimmer. Ihr Blick fiel zuerst auf das Essen, dann sah sie Johnny böse an. „Wo warst du?" Sie trat heran, und setzte sich auf die Couch vor das zweite Gedeck.

Johnny musste erst einmal seinen Mund leeren. „Ich… ich war in der Kneipe", antwortete er, weil er nicht wusste, was er sagen sollte. „Zwei Tage lang?" Carmen war richtig sauer. „Naja! Ne, nur Samstach. Abba ich war total blau, und bin wohl in meine Wohnung gegangen. Da hab ich dann gepennt, und zwar bis Dienstachmorgen."

Sie sah Johnny ungläubig an. „Und datt soll ich dir glauben? Du hältst mich wohl für doof?" Johnny schüttelte nur noch mit seinem Kopf. „Glaubs oder lasset! Ich hab jedenfalls nur gepennt. Und wahrscheinlich hasse mich doch sowieso nich vermisst."

„Wie kommse denn da drauf?", wurde Carmen laut. „Ich habe et satt, datt ich allein im Bett liege, während du lieber zu irgendwelchen Kneipenhuren gehs!"

Johnny starrte Carmen überrascht an. Und er war sprachlos! Was sollte er dazu sagen? Langsam lehnte er sich auf dem Sessel zurück. „Sach ma, Carmen, merkse eigentlich noch watt?" Da sah die Frau Johnny streng an. „Watt soll datt denn heißen?"

Johnny hatte wirklich keine Lust auf Diskussionen, sein Liebesleben betreffend, also winkte er ab. Doch das reichte Carmen nicht. „Los, sach watt? Warum flüchtest du aus meinem Bett?" Und dann ging es los. Die Spannungen der letzten Wochen entluden sich erneut, und wie Johnny es befürchtet hatte, ging es nicht gut aus.

Jetzt hatte er es endgültig satt, sich von Carmen anranzen zu lassen. „Weil ich nur noch deinen Rücken zu sehen kriege. Weil du mir gegenüber kalt biss, wien toter Fisch!"

„Watt soll datt denn bedeuten?", lachte Carmen schrill.

„Ja, wenn du da nich selbst drauf komms, dann is dir nich zu helfen." Er stopfte sich die Gabel in den Mund, nahm einen Schluck aus dem Weinglas, erhob sich, und verließ dann das Wohnzimmer in Richtung Korridor. Dort öffnete er den Safe in dem Sideboard, nahm seine Waffe heraus, griff nach der Lederjacke, und verschwand zur Tür hinaus.

*

11. Party im Wald

Als der weinrote BMW 2002tii auf den Parkplatz vor dem weißen Hochhaus fuhr, war es bereits kurz vor zehn. Es war kalt, aber die Sonne schien hell vom Himmel herunter. Eigentlich ein schöner Tag, um im Park von Schloss Berge spazieren zu gehen. Doch es war ja für ihn und Carmen ganz anders gekommen!

Johnny stellte den Wagen auf einen freien Platz, und drehte den Schlüssel um. Der Motor erstarb, und auch die Stimme von Bruce Springsteen in den Lautsprechern des Blaupunktradios, der sein "Born in the USA" gesungen hatte, verstummte mitten in der Strophe. Johnny saß da, die Hände umklammerten das Lenkrad, und sein Blick schweifte auf den Beifahrersitz. Dort stand die Transportbox mit dem weißen Kater Mr. Flocke darin. „Gut, dass ich die Wohnung nicht gekündigt habe", sagte er leise zu dem Tier. „Sons wärn wa jetzt obdachlos, mein Junge!" Zustimmend miaute der Kater.

Nachdem er gestern Abend die Wohnung verlassen hatte, verflog seine Wut recht schnell. Er fuhr die halbe Nacht durch die Gegend. Erst gegen drei Uhr nachts kam er zum Haus zurück. Da schlief Carmen natürlich bereits. Auf der Couch im Wohnzimmer lagen eine Decke und sein Kissen. Das war eindeutig!

Gegen Sieben am Morgen hatte er sie dann in der Küche werkeln gehört. Er erhob sich von seinem Schlaflager im Wohnzimmer, ging in die Küche und startete einen neuen Versöhnungsversuch. Johnny trat an sie heran, und küsste ihren Nacken. Doch die Frau mit den spanischen Wurzeln zeigte sich unversöhnlich. „Glaubst du ich vergesse die Sache so schnell?", fragte sie mit gereizter Stimme. Und schon ging es wieder los. Plötzlich hatte sich die Situation

schnell wieder hochgeschaukelt. Johnny versuchte sich
zurückzuhalten, und seine Lebensgefährtin zu beruhigen,
doch dies reizte die schöne Spanierin noch mehr. Carmen
wurde wütend, platzte aus sich heraus, und beschimpfte ihn.
Und dann konnte auch Johnny sich nicht mehr zügeln. Böse
Worte fielen, und an Versöhnung war nicht mehr zu denken.
„Verschwinde aus meinem Haus!" Das waren die letzten
Worte, die sie ihm zugerufen hatte, bevor sie im Bad
verschwand. So war er ihrem Wunsch gefolgt, hatte
begonnen seinen Wagen zu beladen, und beim Anblick
seiner Klamotten wurde ihm eines klar. Die ganze
Beziehung war wohl auf eine rasche Trennung ausgelegt!
Johnny hatte seine Wohnung zum Glück nicht gekündigt.
Vielleicht war es ja eine Vorahnung, die ihn darauf hatte
verzichten lassen. Einzig das kleine Sideboard mit dem Safe
darin hatte er in Carmens Haus gebracht. Und auch die
Kleidung, die er dorthin gebracht hatte, hatte nur eine breite
Schublade ihres Schrankes gefüllt. Verärgert und grußlos
hatte er das Haus verlassen.

Es war schon halb zwölf durch, als Johnny in Dreizwölf
erschien. Er öffnete die Tür, und trat ein. Freddy saß auf
seinem Schreibtischstuhl, und wandte sich um. „Na, wieder
genesen?", fragte er lächelnd. „Ich hoffe, du schleppst mir
keine Seuche an." Johnny antwortete nicht, hängte seine
Jacke an den Haken neben der Tür, und nahm vor seinem
Schreibtisch Platz. Freddy sah es ihm sofort an, dass etwas
nicht stimmte. Johnnys erste Tat, wenn er das Büro betrat,
war das Aufsetzen eines frischen Kaffees. Danach machte er
das Radio an. Doch nichts davon hatte er getan.
„Was ist geschehen?", fragte der junge Kollege in reinstem
Hochdeutsch. Kommissar Fred Rudnick kam ja eigentlich
aus Hannover, war aber nun schon eine ganze Weile im
Ruhrgebiet.

„Carmen!“

Freddy verstand sofort was los war. „Gab es Ärger?“

„Datt wäre noch untertrieben. Die hat mich tatsächlich rausgeschmissen“, erklärte Johnny verärgert, und auch etwas traurig. „Hast du was verbockt?“, bohrte Freddy weiter. Johnny nickte. „Da kannsse abba einen drauf lassen! Na kla, hab ich et verbockt.“ Und dann erzählte er, und ließ auch die schnelle Nummer mit Bine auf dem Klo in der Kneipe nicht aus. „Bin jetz widda in meiner Wohnung. Hatte ja nich viel Kram bei Carmen.“

„War Bine der Grund für euren Streit?“, wollte Freddy wissen, und Johnny schüttelte seinen Kopf. „Nö, davon weiß se nix.“

„Aber dann hatte sie die Absicht doch wohl schon länger“, mutmaßte der Kommissar. Johnny zog die Schultern hoch. „Seit dem Schuss auf diesen Dreckskerl Ramsauer, isse wie ausgewechselt. Anfangs dacht ich noch sie kommt damit kla, abba datt wa wohl ein Irrtum.“ Nun drehte sich Johnny auf dem Stuhl um, und machte das Radio doch an. Prince sang gerade seinen Hit von Vierundachtzig "Purple Rain“. Freddy instruierte seinen Kollegen nun über die Vorkommnisse der letzten Tage. Doch außer einem Vorfall von häuslicher Gewalt, bei dem eine Frau ihren Ehemann mit einem Messer verletzt hatte, gab es nichts, das für die Kripo von Interesse gewesen wäre. Und hier waren die Ermittlungen auch fast abgeschlossen. Alles weitere, war jetzt Angelegenheit der Staatsanwaltschaft. Den Rest des Tages verbrachten sie also mit den Akten.

Am Donnerstag erschien die Frau, die ihren Mann angegriffen hatte, im Präsidium zum erneuten Verhör. Da Johnny bisher an dem Fall nicht gearbeitet hatte, hielt er sich zurück. So saßen sie nun im vierten Stockwerk, in dem Verhörraum. Die beiden Beamten auf der einen Seite des Tisches, die Frau auf der anderen. Ihr Name war Elisabeth

Neubauer, genannt Lisi. Sie war achtundzwanzig Jahre alt, und sehr hübsch. Und Johnny wunderte sich schon ein wenig, denn Frau Neubauer war von zierlicher Statur, und maß höchstens eins sechzig. Keine guten Grundlagen für einen aggressiven Menschen, was sie aber scheinbar in ihrer Wut nicht zu stören schien. Hingegen war das Opfer, ihr Ehemann Jürgen, über eins neunzig groß. An sich war der Größenunterschied schon eine lustige Vorstellung, fand Johnny. Dass dieses zierliche, blonde Persönchen diesen Hünen angegriffen haben sollte, kam Johnny schon ziemlich merkwürdig vor.

„Frau Neubauer, wir hätten noch einige Fragen an sie, daher mussten wir sie nochmal vorladen", begann Freddy, nachdem er die Formalitäten auf Band gesprochen hatte. „Sie haben am Montag zu Protokoll gegeben, dass ihr Mann sie angegriffen hat, während sie in der Küche das Essen zubereiteten." Die Frau mit der dauergewellten Mähne nickte zustimmend. „So waret auch. Ich hab grade Möhren geschnitten. Für nen Eintopf, den ich für Dienstach machen wollte. Der Jürgen hatte auffe Couch geschlafen. Der war schon hacke vonne Frühschicht gekommen."

„Ihr Mann war also betrunken?", fragte der Kommissar. „Betrunken? Datt der datt Auto unbeschadet nach Hause gebracht hat, grenzt an ein Wunder." Frau Neubauer schüttelte verärgert mit dem Kopf. „Ihr Mann ist also Bergmann auf Zeche Consol, das haben sie zu Protokoll gegeben", fuhr Freddy fort. „So isset! Der is Hauer auf Consol", bestätigte die blonde Lisi.

„Sind sie sicher, dass ihr Mann sie tatsächlich angreifen wollte, Frau Neubauer? Vielleicht haben sie die Situation nur falsch eingeschätzt." Da beugte sie sich vor, senkte den Kopf, und ließ ihre lange, blonde Mähne nach vorne fallen. Die beiden Beamten erhoben sich leicht. Im Nacken der Frau wurde ein großer blauer Fleck sichtbar. „Sieht datt aus, als hätte ich die Situation falsch beurteilt?", fragte sie zurück.

„Hat ihr Mann sie öfters geschlagen?", fragte nun Johnny. Lisi Neubauer nickte. „Immer wenner blau war."

„Und dann hammse zugestochen?", folgerte der Hauptkommissar. Wieder nickte sie. „Soll ich mich etwa ständich von dem Suffkopp verprügeln lassen? Außerdem hatte ich Angst um Reginchen." Fragend sah Johnny die Frau an, und diese verstand. „Datt is meine dreijährige Tochter. Die war im Kinderzimmer und hat gespielt. Meistens achtet er wohl drauf dattse nix mitkricht. Ich weiß nich, wie der datt im Suff schafft."

„Warum keine Scheidung? Wenner so gewaltätich is, wäret doch besser sich zu trennen." Johnny sah die Frau verständnislos an. „Daran hab ich jetz auch schon gedacht. Aber der Jürgen is eigentlich ein lieber Mann. Der liebt seine Tochter über allet. Abba wenner einen sitzen hat, is er ein echtet Schwein."

„Der Alkohol also! Na gut, Frau Neubauer", ergriff nun wieder Freddy das Wort. „Ich glaube, für uns war es das erstmal. Ich sehe den Fall als klare Notwehr. Sie müssen sich wohl keine Sorgen machen."

„Und wie gehtet jetz weiter?" Der Frau sah man ihre Angst durchaus an. Johnny ergriff das Wort. „Datt läuft jetz über die Staatsanwaltschaft. Abba ich würde ihnen raten, für ihren Mann ein Hausverbot zu erwirken. Da muss er sich dann ersma von ihnen und dem Kind fernhalten. Wennse wollen, geben wa datt so weiter."

„Datt wird wohl datt Beste sein", sagte Lisi Neubauer nickend.

Der Rest der Woche plätscherte eher langweilig vor sich hin. Entgegen seiner alten Gewohnheiten, verbrachte Johnny bereits den Freitagabend in seiner Stammkneipe.

Zum Knobeln fand sich ja immer jemand. Doch er hielt sich mit dem Trinken zurück, und hatte sich lediglich drei Glas Bier erlaubt. Obwohl er kein großer Biertrinker war.
Am Samstagabend, lief ihm auch wieder Bine über den Weg. Und nachdem diese von Johnnys Trennung erfahren hatte, wich sie ihm nicht mehr von der Seite. Was Johnnys Kumpel Markus, allgemein Socke genannt, überhaupt nicht gut fand. Aber dies war sicher nicht der Grund, dass sich Johnny diesmal bei der vollbusigen Sabine zurückhalten wollte. So ganz hatte er die Beziehung zu Carmen noch nicht abschreiben wollen. Und dann musste er an diesem Wochenende auch noch arbeiten.

*

Auf einem umgelegten Baumstamm saßen vier junge Frauen, und bibberten im Chor. Zwei junge Männer waren damit beschäftigt, aus einem Opel Ascona Bierkästen auszuladen. Aus den Lautsprechern des Wagens dröhnte laute Musik. Jennifer Rush sang "Ring of Ice". Einer der Männer, die noch nicht viel älter als achtzehn Jahre waren, nahm eine Decke aus dem Kofferraum, und brachte sie den Mädchen. „Hier, damit ihr nich erfroren seid, bevor et richtich losgeht." Die Decke wurde über den Beinen der Mädchen ausgebreitet, was aber nicht wirklich viel half. „Gleich, wenn datt Feuer brennt, wird et sicher wärmer", vertröstete er die Mädchen. Es war Samstagnachmittag gegen drei. „Wann kommen die anderen?", fragte eine der jungen Damen, und bekam von dem Deckenbringer die Antwort. „Is doch noch früh. Die werden schon kommen."

Das Grillhaus stand auf einer breiten Lichtung mitten im Waldgebiet des Emscherbruches, zwischen den Gelsenkirchener Stadtteilen Resser - Mark, Erle, und der

Nachbarstadt Wanne-Eickel. Während drei Seiten des Grillplatzes dicht von Wald umgeben waren, schlossen sich in südlicher Richtung eine breite Wiese, und dann ein großes Feld an. Rechts neben dem Feld befand sich der Weg, den der Bauer zur Anfahrt mit dem Traktor befuhr. Dieser wurde natürlich auch von der Bevölkerung als Zufahrt zum Grillplatz genutzt.

Es war ein schönes Naherholungsgebiet mit Trimm-dich-Pfad und einem großen Waldspielplatz. Dieser hatte ein hölzernes Fort, Tipis, Rutschen und eine Seilbahn. Und nicht weit davon, befand sich halt dieser Grillplatz mit der großen Wiese. Für Ortsfremde, also Nicht - Ruhrpottler, war das kaum zu glauben. Sie hatten immer noch das Bild mit den Fördertürmen und Hochöfen, den Kohle- und Wäschehalden, dem Dreck und dem Grau das alles überzog vor Augen. Vom Grün des Ruhrgebiets ahnten sie meist nichts.

Im Sommer war hier jedenfalls an den Wochenenden immer einiges los, genau wie an den Ufern des Kanals. Doch im Winter war hier verständlicherweise tote Hose. Es gab aber auch Ausnahmen!

Das hölzerne Gebäude hatte halboffene Wände, und zu allen vier Seiten je ein steiles Satteldach, welche in der Mitte des Baus zusammenliefen. Bis zur Dachspitze maß das große Grillhaus fast fünf Meter. Die Unterkante des Dachaufbaus war mit Stacheldraht gesichert, um ein hinaufklettern zu vermeiden. Allerdings hatten Jugendliche an einer Stelle den Draht bereits entfernt, und so wurde das hinaufklettern zu einer Art Mutprobe. Außen waren an den offenen Wänden Bänke angebracht, genau wie innen. Dort gab es zusätzlich noch Tische. Vor dem Bau standen drei große Betongrills, die besonders an den Wochenenden im Sommer großen Anklang fanden.

Plötzlich wurden die vier Mädchen und der junge Mann aufmerksam. Und auch der Bursche, der die Bierkästen zum Grillhaus schleppte, hob seinen Kopf.

Über den asphaltierten Feldweg näherten sich ein orangefarbener VW Käfer, und zwei Mopeds. Eines der Mädchen auf dem Baumstamm stand auf und zeigte zu dem Weg hinüber. „Da kommt Ralle!"

„Ja, und Silvio", sagte eine andere, die den einen Burschen auf der Hercules K50 erkannte. „Und Gittas Herz fängt an zu klopfen", bemerkte eine der Freundinnen grinsend. „Wen bringt der denn mit?", fragte Gitta, denn der zweite Mopedfahrer war nicht zu übersehen.

Knatternd fuhren die beiden Kleinkrafträder voraus, und erreichten den hellblauen Opel Ascona zuerst. Dann erst rumpelte der Käfer über die Wiese heran. Der Fahrer lenkte seinen Wagen neben den Opel, und ließ den Motor verstummen. Besagter Ralle stieg aus, und begrüßte die beiden Jungs am Ascona. Seine Beifahrerin verließ den warmen Käfer ebenfalls, und gesellte sich zu den Mädchen. Die beiden Mopedfahrer stellten ihre Maschinen ab, und nahmen die Helme vom Kopf. „Mann, is datt kalt auffem Bock", stellte der eine fest. „Jammer nich rum, Mario. Du wolltest ja unbedingt mit." Das Mädchen Gitta, die eigentlich Brigitta hieß, sprang von dem Baumstamm auf, und fiel dem Mopedfahrer Silvio, um den Hals.

Der Fahrer des VW Käfer hob nur kurz den Arm, trat vor sein Auto, und öffnete die Haube. Drei Säcke mit Holz lagen darin. Er sah zu den beiden Jungs, die sich mit den Mädchen unterhielten, und rief diese heran. „Ey, ihr faulen Säcke, packt ma mit an." Silvio löste sich aus Gittas Umarmung, und folgte dem Ruf. Genau wie Mario dies tat. Sie schleppten das Holz zu den großen Betongrills, und entfachten in jedem ein Feuer. Dann gingen sie in den Wald und suchten dicke Stämme. Alles was sie heranschleppten, hackten sie mit einem Beil aus Ralles Kofferraum, auf Armlänge und legten sie zum Trocknen auf den breiten Betonrand der Grills. „Sonst qualmts zu sehr", hatte Silvio erklärt.

Dann besah sich Ralle die fünf Bierkästen, die nun in dem Holzhaus standen. „Und die sollen reichen?", fragte er zweifelnd.

„Wartet ma ab, da kommt bestimmt noch mehr", bekam er von dem Ascona Fahrer, der auf den Spitznamen Zwille hörte, zur Antwort. „Mehr kann ich jedenfalls nich springen lassen. Geburtstach hin oder her." Und Zwille sollte recht behalten, denn Silvio hatte aus dem schwarzen Koffer an seinem Moped bereits eine Pulle Clarkes Whiskey geholt. „Mann, watt is datt denn für ne Plörre? Für dreizehn Mark von Aldi oder watt?", beschwerte sich Zwille, der eigentlich Uwe hieß, und sein Haar weißblond gefärbt hatte. „Na und? Musst ihn ja nich trinken", setzte sich der Halbitaliener Silvio zur Wehr. „Sei nich so dünnhäutich, mein Freund. Na, dann gib ma her, die Pulle." Zwille nahm den Whiskey und brachte ihn in das Grillhaus.

Je mehr Leute eintrudelten, umso mehr Alkohol sammelte sich an. Ouzo, Whiskey, Apfelkorn, und einer brachte sogar Rum, Zucker und das passende Geschirr mit. Auf dem einen Feuer machte er in einem Kessel Wasser heiß. „Hier gibtet schönen heißen Grog", rief er wie ein Marktschreier, und sein Heißgetränk fand sogar reißenden Absatz.

Und dann füllte sich der Platz mit jungen Leuten. Mopeds, Mofas, und ein weiteres Auto kamen über den Feldweg auf den Platz gefahren. Aber die meisten kamen zu Fuß durch den Wald. In zwei der Grills brannten Feuer, und in dem mittleren glühte die Grillkohle. Der Fahrer eines roten Kadett GSI hatte für das Grillgut gesorgt, denn er ging bei einem Metzger in die Lehre. So zog auch bald ein Duft von gebratenen Würstchen und Fleisch durch den Wald. Und dann kam die Fete langsam in Fahrt!

Es wurde schon um halb Fünf dunkel, und bei den Feiernden, stieg der Alkoholpegel. Anita, eine Blondine mit langen Haaren, und die Freundin des VW Käfer Fahrers Ralle, hatte schon einiges getrunken. Und dies schien bei ihr jede Zurückhaltung schwinden zu lassen. Ralle hatte sich an diesem Abend wenig um seine Freundin gekümmert, was sich jetzt rächen sollte. Denn der junge Typ, der mit dem Halbitaliener Silvio gekommen war, und sich als dessen Cousin Mario entpuppt hatte, dafür umso mehr. Dieser baggerte schamlos an Anita herum.
Ralle und Zwille hatten sich ausschließlich der harten Getränke gewidmet. Zuerst den Grog zum warmwerden, danach Whiskey. Und so war der Käfer-Fahrer schon ziemlich betrunken, als er ein dringendes Bedürfnis verspürte. Er zog sich an den Waldrand zurück, wo ihn nicht gleich jeder beim pinkeln beobachten konnte. Dort öffnete er seine Hose, und begann sich an einem Gebüsch zu erleichtern. Und plötzlich hörte er die helle Stimme eines Mädchens. „Ich glaub, datt fängt an zu regnen. Ich hab schon paar Tropfen abgekricht." Ralle horchte auf. Was war denn das? War da etwa jemand hinter dem Busch? Er begann zu kichern! Eilig verpackte er sein bestes Stück, und stolperte um den Busch herum. Dort sah er auf den nackten Hintern eines Kerls, der von schlanken Beinen umschlungen war. Ralle lachte auf. „Soll ich bissken nachhelfen?", lallte er betrunken, und wollte eigentlich mit der Hand auf den nackten Hintern klatschen. Doch dann verstummte er! Diese Beine gehörten seiner Freundin Anita, wie sich zeigte, als diese ihren Kopf zur Seite neigte, und an den schwarzen Haaren ihres Liebhabers vorbei blickte. „Anita, watt machsse da?", fragte Ralle lallend, und war sich nicht

sicher, ob er wachte oder träumte. Er wandte sich um, und lief davon. „Mann, und watt jetz?", fragte Mario. „Nix, du Doof! Los, mach weiter", forderte Anita gurrend.

Schnell verbreitete sich die Nachricht von der Untreue der Anita auf dem Grillplatz, was wohl Zwille zu verdanken war, dem der Ralle heulend davon erzählt hatte. Einige fanden die Neuigkeit geradezu skandalös, andere fanden es witzig und lachten darüber. Und nicht selten hörte man die Worte, selbst schuld. Die Mädchen drängten sich um die blonde Anita, als diese wieder an den Feuern erschien, und redeten auf sie ein. Einige Jungs redeten auf Ralle ein. Und Silvio sprach etwas Abseits, mit seinem Cousin Mario.

„Mann, bisse bescheuert? Wie kannsse die Anita vögeln?" Der schwarzhaarige Mario sah Silvio fast herausfordernd an. „War ganz einfach. Eigentlich hat sie mich…!"

„Ach hör auf, datt sind meine Freunde, und du veranstaltes hier so ne Scheiße." Silvio war echt verärgert, und bereute es inzwischen seinen Cousin aus der Nachbarstadt Herne zu dieser Fete mitgebracht zu haben. „Silvio, echt. Die hat mich angegraben, und da konnte ich nich anders. Datt die mit diesem Ralle zusammen is, wusste ich doch nich." Marios beteuerte seine Unschuld, doch sein Cousin ließ nicht locker. „Die is mit Ralle gekommen. In seinem Auto! Watt glaubsse wohl warum?" Mario zuckte mit den Schultern. „Dann musser besser auf seine Ische aufpassen. Können wa jetz ma watt trinken?" Er ließ Silvio einfach stehen, und holte sich aus dem Grillhaus ein Bier.

„Ey, du blödes Arschloch! Anita is meine Perle!" Der völlig betrunkene Ralle stolperte auf Mario zu, als dieser in den Schein der Flammen, aus dem Dunkel des Grillhauses wieder auftauchte. „Ja, datt weiß ich jetz auch", antwortete der schwarzhaarige Bursche spitz. Er war bei weitem weniger betrunken, als dieser Ralle. „Vielleicht solltesse dich besser um se kümmern, dann brauch Anita keinen andern Kerl anzumachen."

„Du blödet Arschloch", kreischte Ralle laut. Außer sich vor Wut riss er seine Fäuste hoch, und schlug zu. Doch Mario brauchte dem Schlag nur auszuweichen. Der eher schmächtige Käfer Fahrer, verlor vom Schwung das Gleichgewicht, und landete auf dem Boden. Da wollten einige andere auf Mario los, da sie dachten, dass dieser Ralle umgehauen hatte. Doch Silvio, und auch Zwille, stellten sich ihnen in den Weg. „Watt soll datt, ihr Idioten? Hier wird nich geprügelt", rief Zwille verärgert. „Datt is mein Geburtstach, und den lass ich mir nich vermiesen."

„Aber der hat Ralle geschlagen", rief der GSI-Fahrer, und zeigte auf den Burschen, der immer noch am Boden saß. „Ach watt, der is nur gestolpert", erklärte Silvio, und nahm seinen Cousin in Schutz. So gaben sie murrend Ruhe, packten aber Ralle, und brachten ihn in das Grillhaus. Den Rest des Abends versuchte Mario dem Käfer-Fahrer aus dem Weg zu gehen. Was aber nicht bedeutete, dass dies auch für Anita galt. Diese hatte inzwischen mit Ralle Schluss gemacht, und blieb bei den beiden italienischen Cousins.

*

III. EINE LEICHE AUF DEM GRILLHAUS

Es war Sonntagmorgen gegen halb neun, und Johnny saß auf seinem Schreibtischstuhl in Dreizwölf. Er und sein Team, also Kommissar Fred Rudnick, Polizeihauptmeister Grünwald und Polizeimeisterin Silvia Wolf hatten Wochenenddienst. Bisher war es ruhig geblieben. Und so hatten sie viel Zeit sich zu unterhalten. Johnny und Freddy saßen an ihrem Schreibtisch, und quatschten. Im Radio lief Nenas Song "Irgendwie, Irgendwo, Irgendwann". Und da Fred ein neugieriger Mensch war, konnte er sich die Frage nicht verkneifen, wie es Johnny ergangen war. Und Johnny war es egal. Irgendwann würden sie es sowieso alle erfahren. Also erzählte er Fred was geschehen war. Und dieser staunte nicht schlecht.

Johnny war am Dienstag nach dem Streit mit Carmen in seine Wohnung zurückgekehrt, und nachdem seine Freundin auf seine Anrufe nicht mehr reagiert hatte, war ihm der Kragen geplatzt. Lediglich einen Anruf von ihm hatte sie angenommen, und der endete natürlich im Streit. Er ließ sie erstmal in Ruhe, schließlich sollte der Streit nicht noch mehr eskalieren. Dann war er am Donnerstagabend noch einmal zu ihrem Haus gefahren. Er hatte extra bis zum späten Abend gewartet, so dass er sich sicher sein konnte, dass Carmen auch zu Hause war. Auf der Fahrt war er in Gedanken schon einmal durchgegangen, was er auf keinen Fall vergessen durfte. Obwohl er einen Schlüssel hatte, klingelte er an, und wartete bis Carmen öffnete. Sie hatte Johnny fragend, und streng angesehen. „Watt willsse noch?"

Nach dieser netten Begrüßung sparte er sich weitere Versöhnungsversuche. Was war bloß aus der sanften und liebevollen Frau geworden? Wenn Carmen jetzt schon so stur war, was sollte dann erst werden, wenn sie von seinem Fehltritt erfahren würde. So geschah nun, was sich schon seit Wochen ankündigte, und Johnny akzeptierte es. „Ich wollte nur meine Sachen holen. Datt werde ich ja wohl noch dürfen."

„Bitte!" Sie trat zur Seite, und ließ ihn ein. Zu einem Gespräch zwischen ihnen kam es aber nicht mehr. Carmen beäugte Johnny nur noch schweigend, und mit zornigem Blick.

Nach einer Weile war der BMW beladen. Im Kofferraum fand sich das kleine Sideboard wieder. Den Deckel des Kofferraums hatte er mit einem Band festgebunden, denn das Schränkchen war zu groß für den Kofferraum des Wagens. Auf dem Beifahrersitz stand die Transportbox mit dem weißen Kater. Im Fond fanden das Katzenklo, der Kratzbaum, und die anderen Katzenutensilien einen Platz. Daneben lagen einige Jeanshosen, drei Aldi Tüten mit seinen T-Shirts und Hemden, sowie seiner Unterwäsche. Seinen Wecker, und den Kram aus dem Badezimmer hatte er so auf den Rücksitz geworfen. Mehr hatte er nicht in diesem Haus. Er stieg noch einmal die drei Stufen hoch. „Et is noch nich lange her, da wollten wir heiraten. Ich war skeptisch, aber du hass gesacht, ich könnte darauf wetten, dass du mich nich verlässt. Ich hätte die Wette gewonnen." Er schüttelte den Kopf, drückte Carmen den Schlüssel in die Hand, und ließ sie stehen. Carmen blieb an der Tür zurück, sah ihm nach, und vergoss keine Träne.

Eigentlich hätte Johnny irgendetwas spüren müssen, aber außer dem Gefühl verraten worden zu sein, war da nichts. Er hatte geglaubt in Carmen seine Seelenverwandte gefunden zu haben, mit der er sein weiteres Leben verbringen wollte. Doch er hatte sich wohl geirrt!

All dies hatte Johnny seinem Kollegen Fred erzählt, und dieser sah ihn ziemlich bedröppelt an. Damit hatte der gebürtige Niedersachse nicht gerechnet. „Mann, das ist hart. Hätte ich nicht von ihr erwartet."
Johnny nickte traurig. „Ich habe wohl bei Frauen kein Glück. Zumindest nicht, wenn es um feste Bindungen geht. Vielleicht bin ich nicht der Typ zum Heiraten."
„Sie hat dich so richtig rausgeschmissen", stellte Freddy erstaunt fest. „Und sie wusste nichts von deinem kleinen Ausrutscher im Klo von der Kneipe?" Johnny schüttelte den Kopf. „Ich hätte ja verstanden, wenn dies der Grund wäre, aber so." Freddy sah seinen Kollegen verblüfft an. „Für mich heißt das, sie spielte wohl schon länger mit dem Gedanken eure Beziehung zu beenden."
Johnny stimmte zu. „Sieht so aus! Dattse dafür abba einen Streit brauchte, enttäuscht mich ganz schön."
Plötzlich klingelte das Telefon. Fred nahm den Hörer ab, und meldete sich mit Dienstgrad und Name. „Ja", sagte er, und blickte Johnny an. „Gut, wir kommen." Dann legte er auf.
„Watt gibtet?" Johnny sah Freddy fragend an. „Kennst du den Grillplatz im Emscherbruch?"
„Den am Waldspielplatz? Ja, klar, natürlich kenn ich den!"
„Da liegt wohl eine Leiche!"
Johnny öffnete die Schublade seines Schreibtisches, und nahm seine Bessie heraus. Diese glitt in den Holster an seinem Gürtel. Er erhob sich, nahm seine Jacke vom Haken, und griff nach der Türklinke. „Na, dann los." Sie traten auf den kühlen Flur, und im Vorbeigehen klopfte er gegen die Tür des Nebenzimmers. „Andi, Silvia, kommt. Einsatz!"

Gefolgt von dem Passat Kombi der Kavallerie, fuhr Johnny vom Hof des Präsidiums. Fred öffnete das Fenster, und stellte das Blaulicht mit dem Magnetfuß auf das Dach des BMW. So jagten die beiden Wagen mit lautem Tatütata die Crangerstraße hinunter Richtung Süden. Zur Linken der Friedhof, und zur Rechten das Restaurant Kaiserau, hinter dem sich der Schlosspark befand. Es ging immer geradeaus, durch den Ortsteil Erle, bis zur Kreuzung am Forsthaus, wo sie nach rechts auf die Münsterstraße abbogen. An der nächsten Kreuzung fuhren sie links, und hinter dem Gelsenkirchener Tierheim, bogen sie in einen Wirtschaftsweg ab. So erreichten sie den Feldweg, der auf die große Wiese führte, auf der das Grillhaus stand. „Mann, du kennst dich ja wirklich aus", staunte Freddy, und Johnny grinste. Als sie an dem Grillhaus hielten, stand dort ein Mann, gekleidet in eine Bundeswehrhose, und einen grünen Parka. An der Leine führte er einen schwarzweißen Münsterländer Jagdhund, und über der Schulter trug er ein Gewehr. Er war der Förster, und begrüßte die Beamten freundlich. „Guten Tag, meine Herren… „und als er Silvia Wolf sah, fügt er noch meine Dame hinzu. „Tja, hier war gestern wohl ma widda Wintergrillen angesacht", meinte der Forstbeamte. Es lag einiges an Müll herum, leere Schnapsflaschen, Tüten von Grillkohle, und einige leere Fleischverpackungen. Nur das Leergut hatten die Feiernden wieder mitgenommen. Dafür gab es schließlich Geld zurück. „Und wo ist die Leiche?", fragte Fred Rudnick. Da drehte sich der Förster um, und zeigte nach oben. In der Ecke, wo die beiden Satteldächer zusammenliefen, kauerte ein junger Mann. Er hatte seine Knie an den Körper gezogen, und war mit Reif bedeckt. „Oh Mann", entfuhr es Freddy, und auch die anderen waren sichtlich bestürzt, beim Anblick des jungen Burschen. Johnny war der erste, der sich fasste. „Gut, also die hatten hier ne Fete. Und doof wie die Jugend is, klettern die besoffen auf datt Dach."

„Dabei haben wa schon vor Jahren da extra Stacheldraht an die untere Dachkante genagelt. Abba irgendjemand hat an der Ecke den Draht abgerissen", unterbrach der Förster Johnnys Ausführung, und zeigte hoch zur Unterkante des Daches. Tatsächlich, war der Rand mit Stacheldraht vernagelt. Doch an einer Stelle fehlte der Draht. „Die klettern darauf, und benutzen die Stelle zum runterrutschen." Johnny nickte. „So ne Art Mutprobe."

„Da gehört aber wirklich Mut zu, da runterzurutschen, datt Ding ist doch bestimmt drei Meter hoch", bemerkte Andi Grünwald, und der Förster nickte. „Deshalb brechen sich hier auch immer wieder Leute die Gräten. Datt hat der da aber wohl vermieden!" Er zeigte auf den Toten.

*

Der Anblick des jungen Burschen war wirklich bizarr. Silvia Wolf stand vor dem Grillhaus, und starrte nach oben zu dem Toten. „Würdest du dich bitte an der Suche beteiligen?" Andi Grünwald war neben sie getreten. „Der ist noch so jung", stellte sie traurig fest. „Deshalb sollten wir auch dringend dafür sorgen, datt der Täter gefasst wird. Und zwar in dem wir nach Beweisstücken suchen!"

„Woher weißt du, dass es einen Täter gibt?" Silvia sah ihren uniformierten Kollegen fragend an.

„Der wird wohl kaum freiwillig da oben geblieben sein. Die ganze Nacht, bei der Kälte!" Andi war sich ziemlich sicher, dass sie es mit einem Verbrechen zu tun hatten.

„Und der hätte doch leicht runterklettern können."

„Glaubst du, den hat jemand da oben festgehalten?"

Der Polizeihauptmeister zog die Schultern hoch. „Datt weiß man nich, und jetzt komm."

120

Bald darauf sah man über den Feldweg zwei Fahrzeuge näherkommen. Es war das Fahrzeug der Spurensicherung, so wie der Wagen von Doc Lorenz, aus der Pathologie in Essen. Die beiden Fahrzeuge näherten sich über den Weg, neben den nun winterlich brachliegenden Maisfeldern. Johnny hatte sie zuerst gesehen, und trat neben seinen Wagen. Und genau da hielt der Pathologe auch an. „Na, Sheriff", sagte er grinsend, während er aus seinem Auto stieg. „Was haben wir denn Interessantes?"

„Tja, Quincy!" Johnny nannte seinen alten Kumpel nach dem Pathologen aus der amerikanischen TV-Serie aus den Siebzigern, weil Peter Lorenz nicht nur Pathologe war, sondern diesem sogar sehr ähnlichsah. Dafür nannte dieser Johnny meist Sheriff. Er zeigte nach oben, und die Augen des Pathologen folgten seinem Zeigefinger. „Oh, sowatt haben wa auch nich alle Tage." Johnny schüttelte seinen Kopf, und der Pathologe wandte sich den Leuten von der Spurensicherung zu. „Habt ihr mal ne Leiter? Ich muss da rauf."

Kurz darauf begab er sich auf das vereiste Dach. „Mann, sei bloß vorsichtig", rief Johnny hinauf, und Doc Lorenz bewegte sich wie auf Eiern. Er begann den jungen Mann auf dem Dach zu untersuchen, und sprach dabei in ein kleines Diktiergerät. Währenddessen suchten die Beamten nach Hinweisen. Und dann kam Andi Grünwald aus dem nahen Wald, und schob ein Kleinkraftrad. „Watt hast du denn da schönet?" Johnny trat heran. Es war ein Mokick der Marke Hercules. „Die is ja wie neu", stellte Johnny fest. „Richtich", sagte der Polizeihauptmeister. „Und die is noch angemeldet! Lag dahinten innne Büsche."

Johnny nickte. „Dann ermittel ma den Halter. Ich würde mich schon sehr irren, wenn der nich da oben auf dem Dach sitzt."

Und Johnny irrte nicht. Er war Andi zum Streifenwagen gefolgt, und hörte dem zu, was die Zentrale zu berichten hatte. „Der Name des Halters ist Mario Torrini, wohnhaft in Wanne-Eickel", dröhnte es aus dem Lautsprecher. Der Kollege in der Zentrale fügte noch die Adresse und das Alter des Jungen dazu. „Sechzehn Jahre alt!" Johnny sah Andi Grünwald traurig an, und entgegnete: „Ja, datt is bestimmt kein Alter zum Sterben."

„Nö, sicher nich! Abba ich denke, da hat garantiert jemand nachgeholfen."

„Is anzunehmen", antwortete der Hauptkommissar. „Abba noch stehn wa am Anfang." Da ging einer der Männer in den weißen Overalls vorbei. Diesen rief Johnny zu sich. „Walla, kannste schon watt sagen?"

Walter Voss war der Chef der Spurensicherung, von Haus aus Ingenieur, und seit mehr als zehn Jahren bei der Spusi in Buer. Der Mann mit dem kurzen, roten Haar trat heran. „Bis jetzt nur datt übliche. Reifenspuren, von drei verschiedenen PKW. Dazu noch etliche Zweiräder. Einige Haare, Taschentücher, Flaschen auf denen wir uns Fingerabdrücke erhoffen. Datt mit dem Bericht wird sicher einige Zeit dauern." Johnny nickte, und Walla hob die Hand. Dann ging er weiter.

Es dauerte eine ganze Weile, bis die Männer den Toten vom Dach heruntergeholt hatten. Nun lag er seitlich auf einer Plane, und konnte durchsucht werden. Walla reichte Johnny eine schwarze Brieftasche. Der Hauptkommissar öffnete diese, und fand alle Papiere, die die Identität des Jungen bestätigten Fred Rudnick trat heran. „Und?"

„Mario Torrini, sechzehn Jahre alt", sagte Johnny. „Hier sind die Papiere von dem Mokick, und sein Führerschein. War wohl ein Weihnachtsgeschenk, die Maschine."

„Na, wenigstens etwas", befand Freddy, und nahm von
Johnny den Führerschein des Jungen entgegen. „Ist aus
Wanne!" Johnny nickte.
Da erhob sich Dr. Lorenz, der neben dem Toten gekniet
hatte, und trat neben die beiden Kommissare. „Er wurde
geschlagen und ist erfroren! Definitiv! Der Tod dürfte
zwischen drei und sechs Uhr morgens eingetreten sein.
Abba genaues gibt es erst nach der Obduktion." Johnny
nickte, und sah zu der Stelle auf dem Dach, wo der Junge
gehockt hatte. „Irgendjemand hat verhindert, datt der da
oben runter konnte."
„Also, Mord?" Quincy Lorenz sah Johnny fragend an. „Ja,
zumindest Totschlag! Genau datt glaube ich. Und wir
werden sicher noch erfahrn, watt da passiert is."

*

Die beiden Kommissare fuhren über den Feldweg, und dann
über die Wirtschaftsstraße zurück. Dann bogen sie nach
links ab, und fuhren über die Grimbergstraße nach Wanne-
Eickel. Der BMW fuhr vorbei an dem Waldgebiet, wo vor
drei Jahren noch das beliebte Freibad Grimberg jeden
Sommer tausende Badegäste angezogen hatte. Auch Johnny
hatte in seiner Jugend hier viel Zeit verbracht, und er wurde
immer noch ein bisschen wehmütig, wenn er hier
vorbeifuhr. Von dem Freibad stand nur noch das Haus des
Bademeisters, der hier einmal alles unter sich hatte. Alles
andere, wie Kassenhäuschen, Sanitäterbude und Toiletten
hatte man eingeebnet. Die Parkplätze, und natürlich die drei
Schwimmbecken hatte man mit Erde aufgefüllt, und dann
aufgeforstet.
Vorbei am Ortseingangsschild Herne, Ortsteil Wanne,
ließen sie die Kanalbrücke hinter sich, und fuhren geradeaus
in Richtung Bochum. Zu ihrer Linken passierten sie das

Cranger Tor, hinter dem jedes Jahr die Cranger Kirmes stattfand. Eines der größten Volksfeste in Deutschland. Und nach ein paar hundert Metern, bogen sie nach rechts ab. Nun ging es durch einige Nebenstraßen, und dann hielten sie vor einem vierstöckigen Haus, mit gelblich, verblasster Fassade. Johnny ließ den Wagen verstummen, und sie stiegen aus. Gemeinsam traten sie über den Bürgersteig zur Eingangstür des Hauses. Freddy drückte auf die Klingel mit dem Namen Torrini. Die beiden Männer sahen sich mit ernsten Gesichtern an. Diese traurige Pflicht hassten sie beide. Wobei es Johnny vorzog, dass Fred diese schlechten Nachrichten überbrachte. Dieser sah seiner Meinung nach wesentlich seriöser aus, als er selbst. Fred Rudnick trug meistens einen Anzug, und Hemd mit Krawatte. Johnny dagegen trug Jeans, T-Shirt und Cowboystiefel. Ausnahme war der Winter, da trug auch er schon mal ein Hemd unter der braunen Lederjacke. Ein kariertes Flanellhemd!
Es knackte! „Wer ist da?", fragte eine jugendliche Stimme. „Guten Tag, hier sind die Kommissare Thom und Rudnick von der Kripo in Buer. Wir müssten mit ihnen sprechen." Die Tür wurde geöffnet, und die beiden Beamten begaben sich in den zweiten Stock, wo Familie Torrini wohnte. Die Wohnungstür war noch geschlossen, als die beiden die letzte Stufe nahmen. Warten oder klopfen mussten sie aber nicht, denn kaum waren die beiden oben, ging die Tür auf. Eine schwarzhaarige Frau, etwa Mitte Dreißig, sah die Beamten an. „Polizei, sagt meine Tochter", sprach sie ruhig. „Ist etwas mit meinem Mann?" Johnny hielt der Frau seinen Dienstausweis entgegen, noch bevor er antwortete. „Wolln wa datt nich besser drinnen besprechen?" Frau Torrini trat zur Seite, und ließ die Beamten eintreten.
Mit dem Dienstausweis in der Hand, folgte Fred seinem Kollegen. „Bitte kommen sie in die Küche." Sie ging vor, und die beiden Beamten folgten ihr. In der Küche nahmen

sie am Tisch Platz. „Frau Torrini, wir haben leider die schwere Pflicht ihnen mitzuteilen, dass ihr Sohn Mario heute Morgen tot aufgefunden wurde", sprach Fred Rudnick mit ruhigen Worten, und fügte noch sein herzliches Beileid hinzu.

Plötzlich erklang ein fast unmenschlicher Schrei aus dem Korridor, und Frau Torrini sprang auf. „Marina", rief sie den Namen ihrer Tochter, und lief aus der Küche. Die beiden Beamten hörten, wie die Frauen in dem Korridor weinten. Es dauerte eine Weile, bis Frau Torrini in die Küche zurückkam. Und ihre Tochter folgte ihr.

„Entschuldigen sie bitte!"

„Et gibt keinen Grund dafür", sagte Johnny. Die Frau setzte sich wieder, und auch ihre Tochter Marina setzte sich auf einen Stuhl. Mit verweinten Augen sah die junge Frau Johnny an. „Watt is geschehen?" Marina war nur ein Jahr älter als ihr Bruder Mario, und sie sah ihrer Mutter sehr ähnlich. Johnny wunderte sich, dass sie ausgerechnet ihm diese Frage stellte, und nicht dem seriösen Beamten Rudnick. „Er ist wohl erfroren", antwortete Johnny. „Wir fanden ihn in dem Waldgebiet hinter dem Erler Tierheim. Dort ist ein Grillplatz mit einem Holzhaus. Auf dessen Dach fanden wir ihn."

„Ich kenne das Grillhaus", sagte Marina schluchzend, und sah ihre Mutter mit verweinten Augen an. „Wie kam er auf das Dach?"

„Ja, dass wüssten wir auch gerne", sagte Fred. „Es ist unter Jugendlichen wohl eine Art Mutprobe da rauf zu klettern. Den bisherigen Ermittlungen nach, gab es da eine Fete, an der Mario teilgenommen hat. Frau Torrini, wissen sie, wo genau Mario gestern hinwollte?"

Die Frau wischte sich noch einmal eine Träne von der Wange. „Er wollte bei seinem Cousin übernachten."

Fred zog seinen Notizblock aus der Jackentasche. „Wie ist der Name und die Adresse?"

„Silvio Borrmann! Meine Schwägerin Jolanda wohnt in Buer. Aber die Straße…?"

Da mischte sich Marina ein. „Erle Straße! Eine von den Villen auf der rechten Seite. Die Borrmanns haben Geld!" Dies sagte sie etwas abfällig. Fred sah sie prüfend an. „Höre ich da Probleme heraus?"

„Marina, datt geht niemanden watt an", bremste die Mutter ihre Tochter. „Wieso? Die liebe Schwester meines Vaters, weiß nich wohin mit ihrer ganzen Kohle, während wir zusehen müssen, wie wir rumkommen. Soviel zum italienischen La Familia!"

„Datt wollte ich sowieso fragen. Wo is ihr Mann Frau Torrini?" Johnny sah nun wieder die Mutter des Opfers an.

„Mein Mann hat uns verlassen, und is nach Italien zurückgekehrt. Er hattet nich nötich, für seine Kinder Unterhalt zu zahlen. Daher die Bemerkung meiner Tochter."

Johnny nickte. „Und Mario war am Wochenende bei der Familie ihrer Schwägerin?", wollte nun Fred wissen. „Ja, er is oft mit seinem Cousin Silvio unterwegs. Die sind gleichalt, und hängen oft zusammen rum."

„Neuerdings kurven die mit ihren Mopeds rum. Hammse beide zu Weihnachten gekricht", fügte Marina mit bitterem Unterton hinzu. „Aber so ein Moped ist doch nicht billig. Sagten sie nicht, dass bei ihnen das Geld knapp ist." Fred war dieser Widerspruch natürlich aufgefallen. Doch da grätschte Johnny dazwischen. „Lassense ma, Frau Torrini, datt geht uns nix an!" Da sah Fred ein bisschen verwundert zu seinem Kollegen hinüber. Doch Johnny fand es wirklich fehl am Platz ausgerechnet jetzt auch noch so ein Thema anzuschneiden.

„Sachet doch, Mama", fuhr nun Marina scheinbar verärgert ihre Mutter an. „Geliehen hattse die Kohle. Von Tante

Jolanda! Damit der Prinz seinen Willen bekommt." Dass die Tochter nicht gut auf ihren Bruder zu sprechen war, war nun kein Geheimnis mehr. „Marina!" Frau Torrini sah ihre Tochter streng an, und Johnny erhob sich. „Wir werden der Sache jedenfalls nachgehn, um den Tod ihres Sohnes lückenlos aufzuklären. Mein Beileid!" Johnny schickte sich an zu gehen, und auch Fred erhob sich.

„Wann kann ich meinen Sohn sehn?" Frau Torrini war scheinbar wieder den Tränen nahe, und Johnny wollte jetzt lieber gehen. „Rufen sie bitte morgen im Präsidium an, dann kann ich ihnen näheres sagen." Fred reichte Frau Torrini seine Karte, und folgte seinem Kollegen, der bereits draußen im Hausflur stand.

Schweigend gingen die beiden Beamten zum Auto. Erst als sie Platz genommen hatten, sagte Fred: „Bilde ich mir das ein, dass Marinas Trauer recht schnell verflog, und Neid und Eifersucht aus ihr sprach?"

„Tja, Papas kleinet Prinzesschen zog den Kürzeren, als der Prinz geboren wurde", meinte Johnny achselzuckend. „Is doch oft so." Da sah Fred seinen Kollegen fragend an.

„Warten wa et ma ab. Die Ermittlungen stehn ja noch am Anfang." Johnny ließ den Motor an, und fuhr los.

*

Vor der Villa der Borrmanns fand Johnny sofort einen Parkplatz. Er hätte zwar kein Problem damit gehabt in der Auffahrt des Hauses zu parken, aber dies war nicht nötig. „Da!" Freddy hob die Hand, und zeigte mit dem Finger zu dem Moped, dass vor dem zweistöckigen Haus aus dunklen Backsteinen stand. Johnny schätzte das Gebäude auf ein Baujahr kurz vor dem zweiten Weltkrieg. Wahrscheinlich hat hier mal ein Direktor von der Zeche gelebt. Vor langer Zeit!

Sie gingen den, von Rhododendronbüschen gesäumten Weg, zur Tür des Hauses, neben der das Moped parkte. Es war exakt dasselbe Modell, wie jenes, dass sie aus dem Gebüsch beim Grillhaus gezogen hatten. „Hercules K50", stellte Johnny fest. „So eine hatte auch das Opfer. Genau wie es Frau Torrini gesagt hat."

Plötzlich wurde die Tür geöffnet, noch bevor die beiden Beamten diese erreicht hatten. „Wer sind sie? Was wollen sie hier? Das ist Privat!" Die Frau trug einen schwarzen Lederhosenanzug, und hatte ein bisschen etwas von einer Domina. Dies schoss zumindest dem Hauptkommissar durch den Kopf. Er sah seinen Kollegen an, und konnte sich ein Grinsen gerade noch verkneifen. „Frau Borrmann?", fragte Fred Rudnick, und zog seinen Dienstausweis aus seiner Jackentasche. „Polizei?" Die Frau mit dem schwarzen langen Locken zeigte sich erstaunt. „Ist etwas passiert?"

„Das sollten wir besser nicht an der Tür besprechen", entgegnete Fred freundlich, und hoffte darauf hereingebeten zu werden. Doch Frau Borrmann zögerte noch, wandte sich stattdessen um, und rief nach ihrem Ehemann. „Richard, kommst du mal!" Kurz darauf erschien Herr Borrmann an der geöffneten Tür. Groß und blond war Herr Borrmann, Marke deutscher Kleiderschrank, und sah dem Schauspieler Curd Jürgens irgendwie ähnlich. „Worum geht es denn? Ich habe zu tun", sagte er ihn bestem Hochdeutsch.

Fred Rudnick stellte sich und seinen Kollegen vor. „Herr Borrmann, wir müssten ma ihren Sohn Silvio sprechen."

Johnny hatte nun das Wort ergriffen.

„Wenn sie mir auch sagen, was sie von meinem Sohn wollen?"

„Oh, datt versteht sich ja von selbst", sagte Johnny spitz, denn langsam begann er sich über die Arroganz der Borrmanns zu ärgern, und so hatte er beschlossen diese auf den Boden der Tatsachen zurückzuholen. „Wir müssen

ihnen leider mitteilen, datt Mario Torrini tot aufgefunden wurde." Johnny sah die beiden Borrmanns an, und diese erstarrten vor Schreck. Frau Borrmann brach auch sofort in Tränen aus. „Es tut uns sehr leid", sagte Freddy. „Wir müssten ihrem Sohn einige Fragen stellen. Soweit wir wissen, war er mit Mario am Samstag zusammen."
Der blonde Hüne nickte. „Ja, äh... ja, kommen sie doch rein!"
Auf einer hellen Ledergarnitur nahmen sie im Wohnzimmer des Hauses Platz. „Renate, machen sie bitte Kaffee", bat der Hausherr die Haushaltshilfe und diese verschwand nickend. Dann setzte auch er sich neben seine Frau auf das Sofa.
„Das ist ja schrecklich", sagte er betroffen, und sah Fred fragend an. „Wie ist das geschehen?"
„Ja, genau datt versuchen wir zu ermitteln", mischte Johnny sich ein. „Und genau darum wolln wa Silvio befragen."
„Woher haben sie denn unsere Adresse?", hakte der Hüne nach. „Von ihrer Schwägerin, die uns von Mario und Silvio erzählt hat", erklärte nun Freddy ruhig. „Sie sagte die beiden Cousins waren gute Freunde, und oft zusammen." Da nickte Frau Borrmann, und wischte sich mit einem Taschentuch die Tränen von der Wange. „Ja, das ist… äh, war so. Seit mein Bruder Giovanni nach Italien zurückgegangen ist, war Mario sehr oft bei uns."
„Das stimmt", sagte auch Herr Borrmann. „Mario war oft hier. Und jetzt wo die beiden ihre Mopeds hatten, waren sie meist zusammen unterwegs."
„Wir hörten davon, datt se ihrer Schwägerin, datt Geld für Marios Weihnachtsgeschenk geliehen hamm", erzählte Johnny, und sah dabei den blonden Herrn Borrmann an.
„Äh…, wie geliehen?" Herr Borrmann war sichtlich überrascht. Er schien von diesem Deal nichts gewusst zu haben. Er sah seine Frau streng an. „Ich habe mich schon gewundert, wo Rosina das Geld herhatte, um Mario ein

teures Moped zu kaufen." Da wurde Frau Borrmann sichtlich ärgerlich. „Na und! Er ist mein Neffe, und mein Bruder hat es ja nicht für nötig befunden, sich um seine Familie zu kümmern. Ja, ich habe Rosina das Geld geliehen."

„Geliehen? Jolanda, dass ich nicht lache. Das kann die doch nie zurückzahlen."

„Na und, tu doch nich so, als hätten wir kein Geld!" Von der Treppe, die direkt an der breiten Tür zum Wohnzimmer endete, trat Silvio herunter. Er ging direkt zu einem der dicken Ledersessel und ließ sich hineinfallen. „Watt isn hier los?" Die Blicke der beiden Beamten trafen sich. Silvio schien wirklich ahnungslos zu sein. „Wir sind hier, um dir einige Fragen zu stellen", antwortete Fred, und Frau Borrmann sah ihren Sohn mit verweinten Augen an. „Silvio, der Mario ist tot!" Mehr brachte sie nicht hervor, da erstickte ihre Stimme.

„Wie? Watt? Quatsch erzählt doch nich so ne Scheiße!"

„Doch, Junge! Die beiden Herren sind von der Polizei", sagte der Vater zu seinem Sohn, und dieser starrte ihn ungläubig an. „Du warst gestern mit Mario auf einer Party am Grillplatz?", fragte Fred den Jugendlichen. Doch dieser reagierte nicht. „Silvio, hast du gehört was ich dich gefragt habe?", hakte der Kommissar nach. Silvio nickte langsam. „Ist auf der Party irgendetwas vorgefallen, dass deinen Cousin in Probleme verwickelte?" Diesmal stellte Silvio eine Gegenfrage. „Watt is Mario geschehen?"

Fred wollte Antworten, doch diesmal war Johnny schneller. „Wir fanden Mario heute Morgen auf dem Dach des Grillhauses. Er is da oben erfroren." Johnny sah ihn eindringlich an. „Also, watt wa los?"

*

130

VI. IMMER NUR KLEINE SCHRITTE

Für den Montagmorgen hatte Johnny Silvio Borrmann, und seine Mutter in das Präsidium bestellt. Sein Vater hatte verkündet am Montag in der Frühe bereits auf eine Geschäftsreise zu müssen. Da Johnny aber keinerlei Verwicklung des Onkels in den Fall vermutete, konnte er auf diesen gut verzichten.

Gegen achtzehn Uhr war dann für Johnny Thom, Fred Rudnick und die uniformierten Kollegen Grünwald und Wolf, die Wochenendschicht beendet.

So begab sich Johnny auf den Heimweg. Oder besser, ihn zog es zu seinen Eltern. Schließlich gab es etwas zu berichten. Und davor grauste ihm!

Der weinrote BMW 2002tii fuhr die Crangerstraße von Buer bis durch den Stadtteil Erle, und an der Einfahrt zur Auguststraße bog er ein. Diese Straße mit den alten, drei Stockwerke hohen Zechenhäusern, befuhr Johnny bis vor das Haus seiner Eltern. Dort lenkte er auf die Hofeinfahrt, und parkte dort. Der Eingang der roten Backsteingebäude befand sich in einem kleinen Anbau hinter dem Haus. Johnny klingelte an, und kurz darauf wurde die Tür geöffnet. „Ah, der Herr Sohn lässt sich auch ma widda blicken", schallte es ihm durch das Treppenhaus entgegen. Günther Thom stand an der Wohnungstür, und sah seinen einzigen Sprössling streng an. „Deine Mudda hat sich schon Sorgen gemacht. Komm rein, du schlechter Sohn!" Und schon flötete Ingeborgs Stimme durch die Wohnung.

„Günna, wer isset denn?"

„Der Junge!"

„Ach, wie schön", rief sie aus der Küche. „Johannes und Carmen sind da." Beim Klang seines Taufnamens drehte sich Johnny der Magen um. Günther ging vor ins Wohnzimmer, und sein Sohn folgte ihm. „Ja, wo is Carmen eigentlich?", wollte er nun wissen. Kaum hatten sie Platz genommen, kann Ingeborg auch schon ins Wohnzimmer geeilt. „Hallo, Kinder… ach, du biss ja allein", stellte sie fest. „Wo is denn Carmen?"

Johnny holte tief Luft. „Tja, deswegen bin ich hier. Carmen hat mit mir Schluss gemacht!"

„Watt hasse schon widda ausgefressen?", platzte es aus Günther heraus, und Johnny sah ihn streng an. „Watt soll datt denn heißen? Ich hab ga nix ausgefressen."

„Also Junge, watt is passiert?" Ingeborg schloss sich nun ihrem Mann an. Johnny lehnte sich in dem Sessel zurück. „Sie hat sich immer mehr verändert", versuchte er sich in einer Erklärung. „Aggressiv und kalt! Seit dem Anschlag ist sie nicht mehr dieselbe."

„Und watt sacht der Psychologe?" Günther kannte sich natürlich durch die Gespräche mit seinem Sohn in der Vorgehensweise der Polizei aus. So wusste er, dass Opfer meist von Psychologen behandelt wurden, um das Trauma des Überfalls verarbeiten zu können.

„Da isse nich hingegangen", antwortete Johnny. „Sie hat gesacht, nach der Sache mit ihrem Mann hätte se ein dicket Fell bekommen."

„Son Blödsinn!" Günther schüttelte den Kopf. „Ne Vadda, datt isset bei ihr nich. Ich bin ihr Problem! Weil ich den Typ erschossen hab."

„Und datt nimmt se dir krumm?", wandte nun Ingeborg ein, und Johnny nickte. „So sieht et aus. Datt gleiche hat se bei ihrem Bruder gemacht. Obwohl der se von ihrem gewalttätigen Ehemann befreit hat, isser für sie gestorben."

„Und et is allet vorbei?", fragte Günther seinen Sohn, und hoffte dieser würde die Frage verneinen, schließlich mochte er die Spanierin. Doch Johnny enttäuschte ihn. „So wie et aussieht, hattet sich erledigt. Kein Lebenszeichen mehr von Frau die Juarez."

„Also widda keine Hochzeit!", stellte Ingeborg traurig und enttäuscht fest. Johnny schüttelte seinen Kopf, und seine Mutter verschwand wieder in der Küche. Aus der dann nach kurzer Zeit der Ruf zum Abendbrot erfolgte. Gemeinsam saßen sie am Küchentisch, und aßen. Ein Brotkorb mit Roggenbrot stand darauf. Ein flacher Tupper-Teller mit verschiedenen Wurstsorten und ein Tellerchen mit hartgekochten Eiern hatte Ingeborg aufgetischt. Und auch eine Kanne Hibiskus-Tee. Dort saßen sie noch einige Zeit, und sprachen darüber, ob sich der Riss zwischen Johnny und Carmen noch einmal kitten lassen würde.

Diesen Gedanken griff Johnny wieder auf, als er zuhause in seinem Bett lag. Dass vor nicht einmal zwei Stunden an seiner Tür geklingelt worden war, konnte Johnny natürlich nicht wissen. Denn er war ja bei seinen Eltern gewesen. Aber auch Carmen hatte sich mit ihrer Entscheidung noch einmal auseinandergesetzt. Und es war in ihr ein innerer Kampf entbrannt, in dem die Seite Pro Johnny wohl die Überhand erlangt hatte. Ihre Wut auf den Polizisten war der Sehnsucht nach seinem warmen Körper gewichen. Und so fehlten ihr nun plötzlich die gemeinsamen, morgendlichen Kuscheleinheiten, die sie ihm schon seit Wochen verwehrt hatte.

Johnny starrte an die Decke, und rang mit dem Gedanken vielleicht am morgigen Abend zu Carmens Haus zu fahren.

*

Zweistöckige Häuserreihen, in dreckigem, dunklem Grau, standen in den verzweigten Straßen der kleinen Siedlung, die inmitten des Waldes erbaut war, in der sich auch das

Naherholungsgebiet mit dem großen Spielplatz und auch dem Grillplatz befand. Hier wohnten einige der Mädchen, die an der Party teilgenommen hatten. Es war gegen zehn Uhr, als es an der Wohnungstür der Familie Schröder klingelte. Frau Schröder öffnete, und sah in das sommersprossige Gesicht der rothaarigen Gitta. Diese kannte sie gut, denn Brigitta Kern war eine Freundin ihrer Tochter Anita, und sie wohnte gegenüber auf der anderen Straßenseite. „Guten Morgen, Frau Schröder. Is Anita schon wach?"

„Biste aussem Bett gefallen? Ihr habt doch Ferien", sagte Frau Schröder kopfschüttelnd, und ließ die junge Frau eintreten. „Na, komm ma rein, da kannste die Saufziege gleich ma wecken. Gestern wa se nich aussem Bett zu kriegen, und wenn ihr Vadda heut vonne Arbeit kommt, wird datt Fräulein noch watt zu hören kriegen. Warste Samstach auch so besoffen, wie unsere Trude? Ich weiß nich, watt ihr euch dabei gedacht habt. Anita hat die ganze Nacht gekotzt." Gitta trat in den Korridor ein, und ging durch in Anitas Zimmer. Scheinbar hatte Frau Schröder von dem gestrigen Polizeieinsatz an dem Grillplatz gar nichts mitbekommen. Und Anita auch nicht!

Es war noch dunkel in dem Raum, und es roch echt unangenehm. Gitta ging zum Fenster, zog das Rollo hoch und öffnete das Fenster. Sie holte erst einmal tief Luft. Zuerst vernahm man das Grunzen eines jungen Schweins, so hörte es sich für Gitta jedenfalls an. Und dann zeigte Anita echte Lebenszeichen. „Watt soll datt? Bisse bescheuert? Mach datt Fenster zu, is doch Winter!"

„Is Zeit aufzustehen", forderte Gitta, und setzte sich auf die Bettkante ihrer Freundin. „Wie ich von deiner Mudda höre, hasse den ganzen Sonntach verpennt."

„Hör bloß auf! Mir ging datt so schlecht. Nie widda trink ich Alkohol", jammerte die Blondine. „Tja, du hass ja auch allet durcheinander gesoffen", versuchte Gitta nun Licht in Anitas Dunkel zu bringen. „Datt du mit Ralle Schluss gemacht hass, datt weisse abba noch, odda?"

„Hab ich?" Mir ihren großen blauen Augen sah sie ihre Freundin an. „Äh, ja… hasse! Und zwar nachdem du mit diesem Mario inne Büsche rumgevögelt hass."

Da zuckte Anita zusammen. „Mensch, nich so laut! Wenn datt meine Mudda mitkrischt, bin ich endgültig geliefert." Dann blickte sie Gitta an. „Und ich hab echt mit Ralle Schluss gemacht?" Gitta nickte. „Nachdem der dich mit diesem Mario erwischt, und ein Riesentheater veranstaltet hat. Der wollte sich soga mit dem Prügeln. Da sind abba Zwille und Silvio dazwischen gegangen." Anita jaulte auf, und vergrub ihr Gesicht in den Kissen. „Der is doch bestimmt erst sechzehn. Watt hab ich bloß getan?"

Gitta strich ihrer Freundin über den Kopf, und dann verdüsterte sich der Blick der jungen Frau. „Datt kommt noch schlimmer!" Da hob Anita ihren Kopf aus den Kissen. „Wie, noch schlimmer? Mit wem hab ich et denn noch getrieben?"

Gitta schüttelte ihre roten Locken. „Nö, datt blieb nur bei einem. Abba gestern hammse auffem Grillhaus ne Leiche entdeckt." Da erschrak Anita.

„Ich habet von dem alten Södermann gehört. Der war mit seinem Tasso im Wald, alsser die Polente gesehen hat."

„Weiß man auch wer datt is?" Anitas Neugier mischte sich mit Angst, denn sie ahnte, dass die Sache mit der Fete zusammenhing. „Der Södermann sacht, datt et ein junger Bursche wa. Und datt se wohl ein Moped gefunden hamm."

„Mario", platzte es aus dem Mädchen mit dem zerzausten blonden Haar heraus. „Echt! Glaubsse?" Gitta sah ihre Freundin fragend an. „Na klar, die Jungs hamm den feddich gemacht." Anita war sich sicher. Nachdem was auf der Fete vorgefallen war, konnte nur Ralles Eifersucht der Grund für das Verbrechen sein. So glaubte es jedenfalls Anita.

„Komm, hör auf, Anita", sagte Gitta ungläubig, und auch ziemlich erschrocken. „Datt würden die doch nie tun."

„Ich muss jedenfalls unbedingt mit Ralle sprechen." Anita sprang aus ihrem Bett, und verschwand aus dem Zimmer ins Bad. Nach einer halben Stunde standen die beiden jungen Frauen an der einzigen Haltestelle in der Waldsiedlung, und warteten auf den Bus, der sie in den Stadtteil Erle bringen sollte.

Ralle wohnte in der Forsthaussiedlung, in einem großen fünfstöckigen Bau, der sich an seiner Rückseite an eine Wiese, und dann an die Crangerstraße schmiegte. So stiegen die beiden Mädchen auch hier an der Haltestelle Forsthaus aus dem Bus aus. Gingen von der Haltestelleninsel über die Straße und folgten dem Fußgängerweg, der zwischen Wiese und dem großen Gebäude, unter hohen Bäumen, in die Siedlung führte. Der große gebogene Bau, in dem Ralle wohnte, war natürlich nicht das einzige Gebäude in dieser Siedlung. Mehrere zwei- und dreistöckige Häuserreihen, die über Wege mit der Straße verbunden waren, und zu einem großen Garagenhof in mitten der Siedlung führten, boten viele Wohneinheiten.

An der zweiten Eingangstür des großen Gebäudes klingelten die Mädchen an. Ralf Nowitzki wohnte im Parterre, und hatte im Gegensatz zu den meisten anderen Freunden, bereits eine eigene Wohnung. Was sich allerdings bald ändern könnte, denn er war seit zwei Monaten arbeitslos. Es dauerte einige Momente bis die Tür geöffnet wurde. „Watt wollt ihr denn hier?", fragte Ralle etwas verärgert. Dabei sah er Anita zornig an.

„Könnteste dich ma zurückhalten?", maulte Gitta den Wohnungseigentümer an. „Wir hätten da ma paar Fragen." Der schlanke, junge Mann mit den braunen, schulterlangen

Haaren trat beiseite, und ließ die beiden jungen Frauen eintreten. Im Wohnzimmer, einem der beiden Räume der Wohnung, nahmen sie in seiner violetten Couchgarnitur Platz. Anita war nun zum ersten Mal in iherer Rolle als Ex hier, seit sie am Samstag mit Ralle Schluss gemacht hatte. „Mach ma Kaffee", sprach er zu ihr, wie er es sonst auch getan hatte. Anita sah ihre Freundin an, und erhob sich, um in die kleine Küche zu gehen. „Watt habt ihr mit Mario gemacht?" Gitta sah den jungen Mann streng an. „Wie? Nix! Watt solln wa schon mit dem gemacht hamm?" Die Antwort reichte Gitta aber nicht aus. „Ihr seid doch noch auf der Fete geblieben, nachdem wir gegangen sind, um Anita nach Hause zu bringen."

„Ja, und? Datt wollte ich sowieso ma nachfragen. Warum seid ihr eigentlich nicht zurückgekommen? Wir haben auf euch gewartet." Der verschlafene Sonntag hatte auch bei Ralle einiges an Erinnerung zurückgebracht. Zwar blieb noch vieles im Nebel des Alkohols verschwunden, doch das meiste war wieder präsent. So zum Beispiel Anitas Nummer mit dem Halbitaliener Mario, der zum Streit und zum Ende ihrer Beziehung geführt hatte.

„Anita war total blau, und et hat gedauert bisswa die in ihrem Bettchen hatten. Da hammwa halt entschieden auch ins Bett zu gehen. War ja schon zwei Uhr durch, und Sille wollte sowieso bei mir pennen", erklärte Gitta dem Besitzer des orangefarbenen Käfers.

Diesen hatte er in der Nacht noch nach Hause gefahren, und konnte eigentlich froh sein, dass er noch einen Führerschein und ein Auto besaß. So betrunken wie er war, war Ralle schon gegen Mitternacht, auf dem Baumstamm sitzend, eingeschlafen. Gegen halb vier war er dann wieder erwacht. Viele waren da schon gegangen, doch er war irgendwie wieder fit. Mit seinen Kumpels Zwille, Jürgen, und den beiden Cousins Silvio und Mario, sowie noch einigen anderen, hatte er dann noch weitergetrunken, aber scheinbar wollte der Alkohol nicht mehr wirken. Und so war er der Meinung, er könne doch noch nach Hause fahren. Nun stand der orangefarbene Käfer in seiner Garage. Der Alkohol tat seine Wirkung erst, nachdem Ralle in seinem Bett lag. Gratis Karussellfahrten machten die Benutzung eines Eimers vonnöten, und zögerten den Schlaf bis zum frühen Sonntagmorgen hinaus.

Da kam Anita aus der Küche zurück. „Haste gehört, was am Sonntach auf dem Grillplatz los war?" Sie sah Ralle an, und setzte sich neben Gitta auf die Couch. „Watt soll da gewesen sein? Nö, weiß ich nich, ich hab den ganzen Tach gepennt."
„Mensch Ralle, die hamm auf dem Grillhaus nen Toten gefunden", klärte Gitta den Freund auf. „Am Sonntach! Weißt du vielleicht wer datt wa?"
„Sach ma, hörste mir nich zu? Ich hab den ganzen Sonntach meinen Rausch ausgeschlafen", wurde Ralle nun sauer. „Von nem Toten weiß ich nix!"
„Ihr habt Mario nix getan?", hakte Anita streng nach. „Wieso? Wegen dir vielleicht? Bumms doch rum mit wem du wills, wenne dich als Nutte wohl fühls, is datt deine Sache", sagte Ralle spitz, denn der Stachel saß noch tief. „Ey, reiß dich ma zusammen", mahnte nun Gitta, doch Ralle ließ sich nicht beeindrucken. „In meiner Wohnung sach ich, watt ich will! Und jetz haut endlich wieder ab!"
Gitta sah ihre Freundin an. „Komm!"

*

Als es an der Tür von Dreizwölf klopfte, war es bereits elf Uhr durch. Fred erhob sich, und ging um zu öffnen. Johnny drehte sich auf seinem Stuhl, und machte das Radio leiser, aus dem die britische Band Tears for Fears ihren Charthit "Shout" sangen. Nun hörte man sie aber kaum noch.

Frau Borrmann und ihr Sohn Silvio waren doch noch der Einladung der Beamten nachgekommen. „Bitte, treten sie ein, und nehmen sie Platz", bat Freddy die beiden herein. Fred nahm den Stuhl von dem kleinen Tisch mit der Schreibmaschine, und stellte diesen neben den anderen Stuhl, der seitlich der Schreibtische stand. Johnny sah Frau Borrmann an, die immer wieder nervig mit ihren goldenen Armreifen an den Handgelenken herumklapperte. „Darf ich ihnen einen Kaffee anbieten?" Doch die Frau winkte ab, was wiederrum ein goldenes Geklapper nach sich zog. Johnny erhob sich, und nahm die Kaffeekanne von der Maschine, um sich selbst noch einmal nachzuschenken. Fred nahm Platz, winkte ab, und zog ein Befragungsformular aus dem Regal, das seitlich von seinem Schreibtisch hing. „Dann machen wir erstmal die Formalitäten, wenn es Recht ist." Er begann zu fragen und zu schreiben, während Frau Borrmann und ihr Sohn antworteten.

Und dann übernahm Johnny das Reden. „Also, am Samstach war am Grillplatz große Fete." Johnny sah Silvio an, und dieser nickte verhalten. „Und du biss mit deinem Cousin Mario dahin gefahrn. Mit euren neuen Mopeds?" Wieder nickte Silvio. „Dann lass ma hörn."

„Watt?", fragte Silvio stumpf. „Na watt da so los war. Wer wa denn da so allet anwesend?"

„Nun sach schon, Junge", drängte jetzt Frau Borrmann ihren Sohn. „Du wirs doch wissen wer da allet von deinen Freunden war!"

„Der Ralle, und natürlich Zwille waren schon da, als wir ankamen", sagte Silvio knapp. „Ja, datt is ja schön", bemerkte Johnny. „Und wie heißen die mit vollem Namen?"

139

„Ralf Nowitzki und Uwe Baumgart", antwortete Silvio und Fred schrieb auf. „Ralle wohnt in der Forsthaussiedlung, und Zwille wohnt auffe Crangerstraße. Neben der evangelischen Kirche."

„Und weiter? Wer wa da noch so?", bohrte Johnny weiter.

„Naja, die Mädchen! Anita, Gitta, Sille, Beate und Claudi. Obwohl, der Ralle und die Anita kamen erst als wir schon da warn."

„Namen, Silvio! Wir brauchen Namen", mahnte nun Fred Rudnick. „Ähm… Anita Schröder, Brigitta Kern. Wohnen beide im Eichkamp, im Iltisweg. Die Namen der anderen weiß ich nich. Die kenn ich nur mit Vornamen."

„Okay", sagte Johnny. „Dann erzähl ma von der Fete. Hatte dein Cousin irgendwelche Probleme?"

„Wer, der Mario?`", fragte Silvio dagegen. Da sah ihn Johnny streng an. „Willste mich verkohlen? Natürlich der Mario. Wie viele Cousins hasse denn mitgehabt, da im Wald?" Der Hauptkommissar mit den langen Haaren lehnte sich vor, und sah Silvio streng an. „Hatte Mario an dem Abend mit irgendjemandem Ärger?" Nun schwieg Silvio, doch Johnny hakte nach. „Ok, mit wem?", setzte er eine positive Antwort voraus. Silvio sah seine Mutter hilfesuchend an, doch diese nickte nur. „Naja, der hat die Perle vom Ralle angemacht", sagte er endlich. „Und dieser Ralle fand das gar nicht so nett", stellte Freddy fest.

„Watt denken sie denn? Natürlich fand der datt nich nett! Ich hab dem Mario gesacht, datt die Anita einen festen Freund hat. Und am Anfang hat er auch Ruhe gegeben." Wieder stockte Silvio. „Aber?", fragte sofort Freddy. „Naja, die Anita war ziemlich blau, und Ralle hat sich überhaupt nich um die gekümmert." Freddy schrieb nun fleißig mit.

„Sag mal, dein Cousin gehört nicht zu der Clique?" Silvio schüttelte seinen Kopf. „Nö, den nehm ich nur manchma mit."

„Und dann isset doch passiert", mutmaßte Johnny sofort, doch Silvio schwieg, und starrte auf den Tisch.

„Ich werde datt Gefühl nich los, datt du uns nich allet erzähls watte weiß, Silvio", drängte Johnny den jungen Burschen nun in die Ecke. „Quatsch, wie kommense denn auf sowatt?", versuchte sich Silvio aus seiner unschönen Lage zu befreien. Doch Johnny war sich ganz sicher. Der Junge verschwieg etwas!

„So? Quatsch? Nene, Herr Borrmann, datt sehe ich ganz anders. Und ich muss dich doch nich daran erinnern, datt Mario dein Cousin war. Den du auf die Fete gebracht hass."

„Watt wollnse denn damit sagen, Herr Kommissar?", mischte sich jetzt Frau Borrmann verärgert ein. „Damit will ich sagen, datt ihr Sohn nich kooperativ is, obwohl et hier um den Tod seines Cousins und Kumpels geht. Wollen sie ihrer Schwägerin mitteilen, datt ihr Sohn lieber den Mund hält, als zu helfen den Täter zu finden?"

„Die hat den Mario voll angemacht, die Anita", sagte Silvio plötzlich. „Und dann hamm die datt wohl inne Büsche getrieben wie die Karnickel!" Da platzte es voller Entsetzen aus Frau Borrmann heraus. „Silvio, reiß dich zusammen.

„Nene, Frau Borrmann, lassense ihn ma." Johnny sah den Jungen an. „Mario und Anita hatten also Sex im Wald?" Silvio nickte, und war plötzlich sehr redselig. „Ja genau, und der Ralle hattse dabei erwischt."

„Und dann gab es Ärger", stellte Freddy Rudnick fest. „Und ob! Der Ralle wollte Mario eine reinhauen. Aber er war zu besoffen, und hat sich fast selbst umgehauen."

„Und dann sind die andern auf den Mario losgegangen?", fragte Johnny, doch Silvio schüttelte den Kopf. „Erst ja, abba da is Zwille dann dazwischen gegangen. Und dann wa ersma Ruhe."

„Und im Verlauf der Nacht, hat niemand deinen Cousin mehr angegriffen?" Fred sah von seinem Formular auf.

141

Silvio schüttelte den Kopf. „Ihr seid nicht zusammen nach Hause gefahren. Obwohl Mario bei euch übernachten sollte?"

„Der wollte unbedingt noch bleiben. Wegen der Anita! Da bin ich vorgefahren, und er wollte nachkommen", erzählte Silvio ruhig.

„Na gut, dann wa et datt ersma", beendete Johnny die Befragung. „Wartense bitte noch draußen, damit se datt Protokoll unterschreiben können."

*

Zur Mittagszeit saßen Johnny und Freddy in Erle, in Johnnys Lieblings Pommesbude. Rosi, die Frau hinter der Theke, hatte ihnen die Teller an den Tisch gebracht. „Na, dann lasstet euch ma schmecken, Jungs", sagte die große Frau, mit den roten Locken. Die beiden nickten nur freundlich, und begannen die Currywurst mit Pommes in sich hineinzuschaufeln. Und die Currywurst war exzellent. Nicht wie in anderen Imbissbuden, wo man nur Ketchup und Currypulver verwendete. Nein, hier war es eine richtige Currysoße nach dem Geheimrezept des Inhabers. Die Wurst wurde geschnitten, und mit Curry- und Paprikapulver bestreut. Je nach Schärfe! Dann kam ein dünner Streifen Ketchup darauf, und dann die gute Soße. Ein Gedicht! Nachdem Freddy den letzten Krümmel der knusprigen Pommes aufgegessen, sich den Mund mit der Serviette abgeputzt, und diese auf den leeren Teller gelegt hatte, sah er Johnny an.

„Irgendwas muss da passiert sein, denn ich glaub nicht, dass Mario ohne Grund auf das Dach von dem Grillhaus geklettert ist, und auch noch da oben geblieben ist, um zu erfrieren. Also, dafür muss es doch Gründe geben."

Johnny steckte sich das letzte Stück Currywurst in den Mund, und nickte. „Wir stehn doch ers am Anfang unserer Ermittlungen. Wir kommen der Sache schon noch drauf." Fred stimmte dem zu. „Nehmen wir uns erstmal die Damen der Runde zur Brust", schlug der Kommissar vor. Sie bezahlten ihr Essen und fuhren dann über die Crangerstraße Richtung Süden, und bogen am Forsthaus nach links auf die Münsterstraße ab. Diese Schnellstraße führte unter anderem zu den Auffahrten der Autobahn A2, und weiter in die Nachbarstadt Herten. Vorher aber, kreuzte eine Straße, die zur linken Seite in den Stadtteil Resse führte, und nach rechts Richtung Wanne-Eickel. Diesen Weg nahmen sie und bogen nach etwa zweihundert Metern erneut nach rechts ab, in die Eichkampsiedlung. Bald schon erreichten sie die gesuchte Straße. Johnny kannte sich hier aus, denn in seiner Jugend war er oft in der Waldsiedlung, da einige Freunde, und besonders Freundinnen, hier gewohnt hatten. Vor einem der zweistöckigen Häuser blieb der weinrote BMW dann stehen. „Wir suchen nach Schröder und Kern", sagte Johnny, und zeigte auf die andere Straßenseite. „Ich geh da rüber!" Fred nickte und ging zum ersten Haus auf seiner Seite. Gleiches tat Johnny!
Langsam arbeiteten sie sich vor, bis Johnny rief: „Bingo!" Fred ging sofort über die Straße, und Johnny klingelte bei der Familie Kern. Fred zog seinen kleinen Schreibblock aus der Jackentasche, klappte diesen auf, und las: „Brigitta Kern!" Nach einigen Sekunden wurde der Türöffner betätigt, und die Haustür sprang aus dem Schloss. Johnny hatte bereits seinen Dienstausweis in der Hand, als sie die Stufen hinauf traten. „Guten Tach, ich bin Hauptkommissar Thom und datt is mein Kollege Kommissar Rudnick." Fred nickte freundlich. „Sie sind Herr Kern?"

Der rothaarige Mann sah die beiden Beamten ziemlich überrascht an. „Ähm, ja der bin ich. Watt wolln sie von mir?"

„Tja, zu ihnen wolln wa eigentlich nich. Wir würden gern mit ihrer Tochter Brigitta sprechen." Herr Kern sah Johnny überrascht an. „Watt wolln se denn von Gitta? Hatt die watt ausgefressen?"

„Wahrscheinlich nich! Abba sprechen müssten wa se trotzdem."

„Die is abba grade nich da", erklärte Herr Kern, und war immer noch etwas verstört. „Worum geht et eigentlich?", wollte er wissen. „Sie haben doch sicher mitbekommen, dass auf dem Grillplatz die Leiche eines jungen Burschen gefunden wurde", erklärte Fred Rudnick ruhig, und der Mann nickte. „Und sie glauben meine Tochter hatt da watt mitzutun?" Seine Stimme wurde plötzlich unfreundlich und streng.

„Et geht um die Party, die am Samstach auffem Grillplatz gefeiert wurde. Und da wa ihre Tochter dabei. Und nun müssen wa alle befragen, die da warn. Mehr isset nich." Johnny versuchte den Mann zu beruhigen, bevor er noch falsche Schlüsse zog. Und Herr Kern beruhigte sich auch sofort wieder. „Versuchen se et doch ma drüben bei Schröder. Gitta is bestimmt bei der Anita. Hausnummer Fünf." Die beiden Beamten bedankten sich, und zogen ab. An der Tür von Haus Nummer Fünf wiederholte sich die Prozedur. Klingeln, warten, aufdrücken! Diesmal mussten sie in den ersten Stock. „Guten Tag, wir sind von der Kriminalpolizei", grüßte Fred Rudnick freundlich. „Äh, ja?", fragte die blonde, junge Frau, die die Wohnungstür geöffnet hatte. „Worum geht et?"

„Wir hätten gerne die Frau Anita Schröder gesprochen", sagte Kommissar Rudnick. „Sind sie das?" Anita wurde blass, nickte aber. „Und die Frau Brigitta Kern ist zufällig bei ihnen?" Wieder nickte Anita.

„Anita, wer is da?", erklang die Stimme einer etwas älteren Frau. „Datt is die Polizei, Mama."

„Die Polizei?" Frau Schröder war hörbar erschrocken, und kam auch gleich in den Korridor gelaufen. „Watt will denn die Polizei von uns?"

Die beiden Beamten grüßten freundlich und erklärten den Sachverhalt. „Und watt bitte haben die Mädchen damit zu tun?"

„Wir müssen alle befragen, die am Samstag auf der Party am Grillhaus waren", fügte Fred noch hinzu, und Frau Schröder bat die Beamten einzutreten. Sie gingen durch den Korridor in die Küche, wo sie sich an den Küchentisch setzten. „Gitta, kommsse bitte ma in die Küche", rief Frau Schröder, und Brigitta Kern folgte ihrer Aufforderung. Und besonders Brigitta hatte einiges zu erzählen. Sie berichtete alles, was geschehen war, bis zu dem Zeitpunkt, an dem sie mit dem Mädchen namens Sille, die betrunkene Anita nach Hause gebracht hatten. Doch was danach geschehen war, wussten sie immer noch nicht. Zumindest waren sich die beiden Beamten nun sicher, dass Silvio Borrmann nicht gelogen hatte.

Allerdings erhielten sie die Adressen der Herren Nowitzki und Baumgart, sowie noch einige andere, von Leuten die auf der Party waren.

*

V. FAMILIENBANDE

Ein Verdächtiger stand nun ganz oben auf der Liste. Ralf Nowitzki! Er war es, der die Demütigung vor allen Freunden ertragen musste. Betrogen von der Freundin, mit einem sechzehnjährigen Jungen. Andererseits war Herr Nowitzki so betrunken, dass er es nicht geschafft hatte Mario Torrini zu schlagen. Daher dürfte seine Wut schon ziemlich groß gewesen sein, und mit Hilfe der anderen konnte er diesem Mario sicher eine Lehre erteilen. „Ralle Nowitzki und sein Kumpel Zwille sind für mich die Kandidaten Nummero uno", sagte Fred und tippte auf den blauen Pappaktenordner. Johnny nickte. „Tja, sieht so aus. Nachdem Ralle einigermaßen ausgenüchtert war, so gegen drei Uhr, hamm die sich wieder in die Haare gekricht. Und mit Hilfe seiner Kumpels, hamm die sich also den Mario vorgenommen."

„Der ist auf das Dach geflüchtet, und wurde nicht wieder runtergelassen. Und irgendjemand muss das gesehen haben", fügte Fred noch hinzu.

Die beiden Kommissare waren sich nun sicher, wie die ganze Sache abgelaufen war. Es musste in Erfahrung gebracht werden, wer zu so später, oder besser früher Stunde, noch auf dem Grillplatz anwesend war.

Da klopfte es plötzlich an der Bürotür, und die Kollegin Wolf trat ein. „Die Berichte von der Spurensicherung, und auch der Bericht von der Pathologie sind da", sagte sie, und reichte die beiden Akten dem Kollegen Rudnick.

„Danke Silvia", sagte Johnny nickend, und griff sich einen der beiden Ordner. Während Polizeimeisterin Wolf das Büro verließ, begannen die beiden Kommissare zu lesen.

Johnny verzog sein Gesicht, und schüttelte mit dem Kopf. „Da sieht die Sache abba plötzlich ganz anders aus", brummte er noch lesend. Und auch Fred hob seine Augenbrauen, denn auch er fand Neuigkeiten in dem Bericht.

„Quincy Lorenz schreibt, datt der Mario Torrini an einem Gerinnsel im Hirn gestorben is. Datt heißt, der is schwer geschlagen worden, bevor er et noch auf datt Dach geschafft hat."

„Ja, und hier ist auch die Tatwaffe!" Fred drehte den Ordner, und zeigte Johnny das Bild eines Holzknüppels, an dem sich Blutspuren befanden. „Und warum erzählt uns datt keiner?" Johnny war nun doch ziemlich verärgert.

„Heute ist doch erst Mittwoch", bemerkte Fred, konnte Johnny damit aber nicht wirklich beruhigen. Der Western liebende Kommissar nahm den Hörer von dem grauen Telefon, und wählte die interne Nummer seines Kollegen Grünwald. „Ja, Johnny hier. Komm ma bitte rübba!"

Kurz darauf trat Andi Grünwald ein. „Watt gibtet?"

„Ihr habt doch gestern noch einige Adressen sichergestellt." Johnny sah den Mann in Uniform an, und dieser nickte. „Ja, vier Namen haben wir noch."

„Na dann, auf, auf!"

So schickten sie Andi Grünwald und Silvia Wolf los, um die Zeugen ins Präsidium zu holen. Und dies mit großem Tamtam! Johnny hoffte, dass dieser uniformierte Aufmarsch am Mittwochmittag ein wenig Eindruck bei den jungen Leuten machen würde. Und so ähnlich kam es dann auch.

Im Lauf des Nachmittags wurde es voll, und laut, auf dem Flur vor Dreizwölf. Einige Anwesende begannen lauthals zu streiten, ließen ihren Beschuldigungen freien Lauf. Zu dieser Zeit trat Polizeichef Kaltenberg in den Lichthof bei den Fahrstühlen. Er sah durch die Glastür, und erblickte den streitenden Auflauf vor Johnnys Büro. Er schüttelte mit seinem Kopf, und ging zu dem einen Fahrstuhl.

Johnny trat an die Tür, öffnete, und rief den ersten hinein. „Dann nehmense ma Platz", zeigte er auf den Stuhl neben dem breiten Doppelschreibtisch. Und zu Johnnys Verwunderung, war der junge Mann äußerst mitteilsam. Fred hatte bereits ein Formularpapier vor sich liegen, hatte auch den Kassettenrekorder auf den Tisch gestellt, und eine Kassette eingelegt. Er betätigte den Aufnahmeschalter, und die Anhörung begann. Der junge Mann hatte einiges zu erzählen, und die beiden Beamten hörten zu. Und der Befragte gab wirklich alles, nur leider konnte er nicht mehr, als Vermutungen abgeben. Er hatte nichts von dem Streit zwischen Ralle und Mario mitbekommen, oder auch wie es zu Marios Tod kam. Der Typ war für die Ermittlungen der Kripo völlig unbrauchbar.
Und leider ging es auch so weiter. Ja, man hatte den Streit der beiden mitbekommen, hatte sich über die Nummer im Gebüsch ziemlich amüsiert, und auf eine große Schlägerei gehofft. Als diese dann aber, wegen Ralle Nowitzkis Zustand ausblieb, waren sich alle wieder selbst überlassen.
„Da hammse auf der Party ihrer Freunde ja nich viel mitgekricht", ließ Johnny einen der jungen Burschen seinen Unmut über die geringe Hilfe spüren. „Ich kann ja verstehn, datt se den Ralf Nowitzki schützen wollen…"
„Wen will ich schützen?" Der dunkelblonde Kerl mit den langen Locken, sah den ebenso langhaarigen Polizisten fragend an. „Nee, echt jetz! Um wen geht datt hier eigentlich?"
„Mann, um den Ralf Nowitzki", blaffte Johnny den Burschen an.
„Und der is tot?"

„Nein, der is nich tot. Der könnte et gewesen sein!" Johnny hatte alle Mühe sich zusammenzureißen.
„Den kenn ich nich", sagte der Kerl trocken. „Aber der ist doch einer ihrer Freunde", mischte sich Fred Rudnick ein.
„Nö, kenn ich nich! Ich kam mit dem Gobbler. Die andern kenn ich nich!" Die beiden Beamten sahen sich fragend an. Das Ende vom Lied war, dass sich herausstellte, dass nur ein enger Kreis gut miteinander bekannt war. Die anderen hatten sich alle so von selbst der Party angeschlossen. Es hatte sich herumgesprochen, und sie waren gekommen. Und die meisten waren genauso schnell wieder verschwunden. Vom eigentlichen Geschehen hatten sie gar nichts mitbekommen.

Johnny öffnete die Tür von Dreizwölf, trat hinaus und atmete tief aus. Er blickte auf den Flur hinaus. Der kahle Flur, mit der Bank vor jedem Zimmer, war leer. Sie hatten alle Zeugen abgearbeitet.
Er wollte sich gerade zurückziehen, als plötzlich noch jemand durch die Glastür trat. Ein junger Mann, mit blondem Haar, blauer Jeans und roter Blouson Jacke. Dieser ging mit schnellen Schritten auf Johnny zu. „Ähm… Entschuldigung, ich suche den Kommissar, der den Fall vom Grillplatz bearbeitet", fragte er Johnny, und dieser zeigte in sein Büro. „Tja, dann kommense ma rein. Datt bin ich."

*

„Jürgen Böhme", wiederholte Fred, und schrieb den Namen auf das Formular. Der junge Mann in dem roten Blouson nannte noch seine Adresse, und Kommissar Rudnick vervollständigte die Daten.

„Na, dann erzählnse ma", forderte Johnny ein bisschen genervt, und Fred verdrehte seine Augen. „Und sie sind sich sicher, datt se die Leute auf der Fete auch kannten", hakte Johnny nochmal nach, und Herr Böhme sah den Kommissar ziemlich erstaunt an. Da mischte sich Fred ein. „Nun, erzählen sie mal, was sie uns mitteilen wollen."

„Also, ich hab ers heute von der Sache auf dem Grillplatz erfahren", begann Jürgen Böhme zu berichten. „Ich bin Sonntach am Nachmittach mit meinem Vadder nach Warendorf gefahrn, und erst heute zurückgekommen."

Johnny wollte schon die Anhörung abbrechen, denn er war vom vergangenen Tag ziemlich genervt. Doch er sollte sich noch wundern.

„Ich hab auf dem Grillplatz gepennt", sagte Jürgen Böhme. „In meinem GSI!"

„Sie fahren einen Opel GSI?", fragte Fred nach, und Herr Böhme nickte. „Ja, den roten!"

„Gut, sie haben also in ihrem Auto geschlafen. Wegen Alkohol, nehme ich an."

„Richtich! Ich hatte etwas getrunken", er stockte. „Na ja, ich hatte ne Menge getrunken, und wollte meinem Vater so nicht unter die Augen treten, weil wir doch Sonntach nach Warendorf wollten. Darum hab ich mich ins Auto gelegt."

Fred sah Johnny an, und betätigte die Pausen-Taste des Rekorders, so dass dieser mit der Aufnahme begann.

„Gut, kennen sie den Toten näher?"

Johnny erhob sich von seinem Stuhl, und trat an die Fensterbank, um sich einen Kaffee aus der Glaskanne einzuschenken. Die Kaffeemaschine mit der öfter mal erneuerten Glaskanne stand, genau wie der Radiorekorder, auf der Fensterbank. „Möchtense auchn Kaffee?"

Jürgen Böhme nickte. „Zwei Zucker, keine Milch", antwortete er, und bekam, was er wollte. „Was war in

Warendorf, wenn ich fragen darf?" Fred ließ seiner Neugier freien Lauf.

„Meinem Vadder gehört eine Gartenlandschaftsbau-Firma. Ich als Juniorchef muss meinen Vadder meistens zu irgendwelchen Innungstreffen begleiten. So einet war am Sonntach. Wenn ich datt versoffen hätte, wäre mein Vadder ausgeflippt."

„Schön, Herr Böhme", unterbrach nun Johnny. „Watt hammse den jetz gesehen?" Herr Böhme nickte. „Also, ich bin zwar mit Zwille… äh, ich meine Uwe Baumgart, und Ralf Nowitzki befreundet. Abba ich will nix mit einem Mord zu tun hamm." Er nahm einen Schluck von seinem Kaffee. „Der Ralle war et jedenfalls nich!" Er blickte Fred streng an. „Nicht?" Fred erwiderte den harten Blick des blonden, jungen Mannes.

„Nein, der is kein Schläger oder so watt", behauptete Herr Böhme ruhig. „Datt hammse gesehen, Herr Böhme?" Johnny setzte sich auf. „Könnense bezeugen, datt Ralf Nowitzki, datt Opfer Mario Torrini nich auf datt Dach gejacht hat." Da nickte der junge Gärtner.

„Na, dann bitte", forderte Fred Rudnick. „Also, ich hab ungefähr bis halb drei gepennt. Muss so um Eins oder halb zwei rum eingenickt sein. Da bin ich zum ersten Mal wach geworden. Bin aus dem Auto raus, und zum Pissen in die Büsche. Da saßen am Feuer noch acht Leute."

„Datt konnten se also gut erkennen?", stocherte Johnny nach. „Ja klar, weil ich ja kurz hin gegangen bin. Und da saß auch der feddige Ralle. Abba der hat immer widda gekotzt. Da hat Zwille eine von den Mädchen gefracht, ob se den Ralle mit seinem Ascona nach Hause fährt."

Da sahen sich die beiden Kommissare an. „Welche von den Mädchen war das?", wollte Fred wissen. Die Mädchen, die in dem Fall bereits von den Kripobeamten befragt worden waren, hatten alle noch keinen Führerschein. Es mussten also noch in der Nacht andere Mädchen zum Grillplatz gekommen sein. Da zog Jürgen Böhme die Schultern hoch. „Tut mir leid, die kenne ich nich", entschuldigte er sich. „Et waren zwei, abba wie ich sachte, ich kenne die nich. Die eine hieß Susi, und die hat den Ralle auch nach Hause gefahren. Zwille hat watt erzählt, datt er die beiden am Samstachmorgen inner Woolworth angequatscht hat. Er hattse eingeladen, und die is dann mit ihrer Freundin Marie auch gekommen, als ich in meinem Auto geschlafen hab."

Wieder schrieb Fred Rudnick auf seinem Formularblatt herum. „Sagense ma, habense eigentlich zu dem Zeitpunkt den Mario Torrini irgendwo gesehen?" Jürgen schüttelte mit dem Kopf. „Ne, abba ich dachte der pennt im Grillhaus. Da lagen nämlich welche auf den Bänken. Außerdem muss ich sagen, datt ich den ga nich wirklich kenne. Der Silvio hat den manchmal mitgeschleppt. Abba nur ganz selten."

„Hm… Herr Böhme, abba auf dem Dach von dem Grillhaus saß der Mario nich?" Johnny erhob sich, nahm die Glaskanne von der Kaffeemaschine und schenkte sich noch mal nach. Fragend hob er die Kanne, doch Herr Böhme schüttelte leicht den Kopf. Und auch Fred hob abwehrend die Hand.

„Also… nein, da noch nich!"

„Wie, da noch nicht?", hob Fred erstaunt seine Augen von dem Formularblatt, legte den Stift auf das Papier, und erwartete eine Antwort.

„Naja, später, als ich zum zweiten Mal wach geworden bin, da saß er schon da oben."

„Und?"

„Zwille, die beiden Mädels, und zwei Typen aus Resse standen vor dem Grillhaus", erzählte er. „Die waren irgendwie alle ziemlich aufgeregt."

„Und sie haben sich nicht gefragt warum?" Kommissar Rudnick sah ihn drängend an. Doch Herr Böhme schüttelte mit dem Kopf. „Herr Kommissar, ich war immer noch betrunken, und außerdem war ich noch verschlafen. Es war noch keine fünf Uhr."

„Also, watt wa da?", hakte sich Johnny ein. Er befürchtete, dass Fred die Quelle versiegen ließ. „Und watt hamm se getan?" Er zog seine Schultern hoch. „Eigentlich nix! Ich hab datt Fenster runtergedreht, und hab Zwille zugerufen, datt die den da oben widda runterlassen sollen. Dann bin ich nach Hause gefahren."

„Und die fünf Personen warn dann die letzten auf dem Grillplatz?", wollte Johnny wissen, und Jürgen Böhme zuckte mit den Schultern. „Keine Ahnung! Ich weiß nich, ob von den Schläfern im Grillhaus noch welche da warn. Die fünf warn auf jeden Fall die letzten, die wach warn."

„Und der Mario, hat der sich noch bewegt?", fragte Fred, und Jürgen Böhme wiegte seinen Kopf nachdenklich hin und her. „Hm… ich glaub nich. Is mir jedenfalls nich aufgefallen."

Jürgen Böhme hatte mit seiner Aussage den Beamten neue Perspektiven eröffnet. Die jungen Leute um Ralf Nowitzki waren nicht mehr in ihrem Fadenkreuz. Dafür waren andere an diese Stelle getreten. Allen voran Uwe Baumgart, und die unbekannten jungen Frauen.

*

Noch bevor Johnny am Mittwoch das Büro verließ, kam Friedrich Kaltenberg nach Dreizwölf rüber. Dies tat er gerne, denn Johnny war ja sowas wie sein Schützling. Er hatte ihn sozusagen von seinem ehemaligen Studienkollegen und Freund Josef Tillmann übernommen. Dieser war Johnnys Mentor gewesen, bis ihn eine Pistolenkugel aus dem Dienst schoss. Josef ging in Pension und Friedrich hielt

fortan seine Hände über Johnny. Es klopfte kurz, und Friedrich trat ein. „Na, meine Herren. Wie sieht's aus?" Johnny musste jedes Mal grinsen, denn Fred erstarrte regelmäßig zur Salzsäure, wenn der Polizeirat sich ihm näherte. Johnny grüßte kurz, erhob sich, und wandte sich der Fensterbank zu. Das Radio war jetzt an, und aus dem Lautsprecher klang der Shakin Stevens Hit "Teardrops". Ohne vorher zu fragen, nahm er eine Tasse, füllte etwas Milch und Zucker hinein, und schüttete mit Kaffee auf. Diese stellte er dem Polizeichef vor die Nase. „Danke", sagte Friedrich und setzte sich auf den Stuhl, den die Anzuhörenden bereits plattgesessen hatten. „Habt ihr schon Ergebnisse?" Friedrich sah die beiden Beamten an, und nahm einen Schluck aus der Tasse. Johnny verzog sein Gesicht, und Fred wartete darauf, dass sein Kollege das Reden übernahm. Doch Johnny sah seinen Chef an, und zog die Schultern hoch. „Tja, so richtig weiter sind wa noch nich. Aber wir kommen der Sache scheinbar näher."
„Und das heißt, Johannes?"
Da krümmte sich Johnny, wie nach einem Schlag in die Magengrube, und verzog sein Gesicht. „Oh… echt jetzt? Bisse meine Mudda?" Und schon begann der Mann mit der Hornbrille zu lachen. „Nun stell dich nicht so an, Junge." Dieses Thema wollte Johnny schnell wieder verlassen, und so begann er zu berichten.
Er berichtete von der Aussage des Jürgen Böhme, und der neuerlichen Spur, die sie zu den neuen Verdächtigen führte. Doch noch ehe er sich zu dem Fall äußerte, blickte er zum Radio hinüber.
„Mach doch mal das schöne Lied lauter", bat Friedrich, denn im Radio spielten gerade die Bläck Fööss ihren Song "Katrin", und dieser schien Friedrich recht gut zu gefallen. Verwundert sah Johnny den Mann mit dem dünnen Haarkranz an. Aber er wandte sich um, und drehte lauter.

Friedrich erfreute sich an dem Song der Kölner Band im Stil der Fünfziger Jahre, und tippelte den Takt mit den Fingern auf der Tischplatte.

Nachdem die Kölner geendet hatten, und Chaka Khan zu singen begann, machte Friedrich eine Drehbewegung mit der rechten Hand, mit der er sagen wollte, jetzt kannst du leiser machen. Und Johnny folgte seinem Wunsch.

„So wie es aussieht, konzentriert sich alles auf diesen Uwe Baumgart, den sie Zwille nennen", wagte sich plötzlich Fred zu sagen. „Nur leider finden wir kein Motiv."

„Naja, wir werden sehen watt die neue Spur uns bringt", fügte der Hauptkommissar hinzu, bevor Friedrich sich negativ äußern konnte. Stattdessen hielt dieser aber Johnny nochmal seine Tasse hin. „Man sollte seine Sekretärinnen nach ihren Fähigkeiten beim Kaffeekochen einstellen", jammerte der Polizeichef. „Dann hätte die Löbel nie einen Job bekommen." Frau Löbel war seit kurzem als Vorzimmerdame des Chefs angestellt. Eigentlich gehörte der Arbeitsplatz der jungen Conni Grunert, doch diese hatte sich intensiv und erfolgreich mit der Familienplanung beschäftigt. Nun hatte ihr der Gynäkologe absolute Ruhe verordnet, die dann wohl in den Mutterschaftsurlaub übergehen würde. Eine Bekannte ihrer Tante bekam den Zuschlag für den Job, wobei, wie gemunkelt wurde, Frau Kaltenberg ihre Finger mit im Spiel hatte.

Dummerweise war Frau Löbel, im Gegensatz zu der vierundzwanzigjährigen Conni, bereits sechsundfünfzig Jahre alt, und ganz und gar nicht so schön anzusehen. Was aber wesentlich schlimmer war, war die Tatsache, dass sie keinen guten Kaffee kochen konnte! Und da Frau Löbel Single war, gab es auch niemanden, der ihr dies Mal sagte. Und so holte sich Friedrich seinen Kaffee bei Johnny, von dem er wusste, dass er ausgezeichneten Kaffee kochte.

„Sag mal, Junge, wie geht es eigentlich Carmen?" Diese Frage ließ Johnny aufhorchen. Natürlich wusste Friedrich Bescheid! Gar keine Frage, dass sich die Neuigkeiten was Johnnys Privatleben angingen, bereits im Präsidium herumgesprochen hatten. „Du weißt es also", stellte Johnny fest. Friedrich kratzte sich verlegen am Nacken. „Naja, ich gebe zu…!"

Da wandte sich Johnny seinem Kollegen zu. „Freddy, du biss echt ein Klatschmaul!" Dieser grinste und zog die Schultern hoch. Böse war Johnny ihm nicht. Schließlich hatte er selbst ja seine Privatleben offenbart.

„Aber Junge, was is denn passiert?", ließ Friedrich seiner Neugier freien Lauf. Doch Johnny wehrte ab. „Ach, lass ma, Friedrich. Vielleicht reden wa ma in Ruhe drüber." Der Polizeichef nickte, und trank seinen Kaffee aus. „Na, dann macht ma Feierabend für heute. Wir sehen uns morgen." Er erhob sich, und trat zur Tür. „Viel Glück bei der Jagd!" Friedrich Kaltenberg verließ Dreizwölf, und machte sich auf den Heimweg.

Da sah Fred seinen Kollegen an. „Jetzt wo er das Thema angesprochen hat. Hast du eigentlich etwas von Carmen gehört?" Johnny verzog nur sein Gesicht, und machte für diesen Tag Feierabend.

Mr. Flocke stand hinter der Wohnungstür, und wartete schon sehnsüchtig auf seinen Herrn und Freund. Als Johnny die Tür aufschloss und öffnete, strich der weiße Kater sofort schnurrend um seine Beine. „Na, Kumpel, allet kla?" Er trat ein, und schloss die Wohnungstür. Johnny zog wie immer seine Lederjacke aus, und hängte sie an den Haken über dem Sideboard. Er zog den Holster mit seiner Bessie vom Gürtel, und verstaute diesen in dem Safe hinter der rechten Tür. „So, mein Kleiner, jetz krisse watt zu beißen." Erst jetzt fiel ihm der Zettel auf, der auf dem Boden lag. Er hob das Papier auf, und las laut vor: „Ich vermisse dich, C!" Johnny runzelte seine Stirn, und sah den Kater an. „Watt soll denn datt jetz widda?" Wenn man davon absah, dass dies ein Beweis dafür war, dass es in der Wohnung zog, war er echt überrascht von Carmens Kontaktaufnahme.

Nach dem Johnny den Kater gefüttert hatte, setzte er sich ins Wohnzimmer, und grübelte darüber nach, ob er den Zettel als Einladung werten sollte. Und ob er dieser Einladung nachkommen sollte. Aber er entschied sich dagegen!

Nicht das er Carmen nicht mehr mochte, denn dies tat er natürlich immer noch, schließlich wollte er sie vor nicht allzu langer Zeit noch heiraten. Doch er fühlte sich immer noch zutiefst beleidigt. So erhob sich Johnny, und begab sich in die Küche. Er setzte Wasser für den Tee auf, legte einige Scheiben Brot in den Korb, und nahm den Teller mit der Wurst und dem Käse aus dem Kühlschrank. Und gerade als er sich an den Küchentisch setzen wollte, klingelte es an der Tür. Es war die Klingel der Wohnungstür, nicht die unten an der Haustür. Erstaunt sah er den Kater an, schob den Stuhl wieder zurück, und ging zur Tür.

Carmen versuchte zu lächeln, was ihr aber nicht wirklich gelang. Es war wohl tatsächlich Scham, der ihr Lächeln zu einer Fratze werden ließ. Johnny sah sie verwundert an. „Na, komm schon rein", sagte er, wandte sich ab, und ging in die Küche. Carmen folgte ihm, und schloss die Tür. Ohne zu fragen, stellte Johnny noch ein Gedeck auf den Tisch. Er nahm das Wasser vom Herd und schüttete es in die Teekanne. Diese stellte er ebenfalls auf den Tisch. Ohne ein Wort zu verlieren setzte er sich auf seinen Stuhl. Er nahm eine Scheibe Roggenbrot aus dem Korb, und bestrich sie mit Butter. Danach strich er feine Leberwurst darauf, nahm eine Gewürzgurke, und schnitt diese in hauchdünne Scheiben, die er auf die Leberwurst legte. „Nu setz dich endlich", forderte er Carmen auf, und diese zog ihren Mantel aus und nahm Platz. Johnny legte je ein Stück Würfelzucker in die Teetassen, und fühlte dann denn Hibiscustee auf. Dieser Tee begleitete Johnny schon seit seiner Kindheit, denn diesen hatte sein Vater vom Pütt mitgebracht. Und so war es bei ihm geblieben! Obwohl Günther Thom in Frührente geschickt wurde, hatte er immer noch gute Verbindungen zum Pütt, so dass Johnnys Quellen für Seife, Tee und Pütthemden nicht versiegten.

„Ich will dich zurück", sagte Carmen plötzlich leise. Johnny hatte sie zwar gehört, aber er reagierte nicht. Es fehlte ihm etwas!

Er nahm sein Messer und schnitt ein Stück von seinem Brot ab. Dieses steckte er in den Mund und kaute. „Haste mich nich gehört? Ich will dich zurück, Johnny."

Er griff nach seiner Tasse, und trank einen Schluck Tee. „Haste nich watt vergessen?"

Carmen sah ihn an, und verstand. „Es… es tut mir leid. Ja, es tut mir leid, dass ich dich rausgeworfen habe." Sie griff in den Brotkorb und nahm sich eine Scheibe von dem dunklen Roggenbrot. Carmen bevorzugte aber rohen Schinken als Brotbelag. Sie biss von dem Brot ab, und sah Johnny dann an. „Ich weiß, ich hab mich danebenbenommen. Ich weiß nich was mit mir los is. Vielleicht ist es Angst, die mich so aus der Bahn wirft. Johnny ich liebe dich doch!"

Johnny nahm wieder einen Schluck aus seiner Tasse, und schnitt ein Stück von seinem Brot ab. „Oh, ich liebe dich auch, Carmen, und deswegen bin ich auch tief gekränkt. Ich werde nicht wieder zu dir ziehen", sagte er ruhig aber bestimmt. „Und ich erwarte von dir, dass du mit unserem Psychologen redest." Er sah sie streng an. „Du musst verstehen, dass ich als Polizist auch mal zur Waffe greifen muss. Damit musst du leben. Deswegen bin ich kein Mörder!"

158

Carmen sagte dazu nichts, und nickte nur. Es schien, als würde sie einsehen wo ihr Problem lag. So aßen sie noch weiter zu Abend, und machten es sich dann vor dem Fernseher bequem. Der Abend wurde noch recht gemütlich, und endete in Johnnys Bett.

*

VI. MARIE

Der weinrote BMW 2002tii hielt direkt hinter dem blauen Opel Ascona, der am Straßenrand stand. Johnny stieg aus, und sah sich um. Es war noch recht früh. Erst kurz nach neun Uhr. Johnny hatte es sich ja vorgenommen, und so ging er nun auf die Haustür zu, hinter der Uwe Baumgart wohnte. Im Gegensatz zu Ralf Nowitzki lebte Zwille noch bei seinen Eltern. Obwohl er schon zweiundzwanzig Jahre alt war.

Es dauerte eine ganze Weile, bis die Tür geöffnet wurde, nachdem Johnny geklingelt hatte. Eine Frau erschien an der Tür, und sah Johnny fragend an. „Guten Morgen", grüßte der Polizeibeamte. „Frau Baumgart?" Die Frau nickte knapp. „Und wer sind sie?"

Johnny nannte seinen Namen und seinen Dienstgrad. „Et geht um die Party vom Samstach. Ich müsste ihren Sohn Uwe sprechen."

„Der pennt noch", sagte sie wenig begeistert. „Seit der arbeitslos ist, geht dem allet am Arsch vorbei. Naja, sein Vadder malocht ja für ihn mit." Frau Baumgart war schon über fünfzig Jahre alt, und Uwe war der jüngste von drei Brüdern. Und der Einzige, der noch immer zu Hause lebte, und sich bei Mama durchfüttern ließ. „Dann kommense ma rein, Herr Hauptkommissar, ich schmeiß ihn aussem Bett." Johnny folgte der Frau in die Küche, und nahm am Küchentisch Platz. Und kurz darauf hallte eine Stimme durch den Korridor der Wohnung. „Los, Uwe, steh auf! Du hass Besuch!"

Verschlafen fragte Zwille, wer denn da sei, und er wolle noch liegenbleiben. Doch seine Mutter war wenig nachgiebig. Und um Arbeit schien er sich wirklich wenig zu kümmern, wie Johnny schien. „Der faule Kerl kommt sofort", sagte sie, nachdem sie wieder in der Küche erschienen war. „Darf ich ihnen nen Kaffee anbieten?" Doch Johnny lehnte dankend ab.

Da trat Uwe Baumgart in die Küche. Verschlafen, mit zerzaustem Haar und freiem Oberkörper. Er trug nur eine braun-beige gestreifte Schlafanzughose und setzte sich an den Tisch. „Krich ich nen Kaffee?" Wortlos stellte Frau Baumgart ihrem Sohn eine Tasse vor die Nase.

„Tja, Herr Baumgart, sie hamm gestern watt verpasst? Leider hat mein Kollege sie am gestrigen Tach nich erreichen können, und so konnten wir uns leider nich mit ihnen unterhalten."

„Wie? Datt kann doch nich so wichtich gewesen sein."

„Oh, doch! Zuerst ma, wenn se von der Polizei ne Einladung kriegen, dann hammse da zu erscheinen. Sons werden se nämlich Zwangsvorgeführt." Da wurde Uwe etwas blass. „Vom Toten auf dem Dach des Grillhauses hammse doch sicher gehört", kam Johnny nun auf den Punkt. „Und wie et aussieht, warn sie und noch einige andere, die letzten, die Mario Torrini lebend gesehen haben."

Da senkte Uwe seinen Blick. „Zwille", er zeigte auf Uwe Baumgart, „und noch zwei junge Frauen, sowie zwei Typen aus Resse", erklärte Johnny sein Wissen. „Sie waren die letzten am Grillhaus! Und datt wa Marios Pech."

„Son Blödsinn! Wie kommense denn da drauf?", versuchte Zwille sich herauszureden. Doch Johnny winkte ab. „Tja, Zwille, genau da führn uns unsere Nachforschungen hin. Aber warum, Herr Baumgart. Wa et wegen ihrem Kumpel Ralle?"

„Wegen der Vögelei mit Anita?", fragte Zwille frech grinsend. „Watt geht mich datt denn an, wenn die kleine Schlampe sich von jedem vögeln lässt. Ne, datt is allein Ralles Angelegenheit!"

161

„Ihr habt Mario Torrini gejagt, warum auch immer. Bis ihr ihn geschnappt habt. Und einer hat ihm eins mit dem Knüppel drübergezogen. Stimmt's nich?", wurde Hauptkommissar Thom nun ärgerlich. „Und der Mario hat sich auf datt Dach von der Grillhütte gerettet."

„Ach, und woher wollnse datt wissen?" Zwille wurde nun richtig dreist. Johnny sah ihn ruhig an. „Sie werden et nich glauben, aber dafür gibtet Zeugen, Herr Baumgart."

„Quatsch, gibtet nich", pumpte er sich auf. „Doch!" Johnny nickte. Da ging Zwille ein Licht auf. „Der Böhme! Der hat in seinem GSI gepennt!"

Da erhob sich der Hauptkommissar. „Ziehen se sich ma an. Sie begleiten mich ins Präsidium."

Da wurde Frau Baumgart laut. „Uwe, watt hasse gemacht?" Sie trat an ihren Sohn heran. „Du hass doch nich etwa…!"

Da mischte sich Johnny ein. „Frau Baumgart, bitte beruhigen se sich, noch is ga nix bewiesen. Ihr Sohn muss wegen der Befragung mitkommen." Da wurde die Frau ein wenig ruhiger. Johnny ging zu seinem Wagen, und rief über Funk die Leitstelle, und bestellte Andi Grünwald zu der Adresse.

Eine viertel Stunde später, fuhren Polizeihauptmeister Grünwald und seine Kollegin Wolf, mit dem arbeitslosen Uwe Baumgart auf dem Rücksitz nach Buer ins Präsidium.

Fred zeigte sich ziemlich überrascht, als die Uniformierten mit Uwe Baumgart im Schlepptau ins Büro kamen. „Johnny kommt auch", unterrichtete Andi den Kommissar. Und er hatte kaum ausgesprochen, da hallten die Absätze der Cowboystiefel auch schon durch den Flur.

„Da, setzen!" Fred zeigte auf den Stuhl neben dem großen Schreibtisch, und Uwe setzte sich darauf. Johnny warf seine Jacke an den Haken, und setzte sich an seinen Schreibtisch. Er öffnete eine Schublade, und zog den alten Rekorder heraus. Dann stellte er diesen auf den Schreibtisch, stöpselte die Schnur des Mikrofons ein, und schob es zu seinem Kollegen hinüber. Fred legte eine neue Kassette ein, und wie gewohnt, begann er mit der üblichen Prozedur der Datenerkennung. Und dann legte er los!

„Wir haben hier die Aussage, von einem Herrn Jürgen Böhme, der in der Nacht auf Sonntag in seinem Auto geschlafen hat", berichtete der Kommissar in schönstem Hochdeutsch. „Und dieser hat sie eindeutig erkannt. Sie und zwei junge Frauen, wie er sagte." Fred schob das Formblatt etwas von sich.

„So, Herr Baumgart, wir hätten dann gerne ein paar neue Namen von ihnen", forderte Fred Rudnick. Der Kommissar sah den jungen Mann durchdringend an. Zuerst erschrak Zwille ein wenig, fasste sich aber sofort wieder. „Ähm… ja?" fragend sah Uwe Baumgart die beiden Beamten an. „Marie und Susi!"

„Marie und Susi! Und weiter?", drängte Johnny, doch Uwe zuckte mit den Schultern. „Weiß ich nich! Ich kenn die beiden nich näher."

„Na, dann erzähln se doch ma. Wie wa datt am Samstach inne Nacht?", wollte Johnny nun wissen. „Die meisten waren schon weg, da kamen die beiden jungen Frauen auf den Grillplatz. Die sie ja nich kannten, stimmt's?"

„Äh… ja, genau." Uwe Baumgart nickte.

„Ja, und?", drängte Johnny. „Watt wa dann?" Doch Zwille schwieg wieder, sah die beiden Beamten nur unfreundlich an.

Den abschätzenden Blick des Hauptkommissars kannte Fred Rudnick gut. So sah Johnny aus, wenn er sich auf eine Person als Täter einzuschießen gedachte. „So, Herr Baumgart, schluss mit Lustich. Nun hörn se mir ma gut zu. Sie scheinen den Ernst der Lage noch nich begriffen zu haben. Wir hamm eine Zeugenaussage, die sie belastet. Die

Frage is nur noch, ob Mord oder Totschlach zur Anklage kommen wird."

„Das heißt zwischen zehn Jahren und lebenslang", klärte Fred den jungen Mann auf. Da wurde Zwille richtig blass.

„Ich wa datt nich", bestritt der Besitzer des blauen Opel Ascona, dem Sänger Billy Idol etwas ähnlichsah, die Tat. Aber Johnny ließ nicht locker. „Dann waren et also die beiden Frauen. Datt is auch nich besser."

Fred sah den jungen Mann eindringlich an. „Was ist geschehen? Jetzt reden sie schon." Doch Uwe Baumgart weigerte sich etwas zu sagen. So endete der Tag für ihn im Kellergeschoss des Gebäudes in einer Zelle.

*

Johnny sah zur Decke seines Schlafzimmers hinauf. „Kannste nich schlafen?", fragte Carmen, die selbst auch keinen Schlaf fand. Irgendwie war es ja schon merkwürdig, dass sie nun wieder in Johnnys Bett lag. Und es schien ihr auch nichts auszumachen, dass ihre Treffen jetzt in Johnnys Wohnung stattfanden. Johnny weigerte sich in Carmens Haus zu kommen. Da war er eigen!

„Ich muss immer widda an Frau Torrini und ihre Tochter Marina denken, deren Sohn und Bruder auf dem Dach von dem Grillhaus erfroren is." Er drehte sich zur Seite, der schönen Frau entgegen. Langsam legte er seine Hand auf ihre Brust, und streichelte diese behutsam. Carmen lächelte.

„Der Vater is vor Jahren nach Italien abgehauen, und hat seine Familie allein im Pott zurückgelassen." Da legte Carmen ihre Hand auf Johnnys Wange. „Das war bestimmt nicht einfach für die Tochter", sagte Carmen. „Wieso?", fragend sah Johnny die schöne, dunkelhaarige Frau an. „Weißte, bei den Südländern is die Tochter meist Papas Prinzessin. Sie wird von dem Familienoberhaupt umsorgt und verwöhnt. Zwar is der Sohn der Erbprinz, doch die Prinzessin is Papas wahrer Liebling. Wenn der Papa dann fort is, brechen für sie schwierige Zeiten an."

„Weil dann der Prinz an die erste Stelle rückt?" Nickend bestätigte Carmen Johnnys Vermutung. „Ja, meist bevorzugen die Frauen den Sohn. Denn er ist irgendwann der Herr im Haus!"

„Und dann kricht son Prinz schomma ein Moped zu Weihnachten, und die Schwester geht leer aus." Nun begann es sichtlich in Johnnys Kopf zu rattern. „Ja, datt sind sicher schwere Zeiten für Marie gewesen", stellte Carmen fest. „Marina", verbesserte Johnny den Namensfehler seiner schönen Bettgenossin. „Ihr Name ist Marina!" Und dann sprang Johnny auf. Mit lautem Klimpern, war bei ihm ein Groschen gefallen. „Marina ist der Name! Nicht Marie! Na kla!"

An diesem Freitag war Johnny überpünktlich in Dreizwölf, was Fred Rudnick staunen ließ. „Was ist denn mit dir passiert? Bist du aus dem Bett gefallen?" Fred hängte seine Jacke an den Haken, und nahm Platz. Johnny saß ihm gegenüber am Schreibtisch und grinste. Fred schüttelte nur mit dem Kopf. „Gestern hat mich Carmen drauf gebracht", sagte Johnny, und Fred hob seine Augenbrauen. „Wie Carmen?", rief er verwundert. „Ist sie wieder bei dir?" „Äh... ja, isse. Abba darum geht et jetzt nich." Johnny blickte Fred mit festem Blick an. „Ich glaub, ich hab datt Motiv!" Erstaunt sah Kommissar Rudnick seinen Kollegen an.

„Eifersucht und Neid!"

Irgendwie verstand Fred seinen Kollegen nicht richtig, und Johnny erkannte dies. „Wie lautet der Name von den fremden Mädels?"

„Marie und Susi", antwortete Fred ruhig. Da schüttelte Johnny seinen Kopf. „Und wenn der Name ga nich Marie lautet, sondern Marina!"

„Du meinst Marina, wie Marina Torrini?" Fred Rudnick begriff worauf Johnny hinaus wollte. Fred lehnte sich vor, und griff nach dem Telefonhörer. „Ja, Fred hier. Andi bring uns bitte den Herrn Baumgart nach Dreizwölf." Er legte den Hörer wieder auf. „Mensch Johnny, das wäre ja ein Ding!" Johnny nickte. Er drehte sein Whiteboard um, auf dem er zuvor Marina Torrinis Namen neben den von Uwe Baumgart geschrieben hatte.

Es dauerte nicht lange, da klopfte es an der Tür des Büros. Polizeihauptmeister Grünwald trat mit Uwe Baumgart ein. „Hier, wie gewünscht! Der Herr Baumgart!"
Während sich Zwille auf den Stuhl setzte, und Fred den Rekorder aus der Schublade kramte, zog Johnny den Polizeihauptmeister zur Seite. „Du schnappst dir Silvia und holst die Marina Torrini hierher." Andi nickte und ging.
„So, Zwille, ich hoffe sie hatten ne ruhige Nacht", begann Johnny mit der Befragung des Verdächtigen. „Wir haben neue Erkenntnisse gewonnen, und nachdem se jetz eine Nacht zum Nachdenken hatten, hoffe ich, dattse sich datt nochma überlecht hamm, und sich vielleicht doch erinnern wolln." Uwe Baumgart grinste nur frech. Doch Johnny störte dies wenig. Schließlich wusste er, dass diesem Herrn Zwille das Grinsen bald vergehen würde. Johnny drehte sich mit dem Stuhl zur Fensterbank, und nahm sich eine Tasse Kaffee. Dann drehte er sich zum Schreibtisch zurück. „Marina Torrini!"
Bei diesem Namen erschrak der junge Mann sichtlich. Da wandte sich Johnny seinem Kollegen zu. „Stell dir ma vor, Freddy, die ominöse, junge Frau von der hier ständig die Rede ist, heißt ga nich Marie, sondern Marina! Marina

Torrini!" Fred nickte seinem Kollegen zu. „Du meinst die Schwester unseres Opfers? Und die war auch auf der Party? Das ist ja interessant!"

Nun war es Johnny der nickte. „Die Marina wusste von der Party am Grillplatz, und zwar von ihrem neuen Freund." Johnny sah Zwille an. „Stimmt's nich?"

„Wie lange sind sie schon mit Marina Torrini verbandelt", fragte Fred, und als Zwille gerade antworten wollte, fügte er noch hinzu, „ich sage ihnen, ich bin überzeugt, dass sie die Schwester des Opfers bereits gut kennen, Herr Baumgart."

Es klopfte an der Tür von Dreizwölf, und Andi trat ein. „Die Torrini-Damen", sagte er, und nickte mit dem Kopf nach hinten. „Frau Torrini ließ sich nich davon abbringen ihre Tochter zu begleiten."

„Jaja, schon in Ordnung." Johnny bat die beiden Frauen herein, und als Marina Uwe Baumgart dasitzen sah, platzte es aus ihr heraus. „Ach, dir hab ich die Fahrt mit der Polizeikarre zu verdanken." Sofort wollte Zwille sich verteidigen, aber Johnny fuhr dazwischen. „Bababa!" Er legte sich den Zeigefinger auf den Mund. „Sie halten jetzt ma die Klappe!"

„Und sie setzen sich da hin", fügte Fred in strengem Ton hinzu. Er schob den Stuhl von dem kleinen Tischchen neben den von Uwe Baumgart, und Marina nahm schweigend Platz. Andi Grünwald brachte noch einen weiteren Stuhl aus dem Nebenbüro, damit auch Frau Torrini einen Sitzplatz fand. „Herr Hauptkommissar Thom, würden sie mir verraten watt datt hier soll? Watt wolln sie von meiner Tochter?"

„Frau Torrini, bitte nehmen se Platz. Glauben se mir, wir haben unsere Gründe", sprach der langhaarige Kommissar, und die Frau wollte noch etwas sagen. Doch Johnny sah sie streng an, und da gehorchte sie. „Wir versuchen die Umstände des Todes ihres Sohnes aufzuklären."

„Es gibt inzwischen übrigens Neuigkeiten. Ihr Sohn ist nicht erfroren, wie wir anfangs dachten", erklärte Fred Rudnick. „Mario starb an einem Gerinnsel, ausgelöst durch eine Blutung im Hirn."

„Abba wie ist sowatt möglich", fragte Frau Torrini entsetzt. „Mein Sohn wa kerngesund. Der wa nie schlimmer krank!" Johnny hatte der Frau eine Tasse Kaffee eingeschenkt, und reichte ihr nun diese Tasse.

„Frau Torrini, et tut mir wirklich leid, abba sie müssen jetz sehr stark sein", sprach Johnny ruhig. Erschrocken sah Rosina Torrini den Hauptkommissar an.

„Fräulein Torrini, wie war ihr Verhältnis zu ihrem Vater?" Fred sah Marina mit einem freundlichen Blick an. „Watt soll denn die blöde Frage?" Marina zeigte sich weniger freundlich als der Kommissar. Doch der junge Kommissar blieb ruhig. „Das ist doch eine einfache Frage, würden sie diese bitte beantworten."

„Ich habe meinen Vater geliebt, und das tue ich heute noch. Und er hat mich geliebt." Der Hauptkommissar nickte verständnisvoll. „Leider nich genug, um sie mit sich nach Italien zu nehmen", stellte Johnny fest. Da entfuhr Marina ein zorniges Schnauben.

„Und ihr Leben hat sich von diesem Tag an stark verändert. Die Vorzüge, die sie bisher genossen hatten, kamen nun ihrem Bruder zugute. Habe ich Recht?" Fred sah sie fragend an. Da platzte die Wut aus Marina heraus. „Ja, er bekam alles, und ich bekam nichts. Meine Mutter ließ den Hass auf meinen Vater an mir aus." Mit scharfen Blicken sah sie über ihre Schulter zu der Frau, die hinter ihr an der Wand saß.

„Aber Marina, wie kannste sowatt sagen?"

Da sprang Marina auf, und wandte sich um. „Ja, du biss Schuld! Nur du!" Da griff Johnny zu, und drückte Marina auf ihren Stuhl zurück. „Schön sitzen bleiben, Fräulein Torrini!"

Und nun übernahm Johnny das Zepter. Er setzte sich auf die Ecke seines Schreibtisches. „Mario sollte sterben, weil se eifersüchtig und neidisch auf ihn warn, Marina. Und als se von dem Grillfest erfuhren, und davon, datt Mario bei seinem Cousin übernachten wollte, um mit diesem heimlich dorthin gehen zu können, kam ihnen eine Idee." Beleidigt glotzte Marina auf den Boden. „Ihr Bruder dürfte sich ganz schön gewundert haben, als se auf dem Grillplatz erschienen. Dort waren se nämlich mit diesem jungen Mann hier verabredet." Er zeigte auf Zwille. „An diesen hammse sich nämlich zwei Wochen vorher herangemacht. In der Hoffnung, datt er sie zu der Party einladen würde. Watt er wohl ja auch tat."

„Is datt wa?", fragte nun Zwille erzürnt. „Wa datt der Grund, warum du mich angegraben hass?" Marina sah Zwille an, und rief arrogant: „Na und? Hasse etwa gedacht ich steh auf dich?" Da stand Uwe Baumgart von dem Stuhl auf. „Der Kommissar hat Recht! Es wa genau wie er gesacht hat. Vor zwei Wochen hat mich Marina angebaggert, wollte abba nich, datt die anderen davon watt mitkriegen."

„Na, Fräulein Torrini? Wollen se uns nich langsam ma watt produktivet sagen?" Johnny wollte ihr die Möglichkeit eines Geständnisses geben. Doch Marina starrte immer noch beleidigt auf den Boden.

„Am Samstach hat Marina die Wohnung ihrer Mutter heimlich verlassen, und sich inner Nacht zum Grillplatz geschlichen. Und datt nich ohne Grund! Is doch so, oder?"

„Watt wolln se damit sagen, Herr Hauptkommissar?", mischte sich Frau Torrini erschüttert ein. Fred wandte sich ihr zu. „So wie es aussieht, war der Angriff auf Mario geplant." Johnny nickte, und blickte Marina streng an. „Wir sind inzwischen davon überzeugt, datt allet von Marina so geplant wa, und genau in dieser Nacht passieren sollte."

„Wollen se damit etwa sagen, datt meine Tochter ihren Bruder umgebracht hat?" Entsetzt sah Frau Torrini Hauptkommissar Thom an. „Sind sie verrückt?"

„Marina Torrini erscheint in der Nacht auf dem Grillplatz, wo Uwe Baumgart auf se gewartet hat.. Allerdings, als schon Ruhe eingetreten is. Die meisten sind schon nach Hause gegangen oder schlafen besoffen im Grillhaus. Und dann erscheint auch Mario nochmal, weil er gehofft hat, datt Anita nochmal aufgetaucht is."

„Allerdings war dies nicht der Fall", sagte Fred Rudnick. „Und als er seine Schwester an der Seite von Zwille entdeckt, kommt es zum Streit zwischen den Geschwistern." Und Johnny fuhr fort. „ Da kricht Mario von ihr eins mit dem Knüppel drübergezogen. Mario begreift sofort, watt seine Schwester im Schilde führt. Er flüchtet sich auf datt Dach." Johnny sah Uwe Baumgart an. „Bestätigen se meine Worte, Herr Baumgart?" Zwille nickte. „Ja, genau so wa et. Ich hab nich damit gerechnet, datt se den Mario schlägt. Abba datt ging allet so schnell. Und dann isser auf datt Dach geklettert."

„Wir haben uns gefragt, wie konnte es sein, dass Mario dort oben in der Kälte blieb, und dann erfror", sprach Fred Rudnick, während Frau Torrini zu schluchzen begann. „Jetzt wissen wir allerdings, dass Mario dort oben ohnmächtig wurde. Was niemand wusste war, dass der Schlag mit dem Knüppel bei dem Opfer zu einer Hirnblutung geführt hatte. Es kam zu schnell einem Gerinnsel. Dieses löste einen Hirnschlag aus, und dieses ließ Mario für immer einschlafen."

Johnny hüpfte vom Schreibtisch, und sah Marina streng an. „Sie hamm ihren Bruder nicht zufällig auf dem Grillplatz getroffen, Fräulein Torrini. Und es war auch nicht der nächtlichen Situation geschuldet, datt se ihn dann mit dem Holzknüppel geschlagen hamm. Nein, datt wa allet von

langer Hand geplant. Und zwar weil se auf Mario eifersüchtig und neidisch waren. Denn datt teure Weihnachtsgeschenk, für datt ihre Mutter Geld leihen musste, hat datt Fass zum Überlaufen gebracht. Sie stritten mit Mario, griffen den Knüppel und schlugen zu."
Johnny ging um den Schreibtisch, und setzte sich auf seinen Stuhl. „Fräulein Marina Torrini, ich verhafte sie, wegen des Todschlags an ihrem Bruder Mario Torrini."

*

171

EINE LEICHE AUF ZECHE CONSOL

1. DER LETZTE HUND

Der lange, breite Gang mit der hohen, halbrunden Betondecke, war mit Leuchtstoffröhren gut ausgeleuchtet. Die Hauptfördersohle von Schacht 9 lag in einer Tiefe von Eintausendeinhundert Metern, und war gut ausgebaut. Auf der linken Seite verliefen die Schienen der Grubenbahn, die in diesem Bergwerk betrieben wurde. An den Wänden verliefen Unmengen an Leitungen und Kabeln, immer wieder unterbrochen von Elektrokästen und Schalttafeln. Ein schmaler, flacher Zug dessen ursprüngliche Farbe wohl einmal gelb gewesen war, befuhr diese Schienen, die die Bergleute Gestänge nannten. Diese Bahn war für die Personenbeförderung zu den einzelnen Schächten, Führungen, den Stollen und Flözen zuständig, und in dessen Anhängern sich immer zwei Bergmänner je Kabine gegenübersaßen. Außerdem fuhren hier die Züge mit den Kohlenloren, den Hunten, auch Hunde genannt, die die Kohle zu den Schächten brachten, wo sie in Förderkörben, den Aufzügen, zur Hängebank gebracht wurden.

In der Nähe der Stollen und Schächte sah man immer wieder Männer in ihren einstmals weißen Arbeitsanzügen herumlaufen. Diese waren natürlich inzwischen grau bis schwarz gefärbt. Vom Kohlenstaub, der aus den Flözen, wo die Kohle abgebaut wurde, hier überall durch die Luft flog.

172

In den Stollen wurde es unerträglich laut und stickig warm, denn im Streb, wie der Abbauort der Kohle genannt wurde, arbeitete ein vollautomatischer Kohlehobel, der das schwarze Gold von den Wänden abhobelte. Es gab aber auch noch kleinere Stollen, in denen sich der Abbau mit einem Kohlehobel nicht lohnte. Da mussten Bergleute noch mit dem Presslufthammer ran.

Der Kettenförderer beförderte den Kohlebruch zum Füllort, wo die Loren beladen wurden. Die beladenen Hunde wurden dann angeknebelt, wie man das nannte, und zu Zügen zusammengestellt. Von den Grubenloks wurden die Züge dann zum nächsten Füllort am Schacht weitertransportiert. Wo sie von den Aufschiebern in die Förderkörbe verladen wurden.

„Datt wa ja wohl nix bei de Eintracht in Braunschweig am Samstach", sagte der eine Mann in dem grauen Unterhemd, und packte die Lore am hinteren, oberen Rand. Der zweite Bergmann trat heran, und packte den Hund ebenfalls an der Kante der Rückwand. Dann schoben sie gemeinsam das kohlegefüllte Gefährt in den Förderkorb. „Vier zu Zwei verlorn, datt is doch Scheiße sowatt", beschwerte sich der Kumpel verärgert. „Und ich bin da au noch hingefahrn." Sie traten beide wieder aus dem Förderkorb, und gingen zu dem nächsten Hund, diesen schoben sie bis zu der Weiche, und dann in den Förderkorb. Dies wiederholte sich, bis der Förderkorb voll belegt war. Der Anschläger schob die Gittertüren zu, und ein lautes Bimmeln kündigte die Abfahrt der Seilfahrt an. Der zweite Korb, der sich direkt unter dem ersten befand, hielt am Schacht, der Anschläger öffnete die Gittertüren, und die Prozedur begann von vorn. Bis plötzlich der eine Bergmann in die letzte Lore sah, und rief: „Hey, Mann! Du kanns da nich drin pennen. Los, steh auf!" Doch der Mann der in der Lore lag, rührte sich nicht. „Luckie, da liecht einer drin!" Der zweite Bergmann hatte nicht richtig verstanden. „Watt sachse?" Er trat an die Lore heran, und sah hinein. „Mensch kuck doch, da liecht einer drin." Der Mann, den der Kumpel Luckie genannt hatte, wandte sich zum Schacht, wo der Anschläger stand. „Ey, Ahmed, komma her, hier liecht einer im Hund", rief er die zehn Meter Strecke entlang. Der Anschläger kam heran, und sah über den Rand der Lore. „Mann, watt hat der denn?"

Der Mann in der Lore hatte die Beine angewinkelt, weil er sonst wohl nicht hineingepasst hätte. Auch war die Lore nur zur Hälfte mit Kohle gefüllt. „Und watt jetzt?", fragte Luckie die beiden anderen Bergleute. „Also, pennen tut der nich", sagte der türkische Kumpel Ahmed. „Nee, datt glaub ich auch nich", stimmte Luckie seinem Arbeitskollegen zu. „Datt is doch der Neubauer! Der Jürgen", erkannte Luckie den Kumpel, und sah in die Lore hinein. „Der is doch mit dem Zorro im Flöz." Der andere Bergmann stieg ebenfalls auf eines der Räder, so wie es Luckie getan hatte.

„Na, dann ruf ma den Steiger Röber her." Ahmed stieg von dem Rad der Lore, und ging zum Schacht zurück. Dort nahm er den kohleverrusten Hörer des Telefons ab, das an der Wand hing und wartete. Es dauerte einen Moment, bis der Hörer abgenommen wurde „Ja, Cemlik hier. Schacht 9."

„Ach, Ahmed, watt gibtet?", dröhnte aus dem Hörer.

„Pedder, wir hamm hier ein Problem. In einem Hund liegt einer. Sieht ziemlich tot aus."

„Tot?", rief der Mann am anderen Ende der Telefonanlage.

„Sieht so aus, Pedder! Wir wissen nich watt wa machen solln", sagte Ahmed, während es auf der anderen Leitung bimmelte. „Ich schick euch den Steiger!"

„Gut, datt wollte ich vorschlagen." Dann stellte Ahmed auf die andere Leitung. Dort meldete sich der andere Anschläger. „Sach ma Ahmed, warum kommt da nix?"

„Gerd, datt dauert wohl noch, wir hamm hier ein Problem!"

„Wattn fürn Problem?"

„Ich meld mich später!" Ahmed, der Anschläger, hängte den Hörer auf.

Sie mussten fast eine Stunde warten, bis der Steiger erschien. Er war ein hochgewachsener Mann von Anfang fünfzig, und dieser hatte eine längere Karriere im Bergbau hinter sich. Der Mann mit den ergrauten Schläfen hatte von der Lehre als Hauer, bis hin zur Bergbauschule mit dem Abschluss als Steiger, sein Arbeitsleben meist "Unter Tage" verbracht. Der Zug zur Personenbeförderung kam auf einem der Schienenstränge, und hielt vor der Weichenanlage. Reinhard Röber stieg aus einer der Doppelsitzkabinen, und trat zu den Loren hinüber. „Watt is los Luckie?", fragte er den bärtigen Bergmann, mit dem gelben Helm, der ihm am nächsten stand. „Tja, Reinhard, in dem Hund da liegt der Jürgen Neubauer." Er zeigte zu dem Förderwagen, und der Steiger trat an den Rand, und sah hinein. Ein Stöhnen entfuhr seinem Mund. „Ach, du kacke!"

Mit einem kräftigen Schwung zog er sich über den Rand in das Gefährt. „Meinsse der hatte nen Herzinfarkt oder sowatt?", fragte Luckie, der eigentlich auf den Namen Lukas getauft worden war, und als Mittdreißiger bereits mehr als zwanzig Jahre auf dem Pütt malochte.

Steiger Röber hatte begonnen den Mann in der Lore zu untersuchen, und nach dem er den Kopf angehoben hatte, sah er das Blut in seiner Hand. Vorsichtig hob er den Kopf erneut an, und erkannte eine Wunde im Nacken des Mannes. „Mann, Luckie, datt sieht nich gut aus. Da brauchen wa die Polizei."

„Du meins da hat einer nachgeholfen?"

Der Steiger nickte, nahm seinen weißen Helm vom Kopf, und wischte sich den Schweiß von der Stirn. „Da bin ich mir sicher. Also, müssen da Fachleute ran." Er richtete sich auf, sah sich suchend um, und rief dann Ahmed zu: „He, Ahmed, ruf oben an, die müssen die Polizei alarmieren und runterschicken. Datt könnte ein Verbrechen sein."

*

Carmen schlief noch, tief mit dem Gesicht in das geblümte Kissen getaucht, während Johnny auf dem Rand seines Bettes saß. Draußen war es noch stockdunkel. Er versuchte wach zu werden, und seine Gedanken zu bändigen. Der Blick auf den Wecker, hatte ihm gezeigt, dass es noch sehr früh war. Fünf nach drei Uhr, war es gewesen, als das Telefon geklingelt hatte. „Wir hamm einen Todesfall auf Zeche Consol. Sieht wohl nach Fremdeinwirkung aus. Kommissar Rudnick ist verständigt. Auch die Leute von der Spurensicherung sind unterwegs", sprach der Mann aus der Leitstelle. „Allet kla! Ich mach mich auffen Weg. Ruf ma den Doc Lorenz an."
Waschen und Zähneputzen waren schnell erledigt. Kurz darauf war Johnny angekleidet, und stand vor seinem Sideboard. Er nahm seinen Holster aus dem Safe, und klippte ihn an die linke Seite seines Gürtels. „Was… was ist los? Wo willste hin?" Carmen stand plötzlich halbnackt an der Schlafzimmertür. „Wir hamm nen Toten. Schlaf ruhig weiter. Mr. Flocke schläft nich gern allein." Er küsste sie, und dann verlies er seine Wohnung.
Der Hauptkommissar fuhr über die Bahnstraße bis zur Crangerstraße vor, die ihn direkt zu dem Pütt führte, auf dem er erwartet wurde. Der weinrote BMW 2002tii fuhr Richtung Süden, durch den Stadtteil Erle, über die Kanalbrücke und vorbei an dem großen Ruhr Zoo, unter der Eisenbahnbrücke hindurch, in den Stadtteil Bismarck. Da es mitten in der Nacht war, kam Johnny ziemlich zügig voran, und bog nach einer Weile links in die Straße ein, die ihn zum Haupttor der Zeche Consolidation Schacht 3/4/9 führte.

176

Johnny wurde eingelassen und parkte auf dem Besucherparkplatz, wo er bereits erwartet wurde. Fred Rudnick und zwei Kollegen von der Spurensicherung warteten bereits auf dem Parkplatz. Und dies taten sie nicht allein, denn ein Bergwerksangestellter hatte auf dem Parkplatz gestanden, als Kommissar Rudnick dort ankam. Nun fehlte nur noch der Pathologe aus Essen. Da nahm die Anfahrt etwas mehr Zeit in Anspruch. Da es jedoch mitten in der Nacht war, ging dies ebenfalls zügiger als am Tag. Johnny Thom und Fred Rudnick, sowie zwei Männer von der Spurensicherung, und Dr. Lorenz, der Pathologe, mit seinen beiden Mitarbeitern aus Essen, trafen in der Weiß - Kaue aufeinander.

Man hatte sie mit Bergmannskleidung ausgestattet, und sie sollten sich hier umziehen. So stand Johnny bereits in dem weißen Anzug der Bergleute da. Ein blauer Helm zeichnete ihn als Besucher aus. Auf dem Helm war eine Lampe angebracht, deren Kabel an der Seite herunterhing, und zu einem Akku führte, der an dem Gürtel um seine Hüfte befestigt war. Fred dagegen kämpfte noch mit dem Gurtzeug, das zu der Bekleidung gehörte. „Is ma watt anderet", sagte Johnny und grinste seinen Kollegen an. Es kam ja nicht oft vor, dass ein Polizeibeamter in die Bergmannskluft eingekleidet wurde.

Die beiden Kollegen von der Spurensicherung kamen mit der Bekleidung gut voran. Doc Lorenz brauchte allerdings Johnnys Hilfe. Dann kam ein Mann mit weißem Helm, und stellte sich als Steiger Krumme vor. Er erklärte, dass er nur "Über Tage" arbeitete, was so viel bedeutete wie auf der Erdoberfläche. Er führte die Besucher zur Hängebank am Schacht, wo bereits ein Bergmann auf sie wartete. Der Kerl trug die gleiche Kleidung wie die Besucher, allerdings war sein Helm gelb. Und von dem weiß der Kleidung war auch nicht mehr viel zu sehen. „Tach, ich bin Hauer Alexander

Luckaschewski, aber alle nennen mich Luckie. Ich bring euch runter. Wa schon ma einer "Unter Tage"?", fragte der bärtige Mann, und alle schüttelten mit dem Kopf. „Naja, kann bissken rüttelich werden." Dann ging Luckie vor, bis zum Schacht. Dort wartete bereits der Anschläger mit geöffneten Gittertoren des Korbes, wie man den Fahrstuhl nannte. Die Männer stiegen ein, und die Tore wurden geschlossen. Es bimmelte, und mit einem ruckeln setzte sich der Förderkorb in Bewegung. „Ich gratuliere zur ersten Seilfahrt", rief Luckie gegen den Krach an. Fred Rudnick wurde sichtlich blass, und Johnny musste grinsen. „Wie tief geht et runter?", rief er Luckie fragend zu. „Bis auf tausendeinhundert Meter", antwortete der Bergmann grinsend, und sah dabei Fred Rudnick an. Und diesem sah man seine Erleichterung durchaus an, als der Korb mit einem Ruck zum Stehen kam. Es bimmelte, und die Tore wurden aufgezogen. Luckie trat von der Plattform des Aufzuges, und die Männer folgten ihm. Der Steiger kam grüßend auf die Besucher zu. „Ich bin Reinhard Röber", stellte er sich vor. „Ich bin der Steiger." Auch Johnny und Fred nannten ihre Namen. Doc Lorenz reichte dem Steiger sogar die Hand. „Wo is denn der Tote?", wollte der Pathologe wissen, und der Steiger zeigte hinüber zu dem Förderwagen. „Der liegt in dem Hund da!"

„Hund?" Fred zeigte sich erstaunt. „Ja, so nennen wir hier unten die Loren mit denen die Kohle und die Wäsche befördert werden." Die Antwort des Steigers hatte bereits die nächste Frage aufgeworfen, und dies erkannte er. „Äh… ja, die Wäsche, das ist der Abraum der bei der Kohlegewinnung anfällt. Steinbruch halt!"

Während Fred Nachhilfe in Bergbaukunde erhielt, sah sich Johnny bereits den Toten an. Doc Lorenz war in den Förderwagen geklettert, und untersuchte den Mann. Johnny stand auf einem der Räder, und sah ihm bei der Arbeit zu. „Watt meinste, Quincy?"

„Stichwunde im Nacken. Der war sofort tot!" Quincy erhob sich. „Den hat jemand in die Lore geworfen. Jetz stellt sich die Frage, wo is der Tatort." Johnny nickte. „Sach ma, Luckie, wie is der Name von dem Kumpel?"

Irgendwie schien sich Johnny unter den Bergleuten durchaus wohl zu fühlen. Er kam ja auch aus einer Bergmannsfamilie, und all die Begriffe kannte er durch seinen Vater. Und, dass man sofort per Du war, war ihm auch bekannt. Johnny hatte es eh nicht so mit dem Siezen und den Förmlichkeiten.

„Datt is der Jürgen Neubauer. Der is Hauer dahinten inner Strecke. Der gehört zu der Belegschaft vom Zorro."

Fragend sah Johnny den Kumpel an. „Zorro?"

„Ja, so wird der Frank Zorkolak genannt. Der is der Rutschenbär, äh, ich mein der Schichtführer inner Strecke."

„Ja, dann unterhalten wa uns doch ma mit dem Zorro", verlangte der Hauptkommissar. Doc Lorenz ließ nun den Toten aus dem Förderwagen heben, und zum Abtransport in einen großen Tragesack packen.

„Reinhard, die Polizei will vor Ort", sagte Luckie zu dem Steiger. Dieser nickte. „Da müssen wir auf den Personenzug warten." Die Männer begaben sich an den Haltepunkt des Personenzuges, doch vorher kam noch eine Lok mit Förderwagen im Schlepp. Die Bergleute begannen die Loren über die Weichen zum Förderkorb zu schieben, und die Kollegen von der Spusi gaben den Hund frei, nachdem sie die Untersuchung beendet hatten. Und dann kam der Personenzug, dessen Lok nicht viel größer war als ein normaler PKW. Der Lokführer grüßte kurz bei der Einfahrt, und hielt den Zug an. Johnny stieg mit dem Steiger Röber in eine der Kabinen, Fred Rudnick zusammen mit einem

Kollegen der Spurensicherung, und der andere Beamte der Spusi fuhr allein.

*

Doc Lorenz und seine Mitarbeiter brachten die Leiche mit dem Förderkorb nach "Über Tage", wo inzwischen ein Bestatter mit seinem Leichenwagen wartete. Dieser würde den Toten nach Essen in die Pathologie überführen.
Die Fahrt mit dem Personenzug dauerte eine ganze Weile, bis dieser wieder anhielt. Die Männer stiegen aus, und Steiger Röber ging vor, bis zu einer Abzweigung, die von der breiten, gut beleuchteten Sohle in den Stollen hineinführte. Hier in der Strecke war der Querschnitt weitaus geringer, die Wände waren mit Metallelementen und Holzstempeln ausgebaut, und je weiter die Männer vorangingen, umso stickiger und wärmer wurde die Luft. Ein Förderband seitlich an der Wand verengte den Weg zusätzlich, und brachte den Kohlebruch zu den Loren. „Da hinten is der Streb, da wird die Kohle abgebaut. Da hat der Neubauer normalerweise gearbeitet." Steiger Röber zeigte nach vorn, wo die Bergleute arbeiteten. Jetzt wurde es auch viel lauter und staubiger. Der Kohlestaub legte sich auf die Gesichter und die Kleidung. Der Schweiß, den die Männer versuchten wegzuwischen, sorgte in Verbindung mit dem Kohlestaub für einen recht dunklen Hautton. „Datt is hier nur ein kleines Flöz", rief der Steiger dem Hauptkommissar entgegen. „Da bauen wir im Moment mit dem Hammer ab. Für einen Kohlehobel is datt Flöz nich mächtich genuch." Für Fred war die Erklärung des Steigers im Krach der Kompressoren und Pressslufthämmer untergegangen. Fünf Bergleute arbeiteten in dem Streb, drei von ihnen brachen die Kohle mit den Pressslufthämmern aus der Wand, und zwei schippten die Kohle auf das laut

180

scheppernde Förderband. „Hey, Zorro", brüllte der Steiger dem einen Bergmann zu. Der Kerl brauchte eine Weile, bis er den Steiger bemerkte. Dann stellte er den Hammer ab, lehnte diesen gegen die Wand, und kam den Männern entgegen. Die beiden Männer der Spurensicherung machten sich derweil auf die Suche nach Beweisen. „Datt hier is Hauptkommissar Thom", brüllte der Steiger dem Schichtführer zu. „Ja, und?", fragte der große Mann mit den schwarzen Locken unter dem dreckigen, gelben Helm. Fred Rudnick hatte sofort verstanden, dass hier keine vernünftige Befragung stattfinden konnte. So zog er sich zurück, um sich umzusehen. Er ging den Weg zurück, den er gekommen war, und er fand, wonach er suchte. Der Niedersachse war davon überzeugt, dass Jürgen Neubauer irgendwo hier in der Strecke sein Ende gefunden hatte. Im Streb, vor Kohle, wäre sein Ableben doch sicher sofort aufgefallen. Egal wer ihm in den Nacken gestochen hatte, unbemerkt hatte er dies hier nicht tun können. Dazu kam, dass jemand den Bergmann in den Hund gelegt hatte, und Jürgen Neubauer war ein großer, schwerer Mann. Fred schwitzte heftig, und bekam kaum Luft. Und so ging er immer weiter zurück. Er konnte die hellerleuchtete Sohle bereits vor sich sehen, als er im Kegel seiner Helmlampe seitlich auf den Boden leuchtete. Und plötzlich glänzte eine Pfütze auf. Er beugte sich herunter und griff danach. Fred rieb die Finger, und erkannte sofort das Blut daran klebte. So wie es aussah, hatte er die Stelle gefunden, an der der Bergmann sein Ende gefunden hatte. Er nahm die Lampe von seinem Helm, löste den Akku von seinem Gürtel, und stellte beides auf den Boden. Dann ging er zum Streb zurück. Einen der beiden Spurensicherer schickte er zu seiner Lampe, wo dieser seiner Arbeit nachgehen sollte.

Johnny und der Steiger hatten derweil versucht mit Zorro zu sprechen. „Is deine Schicht vollzählich?", fragte Reinhard Röber, aber Zorro verstand die Frage nicht. „Wieso?" „Wir wollen wissen, ob sie einen Mann vermissen?", rief Johnny dem Schichtführer entgegen. Zorro wandte sich kurz um, und hob seinen Daumen. „Alle da!"

Der Steiger sah Johnny verwundert an, und rief: „Wo is der Jürgen Neubauer?" Wieder sah sich Zorro um. „Der is mit dem Luckie am Füllort zum Hunde anknebeln. Glaub ich!" Johnny erkannte nun selbst, dass eine Befragung hier unten keinen Sinn machte. So legte er dem Steiger Röber die Hand auf den Arm, und schüttelte mit dem Kopf. Der Mann schien den Kommissar auch zu verstehen. So entließ er den Schichtführer wieder an seine Arbeit. Die Männer von der Polizei machten sich auf den Rückweg. Erst jetzt kam Fred an Johnnys Seite. „Ich habe den Tatort gefunden."

„Wo?", brüllte Johnny seinem Kollegen ins Ohr, und dieser zeigte das Förderband entlang. An der Stelle beschäftigte sich bereits ein Mann der Spurensicherung, was Johnny jetzt auch sah. „Gut, für uns waret datt hier unten", rief er dem Steiger zu. „Ich will die Leute alle morgen im Präsidium in Buer zur Befragung sehen." Steiger Röber nickte und führte die Männer zurück zum Personenzug.

Auch der zweite Spusimann blieb noch am Tatort, während Johnny und Fred zum Schacht zurückfuhren. Hier war von dem Einsatz nichts mehr zu sehen. Sie verabschiedeten sich von dem Steiger, und stiegen in den Förderkorb mit dem sie nach oben fuhren.

Der Anschläger "Über Tage" zeigte ihnen den Weg von der Hängebank in die Schwarzkaue, wo sie die dreckigen Klamotten auszogen und abgaben. Danach ging es unter die Dusche, und dann in die Weißkaue, wo ihre Privatsachen in den Körben unter der Decke hingen. Mit dem Kettenzug holten sie die Körbe herunter, und zogen sich an. Dann begaben sie sich zur Personalabteilung, mussten aber feststellen, dass hier noch alles zu war. Als die beiden Beamten aus dem Gebäude traten, wurden sie bereits erwartet. Ein Anzugträger von etwa fünfzig Jahren, mit grauem Haar und Brille stand auf der obersten Stufe an der Tür. „Guten Morgen", begrüßte er die Polizisten. „Mein Name ist Oberschulte, ich bin hier einer der Direktoren. Man hat mich von dem Fund des Toten in Kenntnis gesetzt." Johnny reichte dem Mann der Direktion die Hand. „Tja, da können wa ihnen abba noch nich viel zu sagen. Der Tote heißt Jürgen Neubauer, is hier Bergmann, und wir bräuchten seine Personalien. Könnten se dafür sorgen, datt man uns diese zukommen lässt?" Nun reichte auch Fred dem Mann die Hand. „Wir beginnen ja gerade erst mit dem ermitteln, aber wenn wir brauchbare Kenntnisse haben, werden wir sie benachrichtigen." Dann ließ er den Mann auf der Treppe stehen. Fred verabschiedete sich, und folgte Johnny. Der Direktor blieb mit einem dummen Gesicht zurück. Es war inzwischen hell draußen, und beide Kripobeamten mussten das erlebte erst einmal verarbeiten. „Mann Johnny, mit den Jungs da unten möchte ich nicht tauschen", sagte Fred tief beeindruckt. „Allein die Seilfahrt hat es in sich." Johnny nickte zustimmend, und ihm war heute vor Augen geführt worden, was sein Vater Günther viele Jahre lang getan hatte, um seine Familie zu ernähren. Johnny war in diesem Moment richtig stolz auf seinen Vater. „Ja, die kriegen ihre Kohle nich geschenkt." Merkwürdigerweise unterhielten sie sich gar nicht über den Fall. Auf dem Parkplatz stiegen sie in ihre Autos. „Wir sehen uns gleich in Dreizwölf", hatte Johnny noch gesagt, bevor er in den BMW eingestiegen war.

*

11. Der kleine Drache

Es war kurz vor acht, als Johnny auf den Parkplatz des Präsidiums fuhr. Fred war bereits vor ihm angekommen und stand schon an der Tür. Doch er wartete auf seinen Kollegen. „Eigentlich hätten wir uns das auch sparen können", sagte Fred, als Johnny herantrat. „Wirklich? Hätteste darauf verzichten wollen? Ich nich!" Johnny war mit der Grubenfahrt mehr als zufrieden gewesen. So hatte er etwas, über das er sich mit seinem Vater unterhalten konnte.

„So meinte ich das doch nicht. Erfahren haben wir da unten doch nichts", stellte Fred fest, und Johnny musste grinsen. Denn Fred sah aus, als hätte man ihn mit Kajalstift die Augen geschminkt. Der Kohlestaub lag immer noch auf dem Lidrand seiner Augen. Ein Zeichen dafür, dass er diese Gesichtspartie nicht genügend gewaschen hatte. Aber wer rieb sich schon gerne Seife in die Augen. „Was gibt es denn da zu lachen?"

Doch Johnny winkte ab. „Ach, nix!" Johnny freute sich auf Freds Gesichtsausdruck, wenn er sich in dem Spiegel betrachten konnte, der über dem Spülbecken in Dreizwölf hing. „Naja, zumindest konnten wa uns ein Bild vor Ort machen. Die Bergleute holn wa uns her, und befragen die hier. Denen kommen wa schon drauf." Johnny drückte die Tür auf, die von innen geöffnet wurde, und ging vor.

Seine erste Tätigkeit nach eintreten in das Büro, war der Griff zur Glaskanne der Kaffeemaschine. Und kurz darauf lief das schwarze Gesöff in die Kanne. „Ach, wie sehe ich denn aus?", hörte Johnny plötzlich seinen Kollegen sagen. Dieser stand vor dem Spiegel und hatte sein Bergmanns Make-up entdeckt. „Darum hast du gelacht", stellte er ein bisschen verletzt fest. „Tröste dich, so sah mein alter Herr auch immer aus, wenner vom Pütt kam." Johnny machte das Radio an, und vernahm die Nummer eins der Charts "Your my heart, your my soul" von Modern Talking. „Ach, du Kacke! Watt is datt denn fürn Gejaule?" Er drehte den Ton soweit runter, dass man die Musik kaum noch hörte. Modern Talking war so gar nicht seins!

„Wann macht eigentlich die Kantine auf?", wollte Fred wissen. „Um neun Uhr, Freddy. Ich könnte auch watt zu beißen gebrauchen. So ne Nachtschicht is anstrengend." Der Angesprochene sah auf seine Uhr. „Das dauert aber noch." Dann nahm er die Seife aus der Schale, drehte den Wasserhahn auf, und begann sich das Gesicht zu waschen. Das Ergebnis waren rote Augen von der Seife, dafür waren aber die schwarzen Lidstriche weg. Johnny hatte diese Prozedur bereits beim Duschen hinter sich gebracht, da er als Sohn eines Bergmannes Bescheid wusste.

„Gut, was haben wir?", fragte Fred, und kramte einige Formulare heraus. Dazu nahm er einen blauen Pappordner aus dem Schrank. Viel konnte er noch nicht eintragen. Und gegen halb zehn, die beiden wollten sich gerade auf den Weg in die Kantine machen, da klingelte das Telefon. Fred ging zurück zum Schreibtisch, zog den Teleskoparm zu sich, und nahm den Hörer ab. „Ja, Kommissar Rudnick hier."

„Freddy hier is die Leitstelle. Hab nen Anrufer von Zeche Consol. Ich stell ma durch." Es knackte, und Fred meldete sich nochmal mit seinem Namen. „Guten Morgen, Personalbüro Zeche Consolidsation. Mein Name ist Fischer, Marianne Fischer. Ich habe den Auftrag ihnen Daten zu übermitteln."

„Oh ja, damit helfen sie uns sicher weiter", sprach Fred, während Johnny immer noch an der geöffneten Tür stand, und wartete. Er beobachtete wie Fred zu schreiben begann. Viel schien es aber nicht gewesen zu sein, was die Frau aus

der Personalabteilung zu erzählen hatte. „Ja, dann bedanke ich mich bei ihnen, Frau Fischer." Er legte auf.
Fred erhob sich, und folgte nun Johnny auf den Flur. „Nur Daten von Jürgen Neubauer", sagte er zu seinem Kollegen.

Johnny hatte sich entschlossen, sein Frühstück mit nach Dreizwölf zu nehmen. Der Kaffee in der Kantine war nicht sein Fall. So saß er auf seinem Drehstuhl, und vor ihm stand der Teller mit den Mettbrötchen. Salz, Pfeffer und Zwiebelringe rundeten das Ruhrpott Sushi ab. Fred dagegen bevorzugte Wurst und Käse als Brötchenbelag. Dazu gab es den guten, selbstgebrühten Kaffee, der den aus der Kantine um weiten schlug. „Also, der Jürgen Neubauer war dreißig Jahre alt, und er war verheiratet. Mit einer Elisabeth Neubauer, geborene Kuzcmierz, achtundzwanzig Jahre. Sie haben eine dreijährige Tochter. Adresse ist Theodor-Otte-Straße achtundsiebzig." Johnny nickte kauend, und presste ein „is in Sutum" durch die Zähne.
„Irgendwie kommt mir der Name Neubauer bekannt vor." Fred legte sein Brötchen auf den Teller zurück, erhob sich, und ging zum Aktenschrank. „Mensch, da war doch was mit einer Neubauer. Ist doch noch gar nicht so lange her." Er zog den Schrank auf, und durchsuchte die Akten. „Da haben wir sie doch. Elisabeth Neubauer." Fred nahm die Akte heraus und setzte sich wieder an den Schreibtisch. Er schlug den blauen Ordner auf, und las. „Hier, da war ein Vorfall von häuslicher Gewalt am fünfundzwanzigsten Februar. Frau Neubauer hat ihren betrunkenen Mann mit dem Messer angegriffen." Johnny nickte. „Ja, sicher. Datt war so ne klenne. Ziemlich gutaussehend", erinnerte er sich an die Frau. „Und der ihr Mann liecht jetz tot inner Kohlenlore? Datt is ja schon seltsam."
„Also die Adresse ist jedenfalls identisch. Es scheint, als knistert es schon länger bei den Neubauers", stellte Fred

fest. „Meinste die Lisi hat watt mit dem Mord zu tun?",
fragte Johnny, und Fred zuckte mit den Schultern. „Das
sollten wir sie mal fragen."

Johnny erhob sich. „Dann hat se abba nen Helfer,
schließlich kannse nich "Unter Tage". Jetzt wolln wa ihr ma
nen Besuch abstatten." Er öffnete die Schublade seines
Schreibtisches, und nahm den Holster mit seiner Bessie
heraus.

Die Freundschaft zu Polizeirat Kaltenberg hatte ihm die
Genehmigung eingebracht, die 38er Smith & Wesson, statt
der neuen Sig Sauer P6 zu nutzen. Er schob den Clip des
Holsters an den Gürtel, ging zum Haken, und nahm seine
braune Lederjacke. Fred Rudnick folgte ihm.

*

Der weinrote BMW 2002tii fuhr über die Kurt-Schumacher-
Straße Richtung Gelsenkirchen, von der er dann abbog auf
die Theodor-Otte-Straße, die ihn direkt in und durch den
Stadtteil Sutum führte. Das Haus mit der Nummer
achtundsiebzig war ein vierstöckiges Haus, und es war das
letzte einer Häuserreihe vor einer Kirche. Johnny fuhr auf
den Parkstreifen auf der gegenüberliegenden Seite. Er zeigte
zu dem Haus. „Da is achtundsiebzich!" Die beiden Männer
stiegen aus, und überquerten die Straße. Da keine
Eingangstür zu sehen war, begaben sie sich auf den Hof des
Hauses. Mehrere alte Garagen standen hier. Hier befand
sich auch ein schmaler Treppenfluranbau, den sie fünf
Treppen hoch zur Haustür gingen. Johnny besah sich die
Namenschilder, und drückte eine der Klingeln. Er stemmte
sich gegen die grüne Haustür mit dem kleinen Fenster, und
fiel fast in den Hausflur. „Hoppla", entfuhr es Fred. Johnny
sah ihn streng an, ging aber wortlos die Treppen hoch. Sie

mussten bis in den dritten Stock, wo bereits die kleine, blonde Frau Neubauer aus der Wohnung trat. „Wer ist da?" Die beiden Männer traten die Treppe hoch, und Frau Neubauer erkannte Johnny sofort. „Sie kenn ich doch. Sie sind doch vonne Polizei."

„Richtich, Frau Neubauer. Wir hatten bereits miteinander zu tun. Ich bin Hauptkommissar Thom!" Johnny trat vor die blonde Frau, die ihm gerade bis zur Brust reichte. „Watt wollnse denn schon widda?"

„Ich glaub, datt besprechen wa lieba drin." Sie trat zur Seite, und ließ die beiden Männer herein. Da kam ein kleines Mädchen angelaufen, und zeigte Johnny ihre Puppe. Ein ziemlich heruntergespieltes, glatzköpfiges, mit Filzstift bemaltes Püppchen. „Na, watt hass du denn da? Is datt dein Baby?"

„Reginchen, lass ma den Onkel in Ruhe. Der will nich mit dir spielen." Frau Neubauer zog das Kind zurück und schob sie Richtung Kinderzimmer. Doch Johnny trat an die Seite des Kindes. „Nö, lassense die Klenne ma", dann sah er Fred an. „Freddy, machsse ma."

Während sich Johnny nun um das Kind kümmerte, wurde Fred dienstlich. „Frau Neubauer, wir haben die unschöne Aufgabe ihnen mitzuteilen, dass ihr Mann Jürgen Neubauer heute Nacht tot aufgefunden wurde." Da schüttelte die kleine, blonde Frau mit dem Kopf. „Oh, nein, das ist nicht möglich. Der ist doch noch auf der Arbeit!"

„Aber Frau Neubauer, ihr Mann hätte doch schon längst Feierabend", sagte Fred, und versuchte ruhig zu bleiben. „Es ist nicht leicht zu begreifen, aber ihr Mann lebt nicht mehr." Da sah die Frau den Kommissar mit durchdringendem Blick an, doch sie zeigte keine Trauer. Keine Träne verließ ihre Augen. Und dies fiel Fred natürlich auf. „Sagen sie mal, Frau Neubauer, bevor ihr Mann zur Arbeit gegangen ist, hatten sie da Streit?"

„Streit? Wie kommense denn da drauf?"

Mit einer Unschuldsmiene sah sie Fred an, als könne sie kein Wässerchen trüben. „Ich muss sie doch nicht daran erinnern, dass sie ihren Mann im Februar mit einem Messer angegriffen haben", hielt Fred Rudnick der Blondine unter die Nase. „Da machen wir uns schon unsere Gedanken, was geschehen sein könnte."

Da kam Johnny aus dem Kinderzimmer, und die kleine Regine folgte ihm. Er sah Fred an, und dieser nickte zum Zeichen, dass Frau Neubauer Bescheid wusste.

„Woran isser den gestorben, der Jürgen?", fragte plötzlich Frau Neubauer. „Na ja, datt wissen wa ers, wenn der Obduktionsbericht kommt", mischte sich Johnny ein. „Wir müssen se bitten, für uns erreichba zu bleiben. Datt verstehn se doch. Und wegen der Freigabe von ihrem Mann, da werden wa uns melden." Die beiden Beamten verabschiedeten sich, und verließen die Wohnung. Frau Neubauer schloss hinter ihnen die Wohnungstür.

Die Kommissare gingen die Treppe hinunter, doch im zweiten Stock, hielt Johnny seinen Kollegen an der Jacke fest. Er zeigte zu einer der zwei Wohnungstüren auf dieser Etage. Fred verstand sofort, und drückte den Klingelknopf. Johnny sah an Fred vorbei, und las den Namen Schuster. Nach einem Moment des Wartens, wurde die Tür geöffnet. Johnny hielt seinen Dienstausweis in die Höhe, und sprach mit gedämpfter Stimme. „Guten Tag, wir sind vonner Kripo in Buer. Können wa se kurz sprechen?" Der junge Mann sah etwas erstaunt, bat die beiden Beamten aber herein. Er führte die beiden Männer in das Wohnzimmer, wo eine junge Frau saß. „Meine Verlobte", sagte er, und zu der Frau gewandt: „Die Herrn sind vonne Polizei."

Fred sah die junge Frau an. „Wohnen sie auch hier?" Die Frau nickte. „Mein Name ist Nicole Bremer, und ich bin seine fast Ehefrau."

„Ja, schön", unterbrach Herr Schuster. „Wollen se uns nich ma sagen worum et geht."

„Oh ja, Entschuldigung. Wir hätten da ein paar Fragen zu ihren Nachbarn den Neubauers", erklärte der Hauptkommissar mit den braunen Cowboystiefeln. Da winkte Herr Schuster ab. „Oh Mann, hörnse bloß mit denen auf. Er is ja in Ordnung, abba sie!"

„Das heißt?", fragte Fred. „Der Jürgen hat ganz schön watt zu ertragen mit seiner Lisi. Die is ein ziemliches Ekel!"

Frau Bremer stimmte ihrem Verlobten sofort zu. „Mit der ist nicht auszukommen. Da ist ziemlich oft Remidemi in der Bude. Mir tut nur das Kind leid."

„Warum datt?", fragte der Beamte. Sie sah Johnny verwundert an. „Die tut sich gerne mal was Gutes an. Beim Jürgen und der kleinen Regine ist ihr Kaufzwang weniger ausgeprägt." Der junge Mann stimmte zu. „Zoff gibet bei denen öfter mal. Da fliegt schon ma ein Teller, oder ein Messer kommt da zum Einsatz. Die is zwar klein, aber nich süß, die is ein richtiger Drache!"

„Wie war das denn so in letzter Zeit?", fragte Fred, und sah die Frau an. „Hatte die Frau Neubauer vielleicht Herrenbesuch, wenn ihr Mann auf der Arbeit war?" Nun war es Johnny der aufhorchte. In diese Richtung hatte er noch nicht gedacht.

Die junge Frau brauchte gar nicht zu überlegen, und nickte sofort. „So ist es! Da hat sie die kleine Regine immer zu ihrer Mutter abgeschoben. Die kam dann morgens das Kind abholen. Da war allen im Haus klar, der Jürgen hat Mittagschicht." Herr Schuster nickte zustimmend. „Et kamen immer verschiedene Männer. Zu Anfang!" Johnny horchte auf. „Wollnse damit sagen…?"

„…datt die ne Hure is? Ja, datt will ich damit sagen", bestätigte Herr Schuster. „Datt hat abba nachgelassen. Plötzlich kam nur noch ein Typ, abba der kam regelmäßig."

„Genau", fügte Frau Bremer hinzu, „er kommt immer, wenn der Jürgen auf Schicht ist."

„Wenn ich ma fragen darf, watt soll eigentlich die ganze Fragerei?", wollte nun Herr Schuster wissen. Johnny sah ihn mit starrem Blick an. „Datt kann ich ihnen leider nich sagen. Laufende Ermittlungen, sie verstehen."

„Wie sah denn der Mann aus?", fragte nun Kommissar Rudnick. Herr Schuster schwieg ein wenig beleidigt. Aber Frau Bremer gab Antwort. „Der war blond, und hatte so eine moderne Frisur."

„Was heißt das?" Fred sah sie fragend an. „Naja, im Nacken lang, und oben eher kurz." Sie nahm eine Fernsehzeitung von der Ablage unter dem Wohnzimmertisch heraus, und zeigte auf einen Schauspieler auf dem Deckblatt. Dieser hatte eine Vokuhila-Frisur und gefärbte Strähnchen. „So ungefähr, wie der hier." Sie hob die Zeitschrift hoch. Fred nickte. „Und wie groß war er?"

„Nicht so groß wie Jürgen! Ich schätze ihn mal so auf die Größe von Ralf." Sie zeigte auf ihren Verlobten.

Johnny hatte natürlich bemerkt, dass Herr Schuster nun nicht mehr kooperativ war, und so beendete er die Befragung. Er legte Fred seine Hand auf die Schulter, und dieser verstand. Er steckte seinen Schreibblock und den Stift in die Innentasche seiner Jacke, und bedankte sich. Die beiden Beamten verabschiedeten sich, und verließen die Wohnung.

*

Auch die Nachbarn auf der anderen Seite des Stockwerks hatten sie befragt, und bekamen die Aussagen von Frau Bremer und Herrn Schuster bestätigt. Auch diese äußersten den Verdacht, dass sich Lisi Neubauer ihre Kaufsucht mit Prostitution finanzierte.

„Also, so wie es aussieht, hat Frau Neubauer ihr Gewerbe eingestellt, und sich dafür einen finanzstarken Liebhaber zugelegt", vermutete Fred, nachdem er an seinem Schreibtisch Platz genommen hatte.

Johnny hängte seine Jacke an den Haken, nahm seine Bessie vom Gürtel, und legte die Waffe in die oberste der vier Schreibtischschubladen. Dann nahm er die Glaskanne um frischen Kaffee aufzusetzen. Da klopfte es kurz, und die Tür wurde geöffnet. Friedrich Kaltenberg trat ein, sah auf Johnny, der gerade das Wasser in die Maschine kippte. „Da komm ich ja gerade richtig." Er setzte sich auf den Stuhl neben dem Schreibtisch, und sah die beiden Beamten an. „Ich hörte, ihr hattet einen Nachteinsatz?"

„Sehr merkwürdige Geschichte", antwortete Fred Rudnick. Johnny drückte den Knopf der Maschine, und setzte sich. „So isset!", bestätigte er Freds Worte. „In einer Kohlenlore auf Zeche Consolidation lag ein toter Bergmann, mit einer Stichwunde im Nacken!"

„Da ist die Zahl der Verdächtigen ja wohl ziemlich überschaubar", vermutete Friedrich Kaltenberg, und Johnny zuckte mit der Schulter. „Naja, so einfach wird datt wohl nich. Der Tote is nämlich kein Unbekannter."

„Wie das denn?" Der Polizeichef war ein wenig verwirrt. Nun ergriff Fred das Wort. „Herr Neubauer, das Opfer, wurde bereits im Februar von seiner Frau mit einem Messer angegriffen."

„Ach, das ist ja interessant", bemerkte Friedrich. „Da sollte man die Dame mal richtig unter die Lupe nehmen." Fred nickte zustimmend, wohl weil er sich einschmeicheln wollte, denn sein Respekt für den Polizeichef war riesig. Anders Johnny, der Friedrich eher als Freund sah. „Sach ma, denkste ich bin blöd?" ranzte er den Chef an, nahm die Kanne von der Maschine und machte ihm eine Kaffeetasse fertig. Diese reichte er seinem Mentor. „Mensch Fritz, ich mach datt auch nich erst seit gestern." Johnny setzte sich mit seiner eigenen Tasse wieder an den Schreibtisch, und Fred sah ihn bewundernd an. So wie Johnny wagte keiner mit dem Polizeichef zu reden. „Wir wissen schon einiges über die Frau. So wie et aussieht, war die Ehe nur noch Show." Friedrich sah Johnny fragend an.

„Ja, ich weiß nich warum die sich nicht scheiden ließen. Die hat ihren Mann jedenfalls nach Strich und Faden verarscht. Angefangen hat datt wohl mit ihrer Kaufsucht, und da hat datt Wirtschaftsgeld wohl nich für ausgereicht. Et sieht aus, als hätte die sich nebenbei watt als Hausfrau-Prostituierte verdient, um die Sucht zu finanzieren."

„Na, da haben wir ja schon jemanden, an dem wir das Brecheisen ansetzen können", grinste Friedrich seinen langhaarigen Schützling an. Und dieser grinste zufrieden zurück. Er nahm seine Tasse um zu trinken, und berichtete weiter: „Datt hat se wohl inzwischen aufgegeben, und sich nen reichen Liebhaber angeschafft." Da zog Friedrich seine Augenbrauen hoch. Und dann sagte der Mann mit der Hornbrille, was die beiden Kommissare natürlich schon wussten. „Der Mörder muss mit dem Opfer auf einer Schicht gewesen sein. Aber was war sein Motiv?"

„Das werden wir herausfinden, Chef!" Fred erhob sich, um sich ebenfalls eine Tasse Kaffee zu holen. „Und wir werden herausfinden, ob Frau Neubauer an diesem Mord beteiligt war." Friedrich sah den Niedersachsen an. „Genau dies ist ihre Aufgabe, Herr Rudnick." Fred nickte, und nahm wieder Platz.

„Für den ersten Tach, hammwa schon einiget in Erfahrung gebracht", zeigte sich Johnny doch recht zuversichtlich.

„Und morgen fangen wir mit den Befragungen der Bergleute an."

„Wie morgen?" Friedrich war doch erstaunt. „Aber ihr wart doch am Tatort, warum wurde da niemand befragt?"

Johnny schüttelte den Kopf. „Den Versuch hamm wa gleich wieder beerdicht. Weißte wie laut datt da unten is? Da befrachste keinen ma eben schnell. Die hohln wa uns alle hierher ins Präsidium." Nun verstand Friedrich das Vorgehen seiner Beamten. Der Polizeichef trank in aller Ruhe seinen Kaffee, und verzog sich dann wieder in sein eigenes Büro. Die beiden Kommissare beschlossen für heute Schluss zu machen. Schließlich hatten sie ja eine halbe Nachtschicht hinter sich. Und während Johnny nach Erle fuhr, und mit Carmen einen schönen Abend verbrachte, war für Fred der Stress noch nicht beendet.

Der Niedersachse fuhr in Richtung des Stadtteils Hassel, wo er inzwischen eine Zweizimmerwohnung bewohnte. Es war der Balkon, der ihn zu einem Umzug nach Hassel angeregt hatte. Irgendwie war Fred in Gedanken, denn der Fall beschäftigte ihn immer noch. So sah er die Ampel auf Rot springen, und trat auf die Bremse. Aus voller Fahrt wurde der hellblaue Opel abrupt langsamer. Der kräftige Schlag von hinten, ließ den Wagen noch einmal nach vorne schießen.

Einige Sekunden brauchte Fred schon, um zu begreifen, was geschehen war. Er sah sich um! Der Opel stand mitten auf einer Kreuzung, und der Blick in den Rückspiegel zeigte ihm, dass ein Auto direkt hinter ihm stand. Fred öffnete den Gurt. Bewegte den Kopf nach rechts und links, und prüfte seinen Körper auf Schmerzen. Es schien alles in Ordnung zu sein. Er öffnete die Tür und stieg aus. Sofort begab er sich zu dem Fahrzeug, dass an seinem Heck klebte. Er öffnete die Fahrertür, und sprach die junge Frau an, die hinter dem Steuer saß, und durch die Windschutzscheibe starrte. Von ihrer Stirn tropfte etwas Blut. „Haben sie Schmerzen? Wie geht es ihnen?", fragte Fred und konnte seine Nervosität kaum bändigen. „Ich… ich weiß nicht. Ich glaube nicht." Die Frau sah Fred an, und schüttelte den Kopf. Und beim

Anblick der jungen Frau erstarrte sein Blick. Es schien, als würde sich sein Herz verkrampfen. „Ich habe die Polizei benachrichtigt!" Diese Worte weckten Fred aus seiner Starre. Er wandte sich um, und sah in das Gesicht eines älteren Mannes. „Äh… was?"

„Ich habe die Polizei gerufen", wiederholte der Mann. „Die ist schon da", erwiderte Fred. „Ich bin die Polizei!"

Er widmete sich wieder der Frau in dem gelben VW Passat, der aus seinem verbeulten Motorraum qualmte. Und so begriff Fred sofort, dass er besser handeln sollte. Er beugte sich in das Auto, über die junge Frau, öffnete den Gurt, und versuchte die Frau aus dem Wagen zu heben. Und dann hörte er schon das Martinshorn in der Ferne. Vorsichtig hob er die junge Frau aus dem Wagen, und half ihr an den Straßenrand. Gemeinsam ließen sie sich nieder, und warteten auf die Kollegen. Die Straßenkreuzung füllte sich mit Schaulustigen, sowie hupenden Autos. Und dann kam der Einsatzwagen, gefolgt von einem Krankenwagen. Während einer der uniformierten Kollegen den Unfallort absicherte, kam der andere auf Fred und die junge Frau zu, die auf dem Bordstein saßen. Und er erkannte den Kommissar sofort. „Mensch, Kollege Rudnick, wie is datt denn passiert?"

„Es war meine Schuld", bekannte Fred sofort. „Doch das sah der Wachtmeister anders. „Na, datt wird sich noch zeigen. Momentan sieht et noch anders aus!" Und dann hielt der Rettungswagen, und die Sanitäter kamen schwer bepackt heran. Sie begannen die beiden Unfallbeteiligten zu untersuchen. „Ich würde vorschlagen, sie ins Bergmannsheil zu bringen. Man sollte sie schon richtig untersuchen", schlug der eine Sanitäter vor. „Aber mein Auto", klagte die junge Frau mit Tränen in den Augen. „Mit dem fahrn sie heute nich mehr nachhause, junge Frau." Der Sanitäter schüttelte seinen Kopf, und half ihr auf die Beine. Auch

Fred erhob sich, und folgte in den Rettungswagen. Sie stiegen ein, und nahmen Platz. „Ich bin Fred Rudnick", stellte sich Fred vor. Die Frau sah ihn streng an. „Jutta Bernbaum", nannte sie brummig ihren Namen.

*

Dienstagmorgen kamen abwechselnd die Bergleute auf das Polizeirevier in Buer. Die ersten waren der Steiger Röber, und ein Hauer von der Schicht. Roland Bogner war der Name des Mannes, der sich angeregt mit dem Steiger im Flur vor Dreizwölf unterhielt.
Johnny saß in seinem Büro. Allein!
Fred war nicht erschienen, was den Hauptkommissar ziemlich wunderte. Er war eigentlich sehr diszipliniert, und meldete sich stets ab. Doch heute dauerte es ziemlich lange, bis Fred anrief. Johnny nahm den grauen Hörer ab, und meldete sich mit Dienstgrad und Namen. „Hallo, hier ist Freddy", sagte der Anrufer. „Johnny, ich bin im Krankenhaus. Hatte gestern einen Autounfall. Mir geht es gut, aber ich soll zwei Tage zur Beobachtung hier im Krankenhaus bleiben."
„Oh Mann, watt machste denn für Sachen. Wie geht es dem Unfallgegner?"
„Ihr geht es gut, aber beide Autos sind ziemlich kaputt", erzählte der Kommissar. „Wer war denn schuld?", wollte Johnny wissen. „Sie ist mir draufgefahren, aber ich habe eine Vollbremsung hingelegt. Also bin wohl ich schuld an dem Unfall."
„Naja, datt wird sich ja klären lassen. Dann erhol dich ma von dem Schreck. Muss ich halt ma ohne dich kla kommen. Und ärger die Schwestern nich." Johnny legte auf, erhob sich, und holte den ersten Bergmann ins Büro. Johnny nahm den alten Kassettenrekorder aus der Schublade, und machte

diesen fertig für die Aufnahme. „Ja, dann nehmen se ma Platz.“

Der Steiger nickte, und setzte sich auf den Stuhl, und Johnny stellte den Rekorder auf Aufnahme. „Reinhard Röber“, nannte der Mann seinen Namen, sein Geburtsdatum und die Adresse, an der er wohnte. Und dann erzählte der Steiger erst einmal was geschehen war, obwohl Johnny das ja eigentlich schon wusste. „Hatte Jürgen Neubauer mit jemand vonner Schicht Probleme?“ Der Steiger verzog sein Gesicht. „Nö, nich datt ich wüsste. Auf meiner Schicht gibet keinen Ärger. Unter Tage sind wa alle Kumpel!“

Doch dies wollte Johnny so nicht stehen lassen. „Werter Herr Röber, wir hamm da grade einen Toten raufgeholt, und sie wollen mir erzählen datt sind allet Kumpel?“ Da sah der Steiger doch ein bisschen bedröppelt drein.

„Also, gab et Streit zwischen Neubauer und irgendjemand?“ Da wurde Röber etwas nervös, und gab dann zu: „Naja, in letzter Zeit gab et schon ein bissken Zoff im Streb.“

Da wurde Johnny streng. „Nu lassense sich doch nich allet außer Nase ziehen!“

„Et wa der Zorro“, platzte es aus dem Steiger heraus. „Abba die hamm immer versucht ihre Streitereien vor mir geheim zu halten. Ging natürlich nicht immer.“

„Also, sie wissen nich warum die gestritten hamm?“, fragte Johnny, und der Steiger schüttelte den Kopf. „Da erfahrn se wohl eher watt von den andern Männern.“

Johnny war klar geworden, dass hier nichts zu erfahren war. Der nächste zur Befragung war ein Hauer, der sich als Roland Bogner vorstellte. Auch er nannte alle persönlichen Angaben zu seiner Person. Und auch ihn fragte der Hauptkommissar nach dem Verhältnis des Opfers zu seinen Arbeitskollegen aus. „Es gab Spannungen zwischen dem Schichtführer und Jürgen Neubauer?“

„Der Jürgen und der Zorro konnten sich nich mehr riechen. Seit einem halben Jahr ungefähr, hamm die sich immer wieder anne Köppe gekricht."

„Und is da ein Grund bekannt?", fragte Johnny. Der blonde Bergmann zögerte, aber sprach dann doch. „Der Zorro soll angeblich öfter den Jürgen seine Frau besucht haben, wenn se verstehn."

„Abba die sind doch auffer gleichen Schicht. Wie soll datt denn gegangen sein?" Für Johnny schien dies eher an den Haaren herbeizogen zu sein. Typischer Klatsch auf der Arbeit. Obwohl Lisi Neubauer ja ihrem Gewerbe zu Hause nachging, wie die Beamten bereits wussten.

„Der Frank, also der Zorro, hatte sich datt Handgelenk gebrochen und wa krankgeschrieben. Soviel ich weiß, wohnen die auf derselben Straße in Sutum. Datt hat der Zorro wohl ausgenutzt. Der wusste ja, wann der Jürgen auffer Schicht wa."

„Und der Neubauer hat davon erfahrn?", fragte Johnny, und der Bogner nickte. „Ja, der Zorro, der Idiot, konnte sein Maul nich halten, und hat damit angegeben. Zuerst bei den andern Kumpels, und später dann hatter den Jürgen damit aufgezogen." Johnny ahnte was kommen würde. „Und der hatt ihm eine reingehaun?" Roland Bogner nickte. „Jau, inner Weißkaue. Der Zorro hatt rumposaunt, datt den Jürgen seine Frau ne Nutte is, und er die regelmäßig, gegen kleinet Geld vögeln würde."

„Und da hatter zugeschlagen, der Jürgen", stellte Johnny fest. Roland Bogner schüttelte den Kopf. „Nö, nich sofort. Er hatt versucht datt zu ignorieren. Der Jürgen wa ein ruhiger."

„Und wie kam es dann dazu?" Johnny hätte jedes Verständnis für Jürgen Neubauer aufgebracht, wenn nicht er, sondern Zorro in der Lore gelegen hätte.

„Der Zorro kann ein richtiger Arsch sein. Er hat dem Jürgen unterstellt der Zuhälter seiner Lisi zu sein. Naja, da hat ihm der Jürgen eine reingehauen. Weil der davon ga nix wusste, oder datt nich wahrhaben wollte."

„Und datt wa allet?" Johnny war irgendwie enttäuscht. Er hatte eigentlich mit mehr gerechnet. Aber zumindest hatte er nun einen Hauptverdächtigen. „Wo warn sie eigentlich am Montach, als der Jürgen in der Lore lag?"

„Ich wa mit dem Hammer im Streb vor Kohle", antwortete der Bogner. „Und der Neubauer war anner Schippe. Heißt, der musste die Kohle auf datt Band schaufeln."

Erstaunt sah ihn Johnny an. „Abba datt is doch ein Job für Lehrlinge, und Helfer." Wieder nickte Roland Bogner. „Richtich, abba der Zorro is nu ma Schichtführer. Und seit dem Vorfall inner Weißkaue durfte Jürgen nur noch Drecksjobs machen."

Der Bergmann Bogner hatte dem Hauptkommissar Johnny Thom ziemlich weitergeholfen. Nachdem der Zeuge gegangen war, setzte sich Johnny an die Schreibmaschine, und begann die Aussagen zu tippen. Es würde sicher zwei Stunden dauern, bis die nächsten Bergleute zur Vernehmung eintreffen würden.

*

III. GERÜCHTE UND WAHRHEIT

Johnny hatte gut geschätzt, denn es war schon fast halb zwölf als es an der Tür klopfte. Die beiden Berichte lagen in dem blauen Pappordner, und Johnny saß wieder an seinem Schreibtisch. Aus dem Radio tönte "The Riddle" von Nik Kershaw, und der Hauptkommissar musste erst einmal leiser drehen. Doch noch ehe er etwas sagen konnte, wurde die Tür geöffnet. Ein schwarzgelockter Kopf wurde hinein gestreckt. „Äh… ja, wir wärn dann jetz da." Es war Frank Zorrlak, der sich gleich mal bei Johnny unbeliebt machte. „Warten se ma noch nen Moment. Ich hol se dann rein, wenn ich soweit bin." Der Kommissar nahm sich noch einen Kaffee, zog dann den Teleskoparm zu sich, und griff nach dem Hörer. Dann wählte er eine Nummer und wartete. „Hallo Carmen, ich wollte ma fragen, ob du heute Abend rüberkommst?" „Du, ich bin gerade in einem Verkaufsgespräch", sagte sie etwas genervt. „Aber ja, ich komm so gegen acht Uhr." „Ich freu mich", antwortete Johnny und hängte ein. Jetzt stand er auf, ging zur Tür, und öffnete diese. Er trat in den kühlen Flur hinaus. Sofort erhob sich Zorro, doch Johnny bremste ihn ein. „Nene, wartense ma. Erst der Luckie!" Johnny erinnerte sich natürlich an den Namen des Kumpels der am Schacht den Toten gefunden hatte. „Dann komm ma rein!" Luckie stand auf, sah seinen Schichtführer Zorro entschuldigend an, und folgte dem Hauptkommissar in das Büro.
„So ohne Kohlenstaub im Gesicht, hätte ich dich fast nich erkannt, Luckie", scherzte der Beamte, und hatte kein Problem damit, etwas kumpelhafter mit dem Zeugen umzugehen. „Kaffee?"

Luckie nickte, denn es gefiel ihm irgendwie, dass der Polizist ihn dem Schichtführer vorzog. Doch Johnny hatte natürlich seine Gründe dafür. Er füllte eine Tasse mit der duftenden Brühe und stellte diese vor den Bergmann.

„Milch und Zucker?"

„Nur Milch, bitte."

Johnny drehte das Radio ab, und rückte das kleine Mikrofon zurecht. „Gut, dann fangen wa ma an. Name?"

„Alexander Lukaschewski", antwortete Luckie, und hängte auch gleich sein Geburtsdatum, den Ort seiner Geburt, und seine Adresse hinten dran. „Ok, dann erzählen sie mal den Hergang des Montachmorgens." Für das Protokoll zog es Johnny vor den Bergmann wieder zu siezen. Und Luckie erzählte was am Montag in der Nacht am Schacht geschehen war. „Herr, Lukaschewski, sind se eigentlich immer am Schacht, oder wechselt datt?", fragte nun Johnny. Der Bergmann schüttelte seinen Kopf. „Nene, datt wechselt. Ich bin auch im Streb."

„Et gab Auseinandersetzungen zwischen dem Opfer Herr Neubauer und dem Schichtführer Zorrlak. Watt können se dazu sagen?" Luckie schien, im Gegensatz zu Kumpel Bogner, keine Skrupel zu haben seinen Schichtführer zu belasten, denn er zögerte nicht und berichtete. „Ja, datt hat ganz schön geknallt zwischen denen. Der Zorro hat dem Jürgen seine Alte geknallt. Und er hat rumerzählt, datt die als Nutte arbeitet. Aber der Jürgen hat sich am Anfang nicht provozieren lassen."

„Am Anfang, watt heißt datt?", wollte Johnny nun wissen, obwohl er die Geschichte ja schon kannte.

„Naja, erst als der Zorro behauptet hat, der Jürgen wäre ihr Zuhälter, da isser ausgerastet, und hat dem Zorro eine reingehauen." Luckie nahm seine Tasse und trank. „Aber datt is noch nich allet!"

Da horchte Johnny auf. „So, watt wa da noch."

„Die hamm beide einen Anschiss vom Steiger gekricht, und wenn datt nochma vorkommen würde, gäbet die Abkehr. Also, dann würden se fliegen!"

„Und dann wa Ruhe?" Johnny kannte ja das Ende des Dramas, und war sich sicher, dass Luckie mehr wusste. Da lachte der Bergmann auch kurz auf. „Mann, wo denksse hin? Nö, da hat der Zorro überlecht, wie er dem Jürgen eine reinwürgen kann."

„Und ich vermute ma, ihm is watt eingefallen."

„Ja, sicher is dem watt eingefallen", nahm Luckie kein Blatt vor den Mund. „Mir hatter datt ja nich persönlich gesacht. Abba et hat sich natürlich schnell rumgesprochen. Er hat behauptet, er würde datt ma übernehmen, mit den Freiern für den Neubauer seine Lisi. Er würde die jetzt managen."

„Datt heißt, der da draußen spielt den Zuhälter für die Frau Neubauer?", fragte Johnny ziemlich verblüfft, und Luckie nickte zustimmend. „Ja, und datt wohl ziemlich fleißich. Der hat nämlich auffem ganzen Pütt die Kerle gefracht, ob se nich ma Bock auf ne Nummer mit ner kleinen Blondine hamm."

Johnny zog die Augenbrauen hoch. „Wissense auch wie er datt geschafft hat?"

Luckie nickte. „Der hat sich erst anne Lisi rangeschmissen. Und dem Ahmed hatter ma erzählt, er würde ihr nur ab und an ma eine reinhauen. Bei Lisi hätte et wohl gereicht, ihr zu drohen, datt Reginchen nache Türken zu verkaufen."

„Und der Jürgen, watt hat der dazu gesacht?" Johnny traute seinen Ohren kaum. So eine dreiste Geschichte, hatte er noch nie gehört. Der Hauptkommissar musste sich tatsächlich eingestehen, dass ihm Jürgen Neubauer leidtat. Diesem, eigentlich ruhigem Mann, hatte man richtig böse mitgespielt!

„Soweit ich weiß, hat der nix mitgekricht. Nur die Gerüchte, und die wollter wohl nich glauben."

„Und der Zorro hat immer mehr Kumpel zu der Lisi Neubauer geschickt?" Johnny bekam langsam richtige Wut auf diesen Zorro. Luckie entfuhr ein gequältes Lachen. „Der hat datt geschafft, datt der halbe Pütt die Lisi gevögelt hat, und irgendwie hamm die datt mit den Terminen immer so hingekricht, datt der Jürgen nix gemerkt hat. Kla, gab et Gerüchte, und irgendwann hatter sich ma bei mir beschwert, datter immer so blöd angestarrt wir. Wir ham versucht et ihm schonend beizubringen, Der Ahmed und ich, abba der Jürgen wollte et einfach nich wahrhaben. Dann, vor einem Monat war wohl Schluss damit", erzählte der Kumpel weiter.

„Watt soll datt heißen, Luckie?"

„Der Puff war dicht! Einige der jüngeren Kumpel, sind den Zorro soga angegangen, weil da bei der Lisi wohl nix mehr lief."

Johnny stellte seine Tasse ab, aus der er getrunken hatte. „Wann wa datt?"

„Ja, datt wa so vor einem Monat", antwortete Luckie, und griff nun seinerseits nach der Tasse. Er trank und stellte die Tasse ab. Er zeigte mit dem Daumen über seine Schulter. „Wenne glaubs, der da draußen hätte seinen Nebenjob an den Nagel gehängt, dann bisse auffm Holzwech."

„Datt heißt?", wollte Johnny wissen, wurde aber enttäuscht.

„Ja, datt weiß ich nich. Tut mir echt leid", entschuldigte sich der Bergmann. „Ich hab keine Ahnung, welche Schweinerei sich Zorro da hat einfallen lassen, abba gut wa datt für den Jürgen bestimmt nich."

Johnny brach die Befragung nun ab. Er hatte Aussagen bestätigt bekommen, und noch einiges Neues erfahren. Der Bergmann trank seinen Kaffee aus, und verabschiedete sich. Als er in den Flur trat, sah ihn der Schichtführer böse an. „Ich hoffe für dich, datt du da drin keinen Scheiß erzählt hass", versuchte er Luckie zu drohen. Da lachte Luckie auf.

„Nö, Zorro, nur die Wahrheit!" Ohne den dunkelhaarigen Mann noch eines Blickes zu würdigen, ging Alexander Lukaschewski zur Glastür, und verschwand.

*

Der Hauptkommissar musste seine Gedanken erstmal ordnen. Er war ziemlich angespannt, und sein Rechtsempfinden war bis jetzt ziemlich strapaziert worden. Er musste sich wirklich zusammenreißen, denn der Mann, der vor der Tür auf der Bank saß, war alles andere, als ein guter Kumpel. Johnny nahm den Telefonhörer ab, und wählte die Nummer von Zimmer Dreihundertelf. Andi Grünwald nahm ab. „Andi, kommst du ma rüber. Befragung vom Hauptverdächtigen."
„Sofort", bestätigte Andi, und legte auf. Kurz darauf trat er in Dreizwölf ein, und setzte sich auf Freddys Stuhl. „Dann wolln wa ma sehen, watt bei der Befragung rauskommt."
Johnny erhob sich, öffnete die Tür, und trat auf den Flur. „So, Herr Zorrlak, dann kommense ma rein."
„Datt wird abba auch Zeit", maulte Zorro verärgert, und erhob sich von der Bank. Die beiden Männer traten in den Büroraum, und Johnny bot dem Bergmann einen Stuhl an. Er ging um den Schreibtisch, und setzte sich ebenfalls. Johnny legte eine neue Kassette in den Rekorder, die er zuvor aus der Schublade gekramt hatte. Dann drückte er auf Aufnahme. „So, ersma die Personalien. Name?"
„Frank Zorrlak", antwortete Zorro, und beantwortete auch die folgenden Fragen nach Geburtsdatum und Ort, sowie seiner Adresse. Und dann kam Johnny zur Sache.
„Wo warn se in der Nacht vom siebzehnten auf den achtzehnten Dritten?"

„Datt wissense doch. Da war ich auf Schicht", antwortete der Befragte. „Wo genau?", hakte der Hauptkommissar nach.

„Na, auf dem Pütt. Auf Consol. Unter Tage im Streb!"

„Und sie warn der Schichtführer", stellte Johnny fest, worauf hin Zorro nickte.

„Wo war Jürgen Neubauer?", wollte Johnny nun wissen.

„Äh... keine Ahnung!"

„Sie wissen nich wo der Kollege Neubauer war? Abba sie sind doch der Schichtführer. Sie teilen die Kumpel doch ein, oder?"

„Ja... äh, kla, ich bin ja der Schichtführer", stotterte Zorro etwas verlegen.

„Sie waren vor Kohle im Flöz, und wo war Jürgen Neubauer?" Johnny sah den Mann wieder streng an. „Sie als Rutschenbär müssen ihn doch für eine Arbeit eingeteilt hamm."

„Der hat Hunde befüllt", sagte Zorro zögerlich.

„Also, bisskten kenn ich mich aufm Pütt aus, weil mein Vadder Bergmann wa. Der Neubauer war doch gelernter Hauer! Den Job, die Förderwagen zu befüllen, machen abba meist die Lehrhauer. Oder irre ich da? Sie konnten Jürgen Neubauer nicht leiden, stimmt's?" Zorro sagte nichts. Musste er auch nicht, denn Johnny wusste wo der Hase langlief. Der Beamte erhob sich, und trat zu der Kaffeemaschine. Er füllte seine Tasse, sah Andi Grünwald an, und fragte: „Du auch?" Doch der Polizeihauptmeister schüttelte mit dem Kopf. Johnny setzte sich wieder auf seinen Platz, und sah Zorro mit einem Blick an, der diesen durchaus verstehen ließ, was Johnny von ihm hielt. Jetzt sollte es für Zorro doch recht unangenehm werden. „Tja, Herr Zorrlak, ich muss ihnen sagen, datt et für sie ga nich gut aussieht."

„Watt soll datt denn heißen?", fragte der Schichtführer, und machte auf cool. Doch Johnny war sich sicher, dass ihm dies noch vergehen würde. „Lisi Neubauer", sagte Johnny knapp, und sah den Mann streng an, den er für einen Mörder hielt.

„Ja, und?", fragte Frank Zorrlak kühl und überheblich.

„Na, watt fällt ihnen bei dem Namen Lisi Neubauer ein?"

„Nix!"

„So, nix! Herr Zorrlak, datt glaube ich ihnen nich. Dann helfe ich ma bisskken nach", sagte Johnny spitz. „Lisi Neubauer ist die Ehefrau des getöteten Jürgen Neubauer."

„Ach, die Lisi meinen sie", antwortete Zorro mit einer Seelenruhe, die ihm noch vergehen sollte.

„Ja, genau die meine ich", sagte Johnny ebenso kühl. „Und jetz stellen se sich ma vor, watt wir so allet erfahren haben. Da hamm doch einige Zeugen ausgesacht, datt die Lisi sich ihr Haushaltsgeld mit sexuellen Diensten aufgestockt hat." Der Hauptkommissar nahm seine Tasse und trank einen Schluck Kaffee. „Kalt", sagte er, und stellte die Tasse wieder ab. Zorro grinste schadenfroh, was Johnny aber ignorierte.

„Zuerst hammse den Jürgen Neubauer der Zuhälterei bezichtigt. Doch dann hammse begriffen, datt der Neubauer von der Tätigkeit seiner Gemahlin nix wusste. Und da hammse sich gedacht, so ne kleine Nebeneinkunft wäre doch watt. Irgendwie hammse et tatsächlich geschafft, datt Management von Lisi Neubauer zu übernehmen."

Johnny sah Zorrlak mir kaltem Blick an. „Sagense ma, wie hammse die dazu gebracht, datt se für sie angeschafft hat? Gab et Schläge, oder wie hammse datt gemacht?"

„Datt is doch allet Blödsinn", stritt Zorro die Vorwürfe ab, und wollte sich wütend erheben. „Watt denken se eigentlich von mir?" Andi hatte sich ebenfalls erhoben, und sah Zorro drohend an. Da ließ sich der schwarzhaarige Bergmann wieder auf den Stuhl fallen. „Oh, datt wollen se ga nich wissen, Herr Zorrlak. Naja, uns reichen ersma die Zeugen, um die Geschichte weiter zu verfolgen. Abba et geht hier nich nur um Zuhälterei. Et geht hier um einen Mord, von dem ich glaube, datt sie den begangen hamm. Und zwar weil Herr Neubauer ihnen dahinter gekommen is watt se mit seiner Frau treiben."

„Datt könnense mir nich anhängen, Mann", keifte der Verdächtige, und wurde dann ruhiger. „Datt müssen se mir ersma beweisen!"

„Datt werden wir, Herr Zorrlak, Da machense sich ma keine Gedanken." Johnny nickte ruhig. „Wir wissen, datt se der Lisi immer wieder Kunden geschickt hamm. Abba plötzlich wa Schluss damit. Ich kann mir nur nich vorstellen, datt se die Lisi vom Haken gelassen hamm."

Irgendwie sah Zorro den Beamten ein bisschen blöd an. „Herr Zorrlak, sagense ma, wann is ihnen der Neubauer draufgekommen?", fragte Johnny nun sehr direkt.

„Wie draufgekommen?"

„Verkaufen se mich doch nich für blöd. Der offene Streit zwischen ihnen und Neubauer ist doch wahrscheinlich ausgebrochen, als er spitz gekricht hat, watt da ablief." Nun wurde Johnny sauer. „Nicht nur, datt se die Frau des Kumpels auf den Strich schickten, oder managten, wie sie datt nennen. Jetz demütigten se ihn auch noch Unter Tage."

„Also, datt is doch allet nur ihr Hirngespinst", fuhr Zorro den Beamten verärgert an. „Entweder se können mir watt beweisen, und verhaften mich. Oder unser Gespräch is beendet!" Er stand auf, und verließ wortlos das Büro.

*

Es war so gegen halb sechs, als der weinrote BMW auf den Seitenstreifen gegenüber dem Bergmannsheil anhielt.

207

Johnny hatte Glück mit dem Parkplatz, denn hier war normalerweise immer alles voll. Er drehte den Schlüssel, und der Motor, sowie auch Phil Collins mit seinem Song "Sussudio" verstummten. Die Lichter des Blaupunkt Radios erloschen und Johnny löste den Gurt. Als er ausgestiegen war, sah er die Straße hinunter, denn etwa hundertfünfzig Meter weiter, war die Zufahrt zu der Straße, auf der die Familie Gerhalt wohnte. Anja Gerhalt, die dunkelhaarige Ex-Verlobte von Johnny, die er beinahe geheiratet hätte, wenn diese nicht kurz vorher mit ihrer Jugendliebe Tobias von Drängen nach Kanada abgehauen wäre. Es war schon ein seltsames Gefühl, nach mehr als einem Jahr dem Haus der Gerhalts wieder so nah zu sein. Johnny schüttelte seinen Kopf, und ging über die Straße zum Eingang des Krankenhauses. An der Info erkundigte er sich nach der Nummer des Zimmers in dem Fred lag. „Herr Rudnick liegt auf Dreihundertzwölf", sagte die Dame an der Info. „Ach, wie passend", entfuhr es Johnny. „Wie bitte?", fragte die rundliche Dame nach. „Insider", antwortete Johnny, aber die Dame verstand nicht. Doch Johnny war längst auf dem Weg zum Fahrstuhl. Im dritten Stockwerk suchte er die Station E, wo sich das gesuchte Zimmer befand. Er klopfte an und trat ein. Drei Betten standen in dem Raum. An der Wand hing ein Fernsehgerät, auf dem gerade Marianne und Michael in bayrischen Trachten ein Liedchen zum Besten gaben. Zum Glück war der Ton nur über die Kopfhörer am Bett zu hören. In einem der Betten lag ein grauhaariger Mann, der mindestens schon siebzig Jahre zählte, und sich über besagte Lautsprecher mit dem bayrischen Liedgut berieseln ließ. Die anderen beiden Betten waren zerwühlt, aber leer. Johnny sah den Alten im Bett fragend an. „Wo isn der Herr Rudnick", fragte er, aber der Mann reagierte überhaupt nicht auf ihn. Plötzlich ging die Klotür auf, und ein junger Kerl in kurzer Jogginghose trat heraus. Er sah Johnny überrascht an, und fragte: „Gibtet watt?" Der Hauptkommissar nickte. „Ja kla, ich such den Fred Rudnick."

Da grinste der Typ in dem gelben T-Shirt mit dem Konterfei von Bob Marley darauf. Der junge Mann mit den langen, blonden Dreadlocks, ließ sich in sein Bett fallen. „Der is wohl widda bei seiner Perle!"   cv

„Wie, Perle?" Johnny glaubte nicht richtig verstanden zu haben. „Ja, der Typ mit dem Stock im Arsch hat sich tatsächlich im Krankenhaus eine angelacht", erklärte der junge Kerl grinsend. „Datt hab nich ma ich drauf!"

„Äh… und wo findet man die Dame?"

„Ich glaub die liecht auf sechzehn. Abba such ma lieber inne Cafeteria", schlug der Typ vor, und Johnny stimmte ihm zu, denn Fred war eher der Cafeteria-Typ, anstatt die Dame auf ihrem Zimmer zu überfallen. Johnny tippte sich an die Schläfe, und verließ das Krankenzimmer.

Er fuhr mit dem Fahrstuhl wieder zurück in das Parterre, und ging den Schildern nach, die ihn zur Cafeteria führten. So gut kannte er sich in dem Krankenhaus nämlich nicht aus. Die Cafeteria befand sich hinter großen Glasscheiben, und man sah von außen die Leute an den Tischen sitzen, und sich mit Torte und Kuchen den Bauch vollschlagen. Und hinten, in der Ecke, erkannte Johnny seinen Kollegen Freddy an einem Tisch sitzend. Und dies tat er nicht alleine! Eine junge Frau saß ihm gegenüber, und nippte an einer dieser weißen Kantinentassen. Johnny trat ein, und ging zielstrebig auf die beiden zu. Ohne ein Wort zu verlieren rückte er sich einen Stuhl zurecht und nahm Platz. Erschrocken sah die junge Frau den Mann mit den langen Haaren an. Sie wollte sich gerade über die Frechheit dieses Kerls aufregen, aber Fred kam ihr zuvor. „Aha, der Herr Kollege lässt sich auch mal blicken", sagte er mit beleidigtem Gesicht. „Du kennst den Typ?", entfuhr es der jungen Frau, und Fred stellte seinen Kollegen vor. „Darf ich vorstellen, Johnny Thom. Seines Zeichens Hauptkommissar und mein Vorgesetzter!" Ungläubig sah sie Johnny an. Dieser merkwürdige Typ, mit den langen Haaren, in Jeans und Cowboystiefel, sollte Freds Vorgesetzter sein? Dann wandte sich Fred seinem Boss zu. „Das ist Jutta! Mein Unfallopfer!"

„Na, datt hätte schlimmer kommen können", grinste Johnny. „Ihnen isser also draufgerauscht?" Jutta schüttelte den Kopf. „Ich ihm! Wir haben beschlossen, uns gütlich zu einigen. Fred is ja ein netter Mensch."

Da war es Johnny der zustimmend nickte. „Oh ja, datt isser wohl."

„Und? Wie sieht es mit unserem Fall aus?", änderte Fred Rudnick plötzlich das Thema. Johnny sah ihn an, und kniff die Augen zusammen. „Hm… ich denke, et geht voran!" Die Antwort war sehr zurückhaltend, und sollte Fred daran erinnern, dass Johnny nicht gewillt war, vor Fremden über einen laufenden Fall zu sprechen. Und Fred verstand! Sofort überkam ihn ein ungutes Gefühl, denn daran hätte er denken müssen. Aber Jutta Bernbaum war eine intelligente Frau, und verstand Johnny sofort. Sie nahm ihre Tasse, trank den Rest aus, und erhob sich. „So, Freddy, ich muss mich wieder hinlegen. Sehen wir uns nach dem Abendessen nochma?"

„Aber ja, ich bitte drum", sagte Fred lächelnd, und sah ihr nach, als sie sich vom Tisch entfernte.

„Mann, dich hattet ja ganz schön erwischt", sagte Johnny grinsend. „Da hasse wohl die Richtige von hinten angebumst", konnte sich der grinsende Johnny die Spitze nicht verkneifen. Auf Freddys Fauxpas ging er nicht mehr ein. Allerdings war es Fred, der noch einmal darauf zu sprechen kam. „Entschuldigung! War ziemlich dumm von mir!"

„Ich denke, der Fall dürfte bald gelöst sein", sagte Johnny, und erzählte, wo er mit dem Fall Neubauer stand.

„Mann, dieser Zorro ist ja ein Fall für sich."

Der Niedersachse war entsetzt, über die Dreistigkeit des Bergmannes, nachdem Johnny ihm von seinen neuen Erkenntnissen erzählt hatte. „Also, für mich gibet keine Zweifel mehr, datt er der Mörder is. Die Frage is noch, wie weit steckt die Frau Neubauer in der Sache drin?"

„Der Neubauer war doch ein großer, stämmiger Kerl", sprach Fred ruhig. „Der hätte doch alles getan, um seine Frau aus dieser Situation zu retten. Und ich denke, der hätte diesen Zorrlak durchaus in die Schranken weisen können." Johnny nickte. „Datt sollte man doch annehmen."

„Was aber, wenn die Frau gar nicht gerettet werden will?" Freds Frage war durchaus angemessen. „Und du hast dich gefragt, warum ihr Zorro keine Freier mehr geschickt hat. Was wenn er das doch getan hat, nur halt keine Männer vom Pütt mehr." Da nickte Johnny mit dem Kopf. Ja, dass leuchtete ihm ein. „Mann ja, vielleicht hatter Freier aufgetan, die richtich Kohle inne Tasche hamm. Typen die mehr als fuffzich Mark für ne Nummer zahlen." Diese Hypothese gefiel dem Hauptkommissar, und der würde er jetzt erstmal nachgehen.

„Du solltest vielleicht mal den Lebensstil dieses Herrn Zorro genauer unter die Lupe nehmen, Johnny", schlug der angeschlagene Kollege vor. „Vielleicht hat sich da in den letzten Monaten ja etwas getan."

„Datt is durchaus möglich. Vielleicht lebt unser Freund ja inzwischen auf großem Fuß", stimmte Johnny zu.

„Und diese Elisabeth Neubauer? Hast du bei der schon etwas Neues erfahren?"

Der Hauptkommissar musste die Frage verneinen. „Die war bis jetzt ziemlich bockich. Abba der werd ich jetzt ma auffe Pelle rücken."

„Irgendwo muss die doch das Kind unterbringen, wenn sie ihrem Job in Rückenlage nachgeht?", fragte Fred seinen Kollegen, und dieser verzog den Mund. „Ich tippe ma auf Omma. Abba ob die watt von Lisis Nebenjob weiß, möchte ich ma bezweifeln."

„Dann solltest du mal bei der Oma nachfragen", schlug Fred vor. Johnny war der gleichen Meinung, und nahm sich vor, da schnellstens mal nachzuhaken. „Weisse schon, wanne hier widda raus kanns?"

Fred zuckte mit den Schultern. „Ich denke mal, die medizinischen Untersuchungen sind alle durch. Vielleicht bin ich ja morgen hier raus. Ich habe ja nur ein bisschen Nackenschmerzen."

„Ich denk, datt is besser wenne dich richtich auskuriers. Außerdem kannsse so noch bissken an der schönen Jutta rumbaggern." Da musste Fred grinsen. Johnny erhob sich, und holte zwei Kaffee. Und dann wurde Jutta Bernbaum zu ihrem Gesprächsthema.

*

IV. Showdown im Alten Mann

Als Johnny sich in seinen BMW setzte, und den Schlüssel drehte, ertönte die Klaus Lage Band mit ihrem Song "Monopoli". Das Endrohr röhrte leicht, und Johnny fuhr nach Hause. Als er aus dem Treppenhaus auf den balkonähnlichen Gang zu seiner Wohnung trat, sah er Carmen vor seiner Wohnung warten. Jetzt sah Johnny auf seine Uhr, und stellte fest, dass er eine halbe Stunde zu spät war. „Et tut mir leid, ich wa noch bei Freddy im Berchmannsheil", sagte er entschuldigend, denn das Gesicht der schwarzhaarigen Frau sprach Bände. „Ich steh hier seit sechs Uhr rum. Ich wa pünktlich!"

Diese Reaktion gefiel Johnny überhaupt nicht. Das konnte ja ein schöner Abend werden. Er trat an Carmen heran, und küsste sie. „Nu sei ma nich so." Johnny schloss auf, und Mr. Flocke kam maunzend angelaufen. Schnurrend strich er um Johnnys Beine. „Na, mein Freund, hasse Kohldampf?" Johnny zog seine Lederjacke aus, und hängte diese an den Haken über dem kleinen Sideboard. Er nahm seine Bessie und verstaute diese in dem Safe, hinter der rechten Sideboard Tür. Dann ging er in die Küche, um den Kater zu füttern. Carmen stellte ihre Tasche auf das Sideboard, und hängte ebenfalls ihre Jacke auf. Dann folgte sie Johnny in die Küche. „Was möchtest du essen?", fragte Johnny und beugte sich zu seinem Gefrierschrank hinunter. Er öffnete die Tür, und zog eines der drei Schubfächer heraus. „Haste was mit Nudeln?" Carmen sah Johnny über die Schulter. Er griff in die Schublade, und nahm einen Gefrierbeutel heraus. In diesem befand sich eine rötlichbraune Soße. „Jau, müsste Bolognese-Soße sein."

„Na, dann gibet Spagetti Bolognese", zeigte sich Carmen zufrieden. Wenn Johnny sich die Zeit nahm zu kochen, was er sehr gerne tat, und auch dank seiner Mutter gut konnte, kochte er meist auf Vorrat. Und so war sein Gefrierschrank immer gut mit verschiedenen Soßen, Braten, Eintöpfen und Suppen gefüllt. Nur mit den Salaten tat er sich schwer! Frisches Gemüse suchte man in Johnnys Küche vergebens. Er nahm den Beutel, und schüttete den gefrorenen Klumpen in einen Topf. Diesen stellte er auf eine Herdplatte und schaltete die kleinste Stufe ein. „Gib ma den großen Topp", sagte er zu Carmen, und diese ging zum Küchenschrank, einem alten Modell aus den Fünfzigern, welches Johnny aus der Küche seiner Mutter gerettet hatte, als diese sich für eine moderne Einbauküche entschieden hatte. Der Abend verlief wie bei einem alten Ehepaar. Sie aßen ihre Spagetti, tranken dazu Rotwein. Dann setzten sie sich ins Wohnzimmer, und schauten in die Glotze. Aber nicht so wie sie es sonst immer getan hatten. Johnny lag auf der Couch und hielt Carmen in seinen Armen. Nein! Johnny lümmelte auf der einen Seite der Couch, und Carmen saß auf der anderen Seite. Gegen zehn Uhr gingen sie ins Bett. Sie vögelten noch herum, und schliefen danach ein.

Dies sollte das letzte Mal sein, dass sie sich körperlich Nahe kamen. Allerdings ahnte Johnny dies nicht.

Das gemeinsame Frühstück fiel aus, weil Carmen sich früh auf den Weg machte. Johnny hatte zwar angeboten sie zu fahren, doch das lehnte Carmen ab. Ihm schien, als wolle sie nur schnell weg. Er hätte sie fragen können, was in ihr vorging, aber Johnny musste sich eingestehen, dass es ihm inzwischen egal war.

Um halb neun fuhr er auf den Parkplatz des Präsidiums, und stellte seinen BMW ab. Johnny zögerte einen Moment, mit dem drehen des Schlüssels, denn im Radio sangen die

Scorpions "Still loving you". Nachdenklich lauschte er der Stimme von Klaus Meine, dem Sänger der Band. Und er musste an Carmens Verhalten denken, denn darüber hatte er sich schon gewundert und auch geärgert. Warum war sie so früh aus seiner Wohnung verschwunden? Und warum hatte sie ihn vorher nicht geweckt?

Die letzten Takte des Songs waren verklungen. Er drehte den Schlüssel, zog diesen aus dem Schloss, und stieg aus. Als Johnny über den Flur im dritten Stock des alten Gebäudes ging, hielt er vor Zimmer Dreihundertelf, klopfte und trat ein. Die beiden Kollegen Andi Grünwald uns Silvia Wolf saßen an ihren Schreibtischen, und vergnügten sich mit Papierkram. „Andi, hol mir die Lisi Neubauer her." Der Polizeihauptmeister nickte, und erhob sich. „Alles klar! Silvia kommste?"

Johnny nickte, und verließ das Büro wieder. In Dreizwölf hängte er seine Jacke auf, ging zur Fensterbank, und machte das Radio an. Es liefen gerade noch die Nachrichten, und der Sprecher erzählte vom dreiunddreißigsten Bundesparteitag der CDU in Essen, der unter dem Motto "Die neue Partnerschaft-Frauen in Beruf, Familie und Politik" heute beginnen sollte. Johnny drehte sofort leiser, nahm die Kanne von der Kaffeemaschine, und ging zum Waschbecken. Kurzdarauf plätscherte das heiße Wasser in den Filter, um als Kaffee in die Glaskanne zu laufen. Der Duft von frischgebrühtem Kaffee breitete sich in dem Raum aus. Noch einmal schaltete Johnny das Radio an, und nun ertönte Talk Talk mit seinem Hit "It's my life". Johnny trat pfeifend vor den Aktenschrank, öffnete die oberste Schublade, und zog einen der blauen Pappordner heraus. Dann setzte er sich. Er öffnete den Ordner und suchte nach einer Telefonnummer. Nun zog er den Teleskoparm zu sich nahm den Hörer ab, und wählte die Nummer. „Guten Morgen, Frau Bremer. Hier is Hauptkommissar Thom! Ich hätte da noch ne Frage zu den Neubauers." Er schwieg einen Moment, und horchte, was die Nachbarin zu sagen hatte. „Et geht um die kleine Regina. Wissen se zufällig, wer auf datt Kind tagsüber aufpasst? Hammse da ma watt mitgekricht? Ach hammse!" Und dann erzählte Frau Bremer eine ganze Weile. Nach einem Augenblick fragte Johnny: „Und hammse da vielleicht ne Nummer für mich?" Er nickte und griff nach einem Kugelschreiber. Dann begann er zu schreiben. „Süßmaul? Mit S Zett? Ah, ja. Ach, datt wissense auch. Natürlich, Frau Bremer, für uns is datt hervorragend." Danach bedankte er sich und legte auf. „Mann, Glück muss man haben", sagte er zu sich selbst. Dass er diese Informationen gar nicht brauchen würde, konnte Johnny zu diesem Zeitpunkt nicht wissen.

*

Es war gegen zehn Uhr, als die beiden Uniformierten Beamten mit Frau Neubauer ins Präsidium kamen. Und sie brachten noch jemanden mit. Ein Mann in den Fünfzigern. Mit hellbraunem Haar, leicht ergrauten Schläfen, und einem gepflegten Auftreten. Gut gekleidet, rasiert, und sicher nicht mittellos. Andi öffnete die Tür von Dreizwölf, und trat ein. Silvia Wolf wartete mit Frau Neubauer und dem Mann auf dem Flur.
„So, da wäre die Frau Neubauer", sagte Andi mit einem Grinsen auf dem Gesicht. „Und dann hätten wir hier noch einen Herrn, mit dem du dich sicher unterhalten willst." Johnny zog seine Augenbrauen hoch. „So, will ich?" „Der Mann, sein Name ist Eduard Furtwängler, war in Neubauers Bett, als wa se abgeholt haben. Da hab ich gedacht, den bring ich gleich mit."

„Gut gedacht!" Johnny grinste nun ebenfalls, denn der Fall schien nun Fahrt aufzunehmen. „Na, dann bring mir diesen Eduard ma zuerst rein."

Andi nickte, und verließ das Zimmer. Kurz darauf klopfte es erneut, und Herr Furtwängler trat ein. „Moin", grüßte Johnny, stellte sich vor, und bot dem Mann einen Platz an. Dieser grüßte ebenfalls freundlich, und nahm Platz. „Würden sie mir bitte mal sagen, warum ich hier bin?", fragte Herr Furtwängler. „Einen Moment bitte", stoppte Johnny den Mann. Er stellte das Mikrofon an, und den Rekorder auf Aufnahme. „So, zu allerst ma, die Fragen stelle ich! Einmal ihre Personalien bitte."

Herr Furtwängler nannte seinen Namen, sein Geburtsdatum und seine Adresse. Danach begann Johnny die Befragung. „Sie sind als Kunde bei Frau Neubauer?"

„Kunde? Was soll das denn heißen? Ich bin Frau Neubauers Freund", empörte er sich, über Johnnys Frage.

„Ok, Freund also. Seit wann das?"

Eduard Furtwängler überlegte kurz. „Etwas mehr als einen Monat, jetzt." Johnny nickte. „Ja, datt kommt hin. Wie hammse denn Frau Neubauer kennengelernt?"

„Äh… ja, wie man eine Frau so kennenlernt", antwortete er verlegen. Da reichte es Johnny, denn verarschen lassen, wollte er sich nicht. „Jetz ma Butter beie Fische, Herr Furtwängler! Frau Neubauer is ne Prostituierte, und ich sach ihnen jetz ma wie datt gelaufen is. Der Herr Zorrlak hat se an die Frau Furtwängler vermittelt. Der is nämlich ihr Zuhälter. Die Frage is jetz, wie ging datt weiter?" Ein bisschen erschrocken sah der Freier den Polizeibeamten an. Und Johnny sah, wie es hinter der Stirn des Mannes kräftig arbeitete. „Ich denke, ich sollte meinen Anwalt verständigen."

„Schon? Wir haben doch noch ga nich richtich angefangen", konterte Johnny ruhig. „Ich sach ihnen jetz ma, wie ich mir datt hier vorstelle. Die Vögelei mit der kleinen Blondine hat ihnen richtich gut gefallen, und da hammse sich gedacht, datse die Lisi für sich allein haben wolln. Wie sagt man? So als ihr Sugar-Daddy. Sie sind reich, und da is teilen nich so ihre Sache. Stimmt's?"

Verschämt senkte Herr Furtwängler seinen Blick. Für Johnny ein Zeichen, dass seine Annahme richtig war. Er hatte Druck gemacht, und wollte nun ein bisschen davon wieder zurücknehmen. „Da hamm se dem Zorro ma flux ein Angebot gemacht." Da platzte Herr Furtwängler dazwischen, ohne zu überlegen. „Na und, datt is doch nicht verboten!" Johnny wiegte bedenklich seinen Kopf, und der Mann legte nach: „Nene, datt wa allein Zorros Idee!"

„Aha! Dann erzählen se ma ihre Version", schlug Johnny dem Mann vor, und dieser schien zu glauben, dass der Hauptkommissar schon alles wisse. Nur halt aus Sicht des Zuhälters. So begann er zu reden, und dies ohne seinen Anwalt. „Wir haben einen Deal gemacht. Zorro hat mir Lisi exklusiv überlassen, dafür erhielt er monatlich Fünftausend Mark, die er allerdings mit Lisi teilen musste."

„Datt is ein schöner Nebenverdienst", stellte Johnny fest. „Und watt wa mit Lisis Ehemann? Der muss ihnen doch im Weg gewesen sein?"

Da nickte Herr Furtwängler. „Allerdings! Für diese Summe, wollte ich natürlich Tag und Nacht Zugriff auf die Dame haben." Die Ausdrucksweise des Mannes, begann Johnny zu ärgern, doch er ließ ihn reden. „Zorro hat versprochen sich um das Problem zu kümmern. Gegen eine bestimmte Summe." Herr Furtwängler hielt inne, doch Johnny hakte sofort nach. „Datt heißt?"

„Zehntausend!"

„Eine kleine Summe, für einen Mord", sagte Johnny streng.

„Mord! Was denn für ein Mord? Sind sie verrückt? Er sollte Neubauer zur Scheidung drängen", empörte sich Herr

Furtwängler, und schüttelte entsetzt den Kopf. „Ich lasse doch niemanden ermorden!"

„Na gut, von dem Mord wussten sie also nichts?", bohrte Johnny weiter, und Herr Furtwängler schüttelte wieder energisch mit dem Kopf. „Wollen sie mir etwa sagen, dass Herr Neubauer tot ist?" Johnny nickte. „Hat sich Lisi irgendwie dazu geäußert?", wollte Johnny wissen. „Äh, nein! Überhaupt nicht", antwortete der Mann mit den grauen Schläfen. „Obwohl gestern hat sie zu mir gesagt, ihr Mann wäre nun kein Problem mehr", fügte er noch hinzu. „Aber im Leben hätte ich nicht geglaubt, dass man den Mann umgebracht hat. Ich dachte vielmehr, dass Zorro ihn mit dem Geld von der Scheidung überzeugen konnte."

„Na gut, Herr Furtwängler, sie hamm mir durchaus weitergeholfen. Ich würde sagen, wir sind ersma feddich." Der Mann erhob sich, verabschiedete sich, und ging. Im Flur setzte er sich neben Lisi auf die Bank. Da trat Johnny aber schon heraus, und sah die kleine Blondine an. „Kommense bitte", forderte er sie auf, und sie folgte, begleitet von Polizeimeisterin Wolf, in das Büro.

*

Silvia setzte sich auf Freddys Stuhl, und deutete Frau Neubauer den Stuhl neben dem Schreibtisch. Johnny Thom setzte sich hinter seinen Schreibtisch. Und er tat… nichts! Er saß da, und sah Lisi Neubauerschweigend an. Sie war wirklich hübsch! Er hatte sie jetzt eigentlich zum ersten Mal ganz in Ruhe angesehen.

„Sagense ma, finden se datt eigentlich richtich, mich und meinen Freund aus dem Bett zu holen?", beschwerte sich Lisi plötzlich. „Aus dem Freier is der Freund geworden?", fragte Johnny herausfordernd. Da begann Lisi Neubauer zu keifen. „Watt erlauben se sich? Datt wird ja immer schöner!" Da unterbrach Johnny die junge Frau. „Wie alt is eigentlich ihre Tochter jetz?"

Da verstummte Lisi Neubauer, und erschrak. Sie sah Johnny mit strengem Blick an. „Watt soll die Frage?"

„Ach, ich frage mich, ob bei ihrem Job noch Platz für datt Kind is." Johnny lehnte sich zurück, und sah der Frau tief in die Augen. „Wo is datt Kind eigentlich jetz? Bei ihrer Mutter?"

„Na und", trotzte die Blondine, und Johnny erkannte ihre Angst. „Nun ja, für Reginchen dürfte datt nich so leicht sein, wenn sie ihre Mama erst in zwanzich Jahren wieder sieht", versuchte der Hauptkommissar diese Angst noch etwas zu steigern. „Watt soll datt denn nu widda bedeuten?", fragte Lisi, obwohl sie sich denken konnte, worauf der Hauptkommissar hinauswollte.

„So wird et kommen, wenn sie wegen dem Mord an Reginas Vater in den Knast gehen."

„Ich habe damit nix zu tun!" Frau Neubauer wurde nun doch sichtlich nervös. Jetzt lächelte Johnny die Frau an. „Haben se eigentlich Zorro darum gebeten, andere Kunden zu besorgen, oder kam datt von ihm?" Johnny hatte ihr einen Angstgedanken eingepflanzt, und befragte sie nun ruhig weiter. „Gab et Ärger mit den Kunden vom Pütt?" Sie senkte erst den Kopf, sah dann Johnny aber wieder an. „Et wa Zorros Idee", antwortete sie. „Ich sollte die Jungs vom Pütt wegschicken. Datt hab ich auch getan. Und dann kamen andere Liebhaber. Elegante Herren im Anzug!"

„Mit dicken Brieftaschen", sagte Johnny. Lisi Neubauer nickte. „Und dann kam er, und hat mich gefracht, ob ich auch nur einen Kunden bedienen würde, wenn der gut zahlt", erklärte sie. „Und da hamm se zugesacht, und Herr Furtwängler wurde ihr… na sagen wa ma, Freund." Johnny tat sich schwer mit der Bezeichnung. „Doch der reiche Eduard Furtwängler wollte sie für sich allein", stellte der

Beamte nun fest. „Und da war ihr Ehemann, mit dem se sowieso nur noch Krach hatten, natürlich im Wech. Stimmt's!"

„Ja, abba nich wie sie denken", schränkte sie sofort ein. „Ich wollte die Scheidung."

„Abba ihr Mann wollte nich, und da hamm se beschlossen ihn…"

„Ach watt", unterbrach die Blondine den Hauptkommissar sofort. „Der Ede hat dem Zorro Geld gegeben, damit er den Jürgen von der Scheidung überzeugt. Datt wa letzte Woche!" Sie hielt kurz inne, und sah Silvia an. „Ich wollte nich datt Jürgen stirbt, damit hab ich nix zu tun. Ich hab erst durch sie von seinem Tod erfahrn. Am Montach!"

„Also, der Zorro sollte Jürgen die Kohle von Eduard geben, damit er in die Scheidung einwillicht?"

„Genau!" Lisi Neubauer nickte. Die Aussage war mit der des Freiers identisch. Entweder hatten sich die beiden abgesprochen, oder sie sagten tatsächlich die Wahrheit.

Als Johnny wieder allein war, hörte er sich die Aufnahmen auf dem Band noch einmal in Ruhe an. Und nun war ihm klar. Herr Zorrlak wollte das Geld nicht an Jürgen Neubauer weitergeben, und so beschloss er, den Ehemann seiner Hure aus dem Weg zu schaffen. Johnny nahm den Ordner und suchte die Telefonnummer von Frank Zorrlak heraus.

Er wählte, und wartete. Es dauerte einen Moment bis sich jemand meldete. „Zorrlak!"

„Ja, Hauptkommissar Thom hier. Herr Zorrlak könnten se Morgen nochma in datt Präsidium kommen?"

„Äh… Morgen?"

„Ja, ich hätte da noch ein paar Fragen. So um zehn Uhr wäre gut."

„Datt geht. Ich hab Achtzehnuhrschicht."

„Bei Achtzehnuhrschicht passt datt ja dann gut. Also bis morgen." Johnny legte den grauen Hörer auf die Gabel, und schob den Teleskoparm von sich. Gegen vier klopfte es an der Tür von Dreizwölf, und Friedrich Kaltenberg trat ein. „Na, Johnny. Haste einen Kaffee für mich?"

„Abba natürlich, Friedrich, komm rein." Johnny erhob sich, und brühte noch einmal frischen Kaffee auf. Der Polizeichef ließ sich über den Stand des Falls aufklären, und wunderte sich, dass Johnny den Mann nicht holen ließ. „Das ist doch offensichtlich, dass dieser Zorro der Täter ist. Keine Angst, dass der abhaut?" Aber Johnny blieb entspannt. „Ach watt, der hält sich für so schlau. Schlauer als alle andern!"

„Na, du musst es ja wissen", ließ Friedrich seinem Schützling wie meist freie Hand.

Und kaum war Friedrich gegangen, klingelte das Telefon. Johnny hob ab, und meldete sich mit Namen.

„Hauptkommissar Thom!"

„Ich bin et, Carmen!"

„Ach, du! Ich werde wohl gleich Feierabend machen. Soll ich noch watt für heute Abend besorgen?" Carmen verneinte, und sagte nichts. „Watt gibet denn? Du musst doch nen Grund für deinen Anruf hamm. Oder hasse nur Sehnsucht?" Und dann sprach Carmen, und Johnny gefiel nicht, was er hörte. „Du, ich glaub, datt mit uns klappt doch nich. Ich brauch wohl mehr Zeit für mich."

„Ach watt! Sach ma, Carmen, willste mich eigentlich verarschen? Warum bisse denn dann ers widda zu mir angekommen?"

„Na, weil ich dachte datt…" Da unterbrach Johnny sie. „Weisse watt? Ich hab auch keinen Bock mehr auf son Theater!" Dann knallte er den Hörer auf die Gabel.

Carmen hatte schon wieder mit Johnny Schluss gemacht, obwohl sie in der letzten Nacht noch ausgiebigen Sex gehabt hatten. Johnny verstand diese Frau nicht mehr, aber

er war sich sicher, dass dieses Thema für ihn endgültig
erledigt war.

*

Den Mittwochabend hatte Johnny Thom in seiner
Stammkneipe verbracht. Anfangs war er noch ziemlich
sauer über Carmens Entscheidung gewesen. Doch dann,
nach einigen Überlegungen, wurde ihm klar, dass es so wohl
besser war. Also entschloss sich Johnny wieder seinen
gewohnten Lebensrhythmus aufzunehmen. Und das hieß,
Knobeln im "Türmchen".
Gegen neunzehn Uhr saß er auf seinem Barhocker am
Tresen, und unterhielt sich mit Toni, dem Wirt. „Echt, die
hat dich schon widda abserviert? Mann, Mann, Mann!"
„Naja, jetz is abba endgültig Sense", sagte Johnny und
nippte an seinem Ginger Tully. Er liebte diesen Drink!
Es dauerte etwa eine halbe Stunde, und die Knobelrunde
war vollständig. Johnny wurde freudig begrüßt, denn er
hatte sich wirklich sehr rar gemacht. Socke, Pedder und der
bullige Sandmann, der Johnny in der Knobelrunde vertreten
hatte, zeigten sich hocherfreut, als sie ihn am Tresen sitzen
sahen. Es wurde schultergeklopft, gefragt und geantwortet.
„Na, Socke, watt macht die Liebe? Hasset jetz endlich bei
der Bine geschafft?", fragte Johnny seinen Kumpel Markus.
Der verzog sein Gesicht. „Hör bloß mit der auf! Die Sache
is endgültig gestorben. Hab abba ne neue Perle. Vielleicht
siehsse die am Wochenende. Wenne komms."
Johnny nickte zwar, aber eigentlich war es ihm völlig egal.
Bis zehn Uhr würfelte er, und trank Whiskey. Dann zahlte
er, und ging nach Hause.

Es war fast schon nach zweiundzwanzig Uhr, als es bei Lisi
Neubauer klingelte. Sie lächelte, und war sich sicher zu

223

wissen, wer da geschellt hatte. Obwohl sie ihn heute gar nicht erwartete. Sie stürmte zur Tür, und drückte den Knopf, ohne vorher zu fragen, wer da sei. Und es war nicht Eduard Furtwängler der die Treppe heraufkam. Es war Frank Zorrlak!

„Watt wills du denn hier?", fragte sie erschrocken, und verärgert. „Willsse datt hier im Flur bereden?", konterte Zorro, und schob Lisi in die Wohnung. „Wo is die Klenne?", erkundigte sich Zorro nach dem Kind. „Im Bett! Watt glaubs du denn?", antwortete Lisi spitz. Der Mann ging durch bis ins Wohnzimmer, setzte sich auf einen Sessel. „Watt hass du dem Bullen erzählt?", fragte er streng. „Na, watt wohl? Du hass meinen Mann ermordet, du Idiot", ranzte Lisi ihn an. „Is erst drei Tage her, schon vergessen?"

„Datt ging nich anders. Der is total durchgedreht", verteidigte sich der Zuhälter. „Ich brauch nochma Kohle, damit ich abhauen kann."

„Der Ede hat dir doch zehntausend Mark für Jürgens Einwilligung zur Scheidung gegeben. Denkste datt weiß ich nich. Glaubse der gibt dir noch mehr?", ärgerte sich die Blondine.

„Ja, datt glaub ich! Sons erzähl ich den Bullen, datt ihr mich angeheuert habt, deinen Ehemann zu beseitigen!" Zorro hatte begriffen, dass seine Stunden als Lisi Neubauers Zuhälter gezählt waren. Da wollte er noch einmal richtig abkassieren. „Los, ruf ihn an!"

„Datt kann ich nich. Er hattet mir verboten, ihn zuhause anzurufen. Seine Olle is ziemlich misstrauisch", versuchte sie Zorro von seinem Ansinnen abzubringen. Doch Zorro ließ sich nicht abbringen. Er griff nach dem Hörer des grünen Telefons, und reichte diesen der Blondine. „Los, mach… oder!"

„Oder watt?", fragte sie herausfordernd, nahm aber den Hörer, und wählte die Nummer ihres Freiers. Ihre Finger

flogen über die Tasten des Telefons. Sie ließ es dreimal Klingeln, und legte den Hörer wieder auf. Verärgert sah Zorro sie an. „Watt soll datt? Willsse mich verarschen?"
„Quatsch! Warte doch ab!"
Nach einiger Zeit klingelte das grüne Telefon, und Lisi nahm ab.
„Hier Furtwängler!"
„Ich bin et, Ede", meldete sich Lisi.
„Mensch, sie sollen mich doch nicht zuhause anrufen, Stratmann", täuschte Herr Furtwängler den Anruf eines Angestellten vor, da seine Frau keine vier Meter von ihm entfernt im Sessel saß.
„Wie bitte? Ich bin et, Lisi! Et ging nich anders. Der Zorro is hier, und will Geld."
„Ach so, ja, das ist natürlich was anderes", sprach er in den Hörer. Lisi hörte kurz, und sprach dann weiter: „Er droht uns bei den Bullen anzuscheißen. Er will die Kohle sofort, damit er abhauen kann."
„Also bitte, der soll sich ruhig verhalten. So schnell geht das nicht. Frühestens Morgen, so gegen elf Uhr."
„Gut, sage ich ihm. Ich liebe dich." Dann legte sie auf.
„Oh, oh, soweit sind wa schon", lästerte Zorro grinsend, über Lilis Liebesbekundung. Aber die Blondine ging gar nicht darauf ein. „Eduard sacht, Geld kann er erst Morgen holen. Um elf Uhr bringt er et her."
Zorro sprang auf, und zeigte nun Nerven. „Scheiße! Dieser Arsch soll die Kohle jetzt bringen!" Doch Lisi schüttelte den Kopf. „Geht nich! Erst Morgen! Solange musse noch warten." Verärgert verließ Zorro die Wohnung.

*

Herr Zorrlak war zum angesetzten Termin nicht im Präsidium erschienen. So hatte Johnny zuerst zum Telefon gegriffen, um ihn anzurufen. Doch Zorro war nicht zu erreichen. Also schickte Johnny die Kavallerie, um den Mann abzuholen. Doch Andi und Silvia kamen ohne ihn zurück. „Die Nachbarin hat gesacht, datt der schon seit drei Tagen nich mehr in seiner Wohnung wa", berichtete der Polizeihauptmeister. „Abba ich denk, datt wa gelogen!" Also blieb Johnny nicht weiter übrig, als Frank Zorrlak zur Fahndung auszuschreiben. Doch noch am Vormittag kam Bewegung in den Fall. Das Telefon ging, und Steiger Röber war am Apparat. „Herr Thom, ich hab grade einen Anruf vom Pütt bekommen. Ich denke, datt könnte se interessieren. Der Zorro is eingefahren!" Er schwieg einen Moment, um seine Worte wirken zu lassen. Aber Johnny war darüber wenig erstaunt, wenn Zorro auf Schicht ging. „Ich glaube sie verstehen mich nich. Der Zorro hat gar keine Schicht. Der wäre erst um zweiundzwanzig Uhr dran." Jetzt verstand Johnny worauf der Steiger hinaus wollte. „Alles kla! Ich schau mir datt ma an."

Eine halbe Stunde später stand er am Tor der Zeche Consolidation. Und kurz nach ihm, erreichte auch Andi Grünwald den Pütt. Sie wurden ohne Probleme auf das Gelände gelassen, und es dauerte nicht lange, da erschien auch schon der Direktor Gerd Oberschulte. Die beiden Fahrzeuge standen neben einander, und die Beamten stiegen aus. „Watt will der Kerl hier auffm Pütt?", fragte Andi, und Johnny erklärte: „Ich denke, ihr habt den aufgescheucht, und er denkt, datt er hier ersma sicher is. Da unten gibtet genuch Verstecke, wenne dich auskennst." Silvia Wolf nickte. „Aber warum ist der nicht abgehauen, wenn er doch weiß, dass wir hinter ihm her sind?" Johnny zuckte mit den Schultern. „Keine Ahnung! Vielleicht wartet er auf watt."

„Der Herr Hauptkommissar Thom", nannte Oberschulte Johnnys Namen, und reichte diesem die Hand. „Watt führt sie wieder zu uns?"

„Die Suche nach einem Mörder, Herr Oberschulte",
antwortete der Kripobeamte. Überrascht sah der Direktor
den Beamten an. „So wie et aussieht, hat sich unser
Verdächtiger Nummer eins auf dem Pütt versteckt. Und
zwar Unter Tage."
„Wie kommense denn da drauf?", fragte der Mann aus der
Chefetage. „Ich habe ihn darüber in Kenntnis gesetzt",
ertönte plötzlich eine Stimme, und der Direktor drehte sich
um. „Herr Röber?"
Der Steiger trat heran. „Ich wurde darüber benachrichtigt,
datt Herr Zorrlak eingefahrn is, obwohl er ga nich auf
Schicht sollte."
Johnny nickte. „Wir sind davon überzeugt, datt er den
Jürgen Neubauer getötet hat. Dafür hamm wa natürlich
unsere Gründe. Und darum müssen wa runter, um ihn
festzunehmen."
Herr Oberschulte nickte. „Na dann, Herr Röber, sorgen sie
mal dafür, datt die Herren von der Polizei ihren Job machen
können." Der Steiger nickte, und machte sich auf den Weg
zur Ausgabe, wo Johnny und Andi ihre Ausrüstung erhalten
sollten. Der ehemalige Bergmann im Lager grüßte Johnny,
denn er erkannte den Polizisten sofort. Nun begaben sie sich
in die Weiß-Kaue, und begannen sich umzuziehen. Ihre
Privatkleidung packten sie in die Körbe, die mit einem
Kettenzug unter die Decke gezogen wurden. Steiger Röber
kam in der Bergmannskleidung, mit der Lampe an dem
weißen Helm. Da waren Johnny und Andi noch beschäftigt
die Arbeitsschuhe zuzubinden. Sie hatten wieder die
Lampen an den blauen Helmen, und den Akku am Gürtel.
Auch der Anschläger am Schacht erkannte Johnny, und
grüßte diesen. Die Männer stiegen in den Förderkorb, der
Anschläger schloss die Gittertüren, und die Fahrt ging los.
„Wo könnte er sich verstecken?", rief Johnny dem Steiger
entgegen, denn es war ein Höllenlärm in dem Förderkorb.

„Überall", rief Röber zurück. „Vielleicht im "Alten Mann".
Da würde ich mich jedenfalls verstecken!"
Johnny sah ein, dass man hier keine Unterhaltung führen
konnte. Also wartete er, bis sie auf der Sohle ankamen.
„Wo isn der "Alte Mann"? Wie komm ich dahin?", wollte
Johnny wissen, und bekam die Erklärung des Steigers. Der
stillgelegte Grubenbau wäre als Versteck sicher durchaus
denkbar. „Gut, ich geh zum "Alten Mann". Andi, du suchst
ersma im Streb."
So begaben sich Johnny, Andi Grünwald und Steiger Röber
zum Personenzug.

Während der Steiger und Johnnys Kollege sich zu dem
Streb auf den Weg machten, in dem zurzeit Kohle abgebaut
wurde, fuhr Johnny noch ein Stück weiter. Dort fand er nach
einiger Zeit den "Alten Mann", einen ausgebauten Streb, in
dem keine Arbeiten mehr stattfanden. Das Flöz war bereits
ausgebeutet, und gab nur noch Steine her. Irgendwann
würde man hier sicher damit beginnen den Streb vollständig
mit Beton aufzufüllen.
Es war dunkel, und nur Johnnys Helmlampe erhellte den
Weg, den er nun ging. Stromleitungen und Beleuchtung gab
es hier nicht mehr. Irgendwie hatte Johnny ein ungutes
Gefühl, und sah sich immer wieder um. Und dann passierte
es tatsächlich. Im Lichtkegel seiner Lampe huschte eine
Person an Johnny vorbei, und dann spürte er einen Schlag
gegen die Schulter. Ein brennender Schmerz durchfuhr
seinen Oberkörper, und er sackte kurz zusammen. Er war
gestochen worden! Wahrscheinlich mit einem Messer, dass
ihn am Hals treffen sollte. Doch es hatte ihn an der Schulter
erwischt. Und da die Arbeitsanzüge der Bergleute recht
stabil waren, schien die Verletzung nicht besonders groß zu
sein. Und der Hauptkommissar reagierte schnell, und wehrte
sich gegen den Schmerz, denn der zweite Angriff ließ nicht

lange auf sich warten. Johnny wandte sich dem Angreifer entgegen, so dass Zorro von Johnnys Lampe geblendet wurde. Dies reichte dem Polizisten die Hand des Angreifers zu packen. Johnny schlug immer wieder zu, und seine Linke traf Frank Zorrlak im Gesicht. Dieser hielt noch sein Messer fest in der Faust, und versuchte erneut zuzustechen. Und dann flog Johnny plötzlich der Helm vom Kopf. Dieser hing jetzt an dem Lampenkabel des Akkus an seinem Gürtel. Da verstand er, dass er seine rechte Faust brauchte, wollte er den Angreifer überwältigen. Also ließ er die Hand des Gegners los. Überrascht zögerte Frank Zorrlak, und Johnny nutzte den Augenblick, und schlug nun mit beiden Fäusten abwechselnd zu. Im Schein des flackernden Lichtes an Johnnys Bein, trafen seine Schläge Zorros Gesicht. Das Messer fiel zu Boden, was Johnny aber nicht bemerkte. Und so schlug er auf den Zuhälter ein, um einen weiteren Messerangriff zu verhindern. Den Schmerz in der Schulter hatte Johnny völlig ignoriert. Bis ihn plötzlich ein Licht anstrahlte, und Hände nach ihm griffen, die ihn zurückzogen. „Mensch, Johnny, hör auf, der is doch längst feddich!" Andi Grünwald und der Steiger redeten auf den Hauptkommissar ein, und dieser Begriff langsam, dass der Kampf zu Ende war. Schwer atmend setzte er seinen Helm wieder auf, und leuchtete nach Zorro. Dieser lag, an einen Stempel gelehnt, und war bewusstlos.

Immer noch benommen lag Zorro in dem Förderkorb. Seine Hände waren auf dem Rücken mit Handschellen gefesselt. Er hatte schwere Schläge von Johnny einstecken müssen, denn dieser hatte den Mörder in keiner Weise geschont. Der Kommissar hatte eher komplett die Kontrolle verloren, hatte den Angriff genutzt, um dem Kerl seine ganze Abneigung in dessen Gesicht zu prügeln. Und so sah Zorro auch aus!

Zum Glück hatte Andi Grünwald seinen Boss noch rechtzeitig bremsen können, bevor die Sache aus dem Ruder lief.

Als der Anschläger die Gittertüren des Förderkorbes öffnete, fiel sein Blick sofort auf den Kumpel, mit dem blutigen Gesicht. „Mann, watt is dem denn passiert?", fragte der Bergmann. Aber Johnny gab ihm keine Antwort. Andi Grünwald sah den Mann dagegen grinsend an. „Naja, er is wohl im Dunkeln böse gefallen. Is halt gefährlich da unten. Glück Auf!"

Sie schleiften den Mann in die Schwarz-Kaue, wo sie sich der dreckigen Klamotten entledigten, und sich dann unter die Duschen stellten. Dabei mussten sie dem Gefangenen die Handschellen abnehmen, und Frank Zorrlak wollte seine Chance zur Flucht nutzen. Was ihm aber einen Tritt in die Beine von Andi Grünwald einbrachte. Die beiden Beamten rissen ihm die Klamotten vom Leib, und legten ihm die Handschellen wieder an. Zorro musste gefesselt unter die Dusche. So spülten sie eigentlich nur den Kohlenstaub von ihm ab.

Als die Männer in ihrer normalen Kleidung wieder vor dem Gebäude standen, sah Johnny auf das schmale Stilett mit der langen, schmalen Klinge in seiner Hand, dass er natürlich aufgehoben und mitgenommen hatte. Er wandte sich dem Mörder von Jürgen Neubauer zu, und sagte zornig: „Hasse et bei Neubauer auch so gemacht? Aus dem Dunkel mit dem Stilett zugestochen? Bei mir hasse zum Glück ja nur die Schulter erwischt. Soviel Glück hatte Jürgen Neubauer nich, denn dem hasse datt Messer von hinten in den Hals gerammt. Zorro, du biss echt ein feiget Schwein!"

Silvia Wolf, die vor dem Gebäude gewartet hatte, reichte Johnny eine der durchsichtigen Tüten, in die er die Tatwaffe legte. Dann führten die beiden Uniformierten Zorro ab, und setzten ihn im Streifenwagen auf die Rücksitzbank. Johnny

reichte dem Steiger die Hand. „Sie haben uns sehr geholfen. Ich kann mich nur bedanken." Steiger Röber winkte ab. „Nich der Rede wert. Der Kerl gehört in den Knast, und ich bin froh, wenn so einer vom Pütt verschwindet."
Johnny grüßte nochmal, und ging dann zu seinem Auto. Zufrieden sah er wie seine Kollegen Andi und Silvia in den Streifenwagen stiegen. Sein Blick fiel auf den Mann im Fond. Auf Frank Zorrlak kamen nun harte Zeiten zu. Lisi Neubauer dagegen würde wohl mit einem blauen Auge davonkommen, denn mit dem Mord an ihren Ehemann hatte sie nichts zu tun. Johnnys Hände, mit den blutig geschlagenen Knöcheln, lagen auf dem Holzlenkrad des BMW. Johnny drehte den Schlüssel um, und plötzlich sang Prince seinen Hit "Purple Rain".

*

BONUS KURZGESCHICHTE

DER BLAUE TIPPLER

(erschienen 2021 in der Anthologie "Todescocktail-Hochprozentig in den Tod" der Küstenautoren, im Hunter Verlag. Dies war die erste Krimi-Kurzgeschichte des Autors, und der Beginn der "Blutige Kohle-Reihe.)

Seltsam verdreht erschien Johnny der Kopf der Frau, die nur schlecht versteckt, unter einem Kohlenhaufen gelegen hatte. Das alte Zechenhaus stand schon seit Jahren verlassen dort, denn diesen Teil der Straße hatte man beim Bau der neuen Verkehrsader nicht gebraucht. Und so kümmerte sich niemand mehr um die paar Meter Straße mit der zugewucherten Ruine. In dem zum Haus gehörigen Stall, hatten Jugendliche nun die Leiche einer Frau gefunden. Es war Anfang Dezember, und recht kalt. Hauptkommissar Thom blies sich immer wieder seinen warmen Atem in die kalten Hände. „Kannste schon watt sagen?", fragte der Hauptkommissar den Mann in dem weißen Overall, der neben der Frau kniete. „Na ja, sie ist sicherlich weit über sechzig, und wie es aussieht, hat man ihr das Genick gebrochen." Der Pathologe, der jedes Mal aus der Nachbarstadt Essen herüberkommen musste, wenn es einen Tötungsdelikt gab, wandte sich Johnny zu. „Und der Tatort ist das hier nicht! Aber du findest dann alles in meinem Bericht!" Hauptkommissar Thom wollte sich schon abwenden, da hielt ihm der Mediziner eine Feder entgegen. „Da… schenke ich dir. Du stehst doch auf Indianer!" Mit der Anspielung auf Johnnys Vorliebe für Western, hielt er

ihm eine kleine Feder entgegen. Der junge Hauptkommissar, mit dem Tick für Cowboystiefel, nahm die Feder und wollte diese schon fortschmeißen. „He, wie gehst du denn mit Beweismaterial um? Die steckte dem Opfer im Haar!" Da schüttelte Johnny verärgert seinen Kopf. „Und warum isse dann nich inner Tüte, wie sich datt gehört?" „Weil ich keine zur Hand habe, Sheriff!"
Der Angesprochene drehte sich um. „Freddie, gib ma ne Tüte." Kommissar Rudnick trat heran, und reichte Johnny worum er gebeten hatte. „Was ist denn das?"
„Ein Beweismittel!" So verschwand die Feder in Johnnys Jackentasche.

*

Zwei Finger breit Tullamore Dew auf Eis, dann den Becher mit Ginger Ale auffüllen und eine geviertelte Limone hinein. Den Drink stellte Johnny auf den kleinen Tisch, und ließ sich dann auf die Couch fallen. Und plötzlich hatte er wieder die Tüte mit der kleinen, blauen Feder in seiner Hand. „Taubenfeder!", sagte er zu sich selbst. „Ohne Zweifel!" Er war in einer Zechensiedlung aufgewachsen, und kannte sich daher natürlich aus. Die alten Bergleute in der Nachbarschaft hielten schließlich alle Tauben. Aber dem Hauptkommissar stellte sich die eine Frage: War diese Feder Zufall?

*

Drei Tage später brachte Fred den Bericht aus der Pathologie, und legte ihn Johnny auf den Schreibtisch. „Ist ziemlich interessant! Ihr Name ist Irmgard Rode. Sie wurde vor einer Woche als vermisst gemeldet." Er setzte sich an seinen Schreibtisch, der dem von Johnny gegenüberstand.

Johannes Thom, wie Johnny eigentlich hieß, nahm den Ordner und begann darin zu lesen. „Sie starb nicht an dem Genickbruch, schreibt der Leichenfledderer. Sie wurde vorher erdrosselt." Fred nickte interessiert. „Das heißt, jemand hat ihr post mortum…"

„…den Hals umgedreht", vollendete Johnny den Satz. „Dann sollten wir wohl dem Ehemann die traurige Nachricht überbringen", schlug Fred vor, und Johnny nickte. „Und ihm mal bissken aufn Zahn fühlen."

Aus dem Radio klang Nik Kershaw's aktueller Hit „The Riddle" und Johnny trommelte den Rhythmus auf dem Lenkrad des weinroten BMW 2002tii mit. Als sie einer Straßenbahn folgend, die breite Einkaufsstraße hinauffuhren, um dann nach einer Weile in eine Straße abzubiegen, die direkt in eine alte Zechensiedlung führte. Es dauerte eine ganze Weile, bis die Tür geöffnet wurde, nachdem Freddy die Klingel betätigt hatte. Ein Mann, etwa Anfang siebzig, von kleiner und eher rundlicher Statur, stand vor den beiden Kommissaren. Freddy stellte sich und seinen Kollegen vor, und fragte dann: „Sind sie Karl Rode?" Der Mann nickte. „Kommen se ma ruhig rein. Die Leute hier sin neugierich!" Er wandte sich um, ging ins Wohnzimmer und ließ sich in seinen Sessel fallen. Dann zeigte er auf die Couch. „Nehmen se Platz!" Johnny sah sich um. Gelsenkirchener Barock, dachte er, und musste grinsen, denn dies war genau die Stadt in der sie sich befanden. Und dann fiel sein Blick auf die große Vitrine in Eiche rustikal, die prall gefüllt war, mit Pokalen aus dem Taubensport. Sofort musste er an die blaue Taubenfeder denken. „Leider müssen wir ihnen mitteilen, dass wir die Leiche ihrer Frau gefunden haben", sagte Freddy bedächtig, während sich Johnny erhob, um die Pokale zu bestaunen. Dabei fiel sein

Blick auch auf einige Bilder an der Wand. „Sind en Taubenvatta!"

„Ja", verkündete der alte Herr stolz. „Schon fast sechzich Jahre!" Und dann begann er zu erzählen. Freddies Blick traf Johnny, und dieser verstand. Der Mann hatte gerade vom Tod seiner Frau erfahren, und erzählte voller Begeisterung von seinen Tauben.

„Ich glaube, wir haben unseren Verdächtigen Nummer eins!", sagte Freddy als er sich in den Wagen setzte, und die Tür zuknallen ließ, so dass ihn ein strafender Blick traf.

*

Hans Kaminski saß in seinem ledernen Fernsehsessel, und schlief mehr, als dass er dem Film in der Flimmerkiste folgte. Immer wieder fielen ihm die Augen zu und er nickte ein. So bemerkte er die Person nicht, die sich aus dem Korridor kommend, seinem Sessel näherte. Vorsichtig legte der Eindringling die Kordel dem Schlafenden um den Hals, und zog diese dann zu. Hans Kaminski erwachte, und mit weit aufgerissenen Augen rang er nach Luft. Er versuchte seine Hände zwischen die Kordel und seinen Hals zu schieben, um sich von dem todbringenden Seil zu befreien. Doch der Mörder in seinem Rücken zog mit aller Kraft an der Schlinge, und Hans Kaminski sank nach einer Weile nach hinten, und seine toten Augen starrten zur Decke.

*

Johnny schrieb gerade an dem Bericht im Fall Rode, als das Telefon klingelte. Er angelte nach dem Teleskoparm, auf dem das Telefon befestigt war, und nahm den Hörer ab. „Hauptkommissar Thom! Wo? Auffer Halde von Hugo? Allet kla, wir kommen!" Er legte den Hörer auf. „Schon

widda ne Leiche! Auffe Halde von Zeche Hugo!" „Dann wollen wir mal." Freddy erhob sich und nahm seine Jacke, während Johnny noch seine Pistole aus der Schublade des Schreibtisches kramte, und diese in seinen Holster steckte. „Mann, ich versau mir dat ganze Auto", meckerte Johnny, als er mit dem alten BMW die Baustraße der Halde hinauffuhr. Eigentlich fuhren hier nur die Kipper, die den Abraum auf der Halde abkippten. Irgendwo musste ja das Gestein hin, dass man mit der Kohle nach oben beförderte. Schon von weitem sahen sie die Streifenwagen und den Leichenwagen vom Institut. Daneben stand ein großer, orangegrüner Kipper. Grüßend stiegen die beiden Kommissare aus dem Wagen. „Wo?", fragte Johnny einen Uniformierten, und dieser zeigte über die Kante der Halde. Freddy erhielt die Anweisung den einzigen Zeugen zu befragen. Nämlich den LKW-Fahrer, der die Leiche gefunden hatte. Langsam trat der Hauptkommissar an die brüchige Kante, und sah die Böschung hinab. Etwa zwei Meter unter ihm, verrichtete der Leichenfledderer, wie Johnny den Kollegen aus Essen nannte, seine Arbeit. „Besoffen abgeschmiert?", rief er hinunter. Der Mann hob seinen Kopf. „Nö! Bleib oben, machst dir nur die schönen Stiefel dreckig. Ich komme sofort!"
Von einem Gestrüpp aufgefangen, lag da eine männliche Leiche, soweit Johnny das von der Kante aus feststellen konnte. „Tach, Quincy", grüßte der Hauptkommissar den Mediziner, mit jener Anrede, die dieser gar nicht mochte. Er hielt nämlich nichts von dem amerikanischen TV-Pathologen. „Tach, Sheriff", kam die prompte Antwort. „Kein Absturz! Bekanntes Schema, nur dieses Mal hat es uns der Mörder einfacher gemacht", begann der Mann aus Essen. „Hat uns die Brieftasche des Toten mitgeliefert. Der Name ist Heinz Kaminski, und er wurde erwürgt. Zusätzlich hat man ihm aber noch das Genick gebrochen!"

„Das kommt mir alles sehr bekannt vor", stellte Johnny fest. „Und den Name, hab ich auch kürzlich erst gelesen."
„Richtig! Der Mädchenname unserer Frau Rode!" Freddy hatte sich zu den beiden Kollegen gesellt, und die Worte des Mediziners mitbekommen. „Das ist aber ein merkwürdiger Zufall!" Hauptkommissar Thom verzog sein Gesicht. „Ja, und es wird noch besser. Hier sieh mal." Der Pathologe hielt ein Tütchen hoch, in dem sich eine blaue Feder befand. „Na, ist ja allerliebst", grinste Johnny. „Der hinterlässt seine Visitenkarte!" Zwei Helfer brachten den Toten herauf, und legten den schwarzen Sack vor Johnnys Füßen ab. Dieser beugte sich herunter, und entfernte zuerst einen Schmutzfleck von seinem Cowboystiefel. Erst dann öffnete er den Reißverschluss. Das Gesicht des Toten kam zum Vorschein. Johnny fuhr sich übers Kinn. „Den hab ich schon ma gesehn!" Freddy sah seinen Vorgesetzten erstaunt an. „Wo?"
„Beim Rode im Wohnzimmer", klärte Johnny seinen Kollegen auf. „In einem Bilderrahmen!"

*

„Mensch, mach die Discobeleuchtung aus", ranzte Johnny den Kollegen von der Kavallerie an, wie er die Kollegen in Uniform nannte. Der Streifenwagen hatte hinter seinem BMW gehalten, und das tanzende Licht tauchte die Häuser der Straße in einen blauen Schein. Es war bereits dunkel, und es schneite leicht.
Herr Rode öffnete die Tür, und sah die vier Männer, zwei davon in Uniform, erstaunt an. „Hammse noch watt vergessen?", fragte er ruhig. „Tja, Herr Rode, ich glaub sie müssen ma mitkommen!" Johnny trat ein, und schob den alten Mann in die Wohnung. „Am besten, sie nehmen ne Jacke. Is kalt draußen." Die beiden Uniformierten führten

237

den Mann zum Streifenwagen. Johnny griff sich den Schlüssel, der auf einer kleinen Anrichte lag, und zog die Tür hinter sich zu. Später würde wohl die Spurensicherung noch mal vorbeisehen.

Herr Rode saß in dem spärlich beleuchteten Verhörraum, auf der einen Seite des Tisches, die beiden Kommissare auf der anderen. „Wie geht es eigentlich ihrem Schwager?", fragte Johnny. „Ich glaube nich so gut", kicherte der alte Mann. „Haben sie einen Schlüssel für seine Wohnung?" Herr Rode nickte. „Wir haben ihren Schwager gefunden. Tot! Aber ich denke, das wissen sie schon." Freddy sah den Mann mit der Halbglatze eindringlich an. „Ach watt", kam die knappe Antwort. „Dann isset jetz soweit?"
Johnny nickte, und legte die beiden Federn auf den Tisch. „Ja, et is soweit! Ich wette, die gehören zu einer ihrer Tauben." Der Mann nickte. „Na, dann schießen se ma los!"
„Meinen blauen Tippler, den schnellen Rudi, hat se mir geschlachtet, damals!", sagte der alte Rode wütend. „Sie und ihr Blödmann von Bruder!"
Johnny kratzte sich im Nacken. „Wat heißt denn damals, Herr Rode?" Der alte Mann sah den Hauptkommissar streng an. „Na, 1946! Ich hab die Vögel sogar durchn Kriech gebracht. Keinen einzigen, hab ich se schlachten lassen."
Johnny griff nach seiner Tasse und nahm einen tiefen Schluck von seinem, bereits erkalteten Kaffee. „Dabei hatten se ja damals nix", grinste er. „1946! Sagen se ma, warum ham se denn so lange gewartet?"
„Ich hab et einfach vergessen! Und vor zwei Wochen, da hat se mir widda eine Taube wech geholt, die Irml. Ohne mich zu fragen." Und ihren Bruder hatt se zum Essen eingeladen. Als ich gesehn hab, wie die meine Taube aufgefressen hamm, da isset mir widda eingefallen. Und da hab ich se den Hals umgedreht, wie die damals meinen Täuberich!"

Erstaunt sahen die beiden Kommissare zu, mit welcher Selbstverständlichkeit Rode die beiden Morde gestand. Da schüttelte Freddy ungläubig seinen Kopf. „Soll das heißen, sie haben ihre Frau und ihren Schwager wegen einer Taube umgebracht?" Rode nickte langsam.

„Hasset doch gehört. Er hat ihnen den Hals umgedreht, so wie se dat damals mit seiner preisgekrönten Taube gemacht haben", sagte Johnny. Fred Rudnick, der Mann aus Hannover, konnte es kaum glauben. „Aber, das ist doch fast vierzig Jahre her. Das war im Jahr 1946! Da hatten die Menschen Hunger!" Wieder nickte der alte Herr. „Aber musste es ausgerechnet mein schneller Rudi sein?"

*

Johnny saß in seinem BMW, und fuhr die breite Mainstreet hinunter, wie er die Hauptstraße nannte, die die Stadtteile verband. Er war mit sich zufrieden, lauschte Cyndi Laupers quietschiger Stimme, die aus dem Radio „Girl's just wanna have fun" plärrte, und freute sich auf seinen Ginger Tully.

*

Bisher in der Jarlsblut – Saga erschienen:

Der erste Band   Der zweite Band
Der dritte Band   Der vierte Band
Der fünfte Band   Der sechste Band
Der siebte Band   Der achte Band

Weitere historische Bücher:

Die Saga von Sigurd Svensson - Das Schwert des Wikingers
Die Krieger Odins
Die Saga von Erik Sigurdsson - Das Blut der Wikinger
Die Wölfe des Nordens
Der Krieg der Könige

Wikingerwelten (Historische Geschichten) - Band I
Band II
Band III
Der Skalde
Der Skalde II – Odins Wille

Pakt der Barbaren

Die Science Fiction/Fantasy Saga:

Die Lupan Chroniken

Krimi:

Blutige Kohle
Blutige Kohle II
Blutige Kohle III

Milton Keynes UK
Ingram Content Group UK Ltd.
UKHW011256050724
445102UK00001B/20

9 783759 729873